UN PÈRE POUR MES RÊVES

DU MÊME AUTEUR

L'Âme des guerriers, Actes Sud, 1996 ; Babel n° 536.
Nuit de casse, Actes Sud, 1997.
Les Âmes brisées, Actes Sud, 2000 ; Babel n° 778.
Un père pour mes rêves, Actes Sud, 2010.
Qui chante pour Lu ?, Actes Sud, 2013.
Danny Boy, Actes Sud, 2014.

Illustration (p. 361) : "Diving for Pennies" (détail), Whaka,
Rotorua Museum of Art and History, Te Whare Taonga o Te Arawa

Titre original :
Dreamboat Dad
Éditeur original :
Random House, Auckland

ISBN 978-2-330-03278-4

ALAN DUFF

UN PÈRE POUR MES RÊVES

roman traduit de l'anglais (Nouvelle-Zélande)
par Pierre Furlan

BABEL

En hommage à mon fils africain, Makhosonke Ntokozo Zulu, 1982-2008, qui nous a montré ce qu'est la détermination.

Ce livre-ci est pour Harriet Allan, mon éditrice et amie, critique sans pitié, pour que les lecteurs sachent que la frontière entre écrivain et éditeur est souvent floue. Avec mes vifs remerciements, donc.

Merci à Claire Gummer pour son œil pénétrant et ses excellentes suggestions.

A mon père, Gowan, pour avoir donné à ses enfants l'amour de la chose écrite.

A mes deux enfants les plus jeunes, Virginia et Rosy, qu'on ne mentionne jamais.

A David Moore et à Bruce Plested, deux amis qui m'ont soutenu.

Aux habitants de Whaka avec qui j'ai grandi et que j'aimerai toujours.

A chaque Afro-Américain qui, par ses souffrances, a apporté au monde le génie de sa musique et bien d'autres choses encore.

PREMIÈRE PARTIE

CHAPITRE UN

IL M'A FALLU un certain nombre de fois et un certain nombre d'années avant que mon cerveau imprime ce qu'on avait dit de ma mère, que c'était une putain. Et pourquoi, à mon avis, m'avait-on appelé Yank ? Ça, quand même, est-ce que je l'avais pas compris ? En réalité, je n'avais pas tellement réfléchi aux remarques que j'avais entendues sur ma mère – à son statut inférieur à cause de quelque chose de sexuel qui aurait à voir avec le seul prénom que je me connaissais et qui me plaisait.

Un gamin ne pense pas à son prénom : il l'incarne, que ce soit Chud, Hopscotch, Lulu, Beebop, Manu, Kaipara, Heretini, Ngawai. Après tout, ce ne sont que des noms, pas vrai ?

A l'époque de cette révélation, je suis un garçon de dix ans. On m'appelle Yank. Et alors ? Boyman, est-ce à la fois un garçon et un homme ? Et Fleurdechou est-elle une fille chou ? Ma mère appelle mon meilleur copain Boyboy : est-ce que ça en fait deux jumeaux ? Nous, on l'appelle Chud parce qu'il mâche du bubble-gum. Ce ne sont que des noms. Sauf le mot "Chud" : quand je l'entends, c'est comme une cloche dont le carillon me confirme qu'il s'agit d'un frère.

Mon nom de famille, c'est Takahe, voilà ce qui est porté officiellement sur le registre de l'école. Je suis étonné qu'Henry m'ait autorisé à prendre son nom – ou alors c'était parce qu'il ne voulait pas se sentir gêné, étant donné que mes sœurs sont ses filles à lui. Mes sœurs sont d'authentiques Takahe – c'est le nom d'un oiseau néo-zélandais mais aussi de cet homme chez qui j'habite et qui ne m'aime pas. Pourtant je l'aime bien en secret. Parfois.

Jusqu'à l'âge de cinq ans, lorsque je suis entré à l'école, je croyais qu'Henry était mon vrai père. Simplement, pour une raison ou une autre, il ne m'aimait pas. Ma grande sœur m'avait déjà dit que j'étais pas son fils. Un gamin croit ce qu'il a envie de croire. Comment aurait-il pu être le père de ma sœur et pas le mien, alors que nous partagions la même mère ?

Henry ne me disait pratiquement jamais rien, ni bonjour ni viens manger, rien – il m'adressait juste quelques grognements et me parlait dans le langage des signes. Je n'ai jamais vu ses dents se découvrir pour me sourire. Pas une seule fois. Pourtant, s'il avait laissé tomber tout ça pour devenir un père, j'en serais mort de joie.

Maman me promettait de m'expliquer : *quand tu seras assez grand*. Alors que, à cinq ans, on est déjà trop vieux pour rester dans l'ignorance. Ce que je veux dire, c'est que les gosses souffrent encore plus de ne pas comprendre.

Dix ans sur cette Terre avant que mes oreilles sélectives permettent au mot de prendre son sens. La manière dont la bouche se pince en dit assez : pu-tain. Alors qu'une mère n'est jamais censée en être une. Jusqu'à ce que je me réveille, je croyais dur comme fer que maman était Marie, la statue de la Sainte Vierge de l'église catholique un peu plus loin sur la route. Ce n'était pas Lena – son véritable nom. Ce n'était pas la statue, mais la vraie Marie qui avait servi de modèle.

Quand j'étais assez jeune pour croire aux fantômes et en Dieu, c'était la Vierge Marie que je me représentais quand je pensais à ma mère : avec un nimbe brillant autour de la tête, une présence pleine de promesses, aucun mensonge en elle, une vraie beauté.

Marie qui m'embrassait non seulement pour me souhaiter bonne nuit, mais aussi pour me dire bonjour le matin, et encore à n'importe quelle heure de la journée. Quand elle me soulevait, je croyais vraiment que je jouais avec le nimbe au-dessus de sa tête : il brillait, il étincelait d'or et d'argent, et il était aussi chaud qu'un guidon de tricycle qu'on a tenu un long moment.

Au fil des ans, j'avais entendu des gosses plus âgés et des adultes marmonner ce mot. Mais il me parvenait comme un signal indistinct qui aurait grésillé sur notre vieux poste de radio à lampes.

Une putain ne peut pas être une mère adorable. Je découvre que c'est une femme qui couche à droite et à gauche, ce qui signifie qu'elle se déshabille et y va avec un homme qui lui met sa bite dure dans le vagin. Elle y va à quoi ? Bon, à ça, là en bas, ce truc que tous les gamins sentent poindre de plus en plus avec effroi.

Quand on dit des choses comme ça sur ta mère, t'as envie de mourir ou de tuer, ou de voir un trou s'ouvrir dans la boue thermale fumante où tu disparaîtras en bouillant, toi et ta honte.

Une putain ?

Ouais, t'étais pas au courant, mon gars ?

Une putain, ma mère ?

Ton prénom, il vient d'où ? Elle l'a fait avec un Yankee.

C'est aussi affreux que la mère de Chud, cette soûlarde qui cogne sur ses gosses ?

Oui, aussi affreux. Il y a des hommes qui préfèrent même une femme qui picole comme Shirl Kohu plutôt qu'une pute.

J'ai rasé les murs quelque temps parce que je me disais que, pendant ces années-là, tout le monde avait dû se moquer de moi. J'ai été soulagé de découvrir que seules les personnes les plus moches, dans notre petit village, traitaient ma mère de ce nom : c'étaient celles qui n'oubliaient jamais rien ou alors leurs imitatrices. Mais maman n'a plus jamais été la Vierge Marie. Son nimbe avait disparu. Je continuais à l'adorer, pourtant.

CHAPITRE DEUX

À PART VOIR MA MÈRE confirmée à vie comme pute, à peu près rien ne pouvait me gâcher le plaisir de vivre ici à Waiwera, Two Lakes. Dans un des endroits les plus remarquables du monde – oui, du monde entier. Pas besoin d'avoir visité d'autres pays pour faire la comparaison. Il suffit de savoir qu'il n'y a qu'un seul village au monde situé sur un terrain en pleine activité thermale comme le nôtre. La rivière et le pont qui l'enjambe servent d'introduction, suivis par les bains de boue chaude et le paysage couvert de fumerolles ; et puis il y a le fait que nous sommes le peuple indigène de ce pays, nous les Maoris.

Notre village est unique, et c'est pourquoi les touristes viennent d'outre-mer pour admirer, bouche bée, notre sol qui bout, fume et fait éruption, ainsi que pour rencontrer ces groupes culturels maoris qui, en vrais professionnels, présentent nos chants et nos danses. Ils paient des accompagnatrices qui leur font visiter nos paysages extraordinaires. Et ces guides leur donnent des explications bien documentées sur les divers phénomènes thermaux. Elles parlent des victimes qui, au fil des ans, sont tombées dans les mares brûlantes où elles ont été bouillies vives ; elles les informent de l'histoire des tribus et leur apprennent qu'en 1866, à la suite d'une éruption volcanique à quarante kilomètres de chez nous, les survivants sont venus s'établir ici, sur la ligne de faille par laquelle avait jailli la gigantesque éruption du mont Tarawera, celle qui avait anéanti les Terrasses roses et blanches qu'on appelait la huitième merveille du monde. Nombreuses sont ici les maisons où l'on voit des tableaux encadrés représentant ces superbes créations thermales que la nature a produites avant de les reprendre. Quel gâchis. Pourquoi Dieu irait-Il détruire ce qu'Il est le seul, selon ce qu'on dit, à pouvoir créer ?

Certaines nuits, quand les nuages ont dérobé les étoiles et que les fantômes rôdent librement, le bruit des eaux thermales peut ressembler à des pleurs, au cri d'horreur d'une âme qui hurle de douleur parce que sa chair bout et se détache de ses os, et qui, en hurlant, implore une deuxième chance. Il se peut qu'au moment où vous descendez vous tremper dans un de ces bassins que nous avons construits en béton, vous vous immobilisiez, croyant avoir entendu quelqu'un qui suffoque, un bébé qu'on étrangle : c'est la pression des eaux thermales qui essaient de passer de force dans une fente étroite. Parfois, on dirait le sifflement bruyant d'une bouilloire.

Ou bien vous entendrez un des anciens chanter des *waiata* dans leur gamme de demi-tons ; les gamins les plus âgés vous diront qu'il s'agit d'un chant funèbre et vous conseilleront de tendre l'oreille pour ne pas rater le râle d'agonie. Vous capterez le moment où un dernier souffle d'air putride sort de la bouche du vieillard, et si vous respirez ce souffle, soit vous mourrez, soit vous attraperez une maladie terrible.

Partout, des petits lacs de différentes couleurs – bleu cobalt, vert émeraude, jaune soufre, gris boueux – ou d'une transparence cristalline. Tout cela, je le tire des commentaires de n'importe lequel de nos guides. Chaque gamin d'ici les connaît par cœur ; d'ailleurs, nous les imitons, nous nous en moquons et nous les complétons. Et je n'ai mentionné qu'une petite partie de ce qu'on peut voir à Waiwera.

Maintenant : où donc une pute trouverait-elle sa place dans un tel endroit ? On l'aurait virée depuis longtemps. Mais, à mesure que je me fais à cette idée, je me mets à penser – ou plutôt à espérer – qu'un de ces touristes yankees est peut-être mon père venu à ma recherche. C'est peut-être l'un de ceux pour lesquels j'ai affiché tout mon mépris, imitant là les garçons plus âgés pour les impressionner. Il se peut qu'il soit riche, qu'il habite un grand manoir – où ça ? Quelque part en Californie. A New York. N'importe où dans ce vaste pays... et très vite l'atlas de mon école devient l'objet de toute mon attention.

Un jour, il est possible que j'entende une voix qui m'appellera. Mark ? Je suis venu t'emmener à la maison.

Qu'est-ce que je répondrai ? Comment me reconnaîtra-t-il ? Ma mère me montrera-t-elle du doigt alors que je serai en train de nager dans la rivière ? Ou bien le mènera-t-elle jusqu'à moi au moment où je me prélasserai dans un des bassins d'eau chaude ? Me reconnaîtra-t-il d'emblée ? Est-ce que je lui ressemble ? Est-il gentil ? Est-ce qu'il s'en prendra à moi, est-ce qu'il me laissera tomber ? M'aimera-t-il quoi que je fasse ?

A l'inverse de la grand-mère de mes deux sœurs. Je passe devant chez elle tous les jours, et elle me lance un sale regard si elle est dehors, dans la véranda ou dans son potager. A cause de moi, cette vieille sorcière ne vient jamais chez nous et, devant moi, elle donne des bonbons et des choses à manger à mes sœurs Mata et Wiki, et surtout à *mon petit Manu* – son *vrai* petit-fils. Elle les salue, les embrasse sans m'accorder une parole ni une friandise. Exactement comme son ignare de fils. Comment mon père compensera-t-il toutes ces souffrances ?

Il me faut encore quelque temps avant que tout se mette en place : deux ans. C'est comme une série de rideaux qui s'ouvrent – si on est né avec l'intention de les ouvrir. Je dois tenir ça de mon père, cet esprit curieux qui cherche des réponses et même une édification. Mot que je ne connais pas, à cette époque.

La vieille Merita, une de nos habitantes les plus âgées, une des villageoises les plus respectées aussi, a toujours du temps pour les autres. Il n'y a pas un gamin du village qui n'ait porté jusque chez elle, là-haut sur la colline, le journal du matin. Pas un non plus qui ne se soit confié à elle ou qui ne l'ait au moins écoutée.

Bien qu'elle ait les lèvres tatouées et le menton buriné et ciselé comme dans l'ancien temps, Merita manifeste un vif intérêt pour le vaste monde moderne. Les anciens disent que si elle avait été un homme elle serait le chef du village, peut-être même de toute notre sous-tribu. Les femmes ont des droits différents de ceux des hommes et un autre statut. Mais dans notre monde à nous, celui des enfants, nous nous sentons plutôt pareils. A part la curiosité sexuelle dont débordent les garçons et pas les filles.

Merita *adore* les journaux, que ce soit l'édition du matin ou celle du soir. Elle a envie de discuter de ce qu'elle a lu. On ne comprend pas la plupart des choses, quand on est gosse, mais j'ai une oreille pour les mots comme pour la musique, les deux étant pour moi une sorte de pâte qu'on peut modeler. Très tôt, j'ai découvert comment me lâcher dans la musique, et bizarrement c'était en observant Henry chanter : son regard se voile et il lance sa voix. C'est de la même façon que j'ai appris à plonger du parapet le plus haut du pont : je me suis lâché. En plus, je suis un des meilleurs danseurs du village, tous âges confondus.

Et donc, même si je ne comprends pas la plus grande partie de ce que raconte Merita, j'apprends des choses. Quand j'étais petit, elle me soulevait et me laissait passer les doigts sur le tatouage à l'ancienne de son menton, et elle disait : Ça donne la sensation d'un épi de maïs, pas vrai ? Parfois, alors qu'elle me tenait dans ses bras en faisant semblant d'être inerte, elle lançait soudain un bruit effrayant. Un rire qui ressemblait à un caquètement, et, avec un regard aussi chaud qu'un bain thermal, elle disait : Rrrrrr, que voilà un p'tit minou tout effrayé.

De chez elle, on a vue sur la principale zone touristique. Le sol de sa maison est en terre, et il est chauffé par géothermie. Comme dans toutes les maisons d'ici, le mobilier est rudimentaire. Des photos encadrées ornent tous les murs des maisons de Waiwera, et il y a aussi des images de Sa Majesté la reine Elisabeth et quelques autres de son père, le roi George. Les monarques anglais n'ont pas autant d'importance pour nous, les gosses. Mais au cinéma nous sommes obligés de nous lever pour le *God Save the Queen*, sinon on nous met dehors ou bien un ouvreur nous balance un coup de torche électrique.

Merita nettoie le sol, chez elle, à l'aide d'un balai en *manuka* qu'elle renouvelle, quand le faisceau de brindilles est usé, en brisant des branches d'un arbre qui se trouve juste à côté de la porte de derrière. Son mari est mort avant d'avoir pu installer un plancher en bonne et due forme, mais il continue à vivre dans le souvenir de Merita comme un bon mari et un bon père pour leurs onze enfants, lesquels sont tous – sauf deux – partis dans d'autres villes avec la bénédiction de leur mère. Elle m'encourage pareillement : Pars dès que tu seras assez grand, apprends à connaître la beauté du vaste monde et, en même temps, à comprendre à quel point ce coin-ci est ravissant. Ouvre ton esprit ; il sera fermé si tu restes ici.

Elle me dit : Le bon vieux temps me manque, Yank. Chacun connaissait la place qui était la sienne. On avait un ordre. Une structure dans laquelle notre société et notre culture étaient fortes. Certes, les touristes étaient là pour nous aider à gagner notre vie. Et nos anciens étaient des hommes qui croyaient tenir les commandes alors qu'en coulisse c'étaient toujours nous, les femmes, qui les tenions. Mais il y avait de la cohésion. J'ai peur que ça ne résiste plus bien longtemps, sauf si nous trouvons un chef assez fort, comme Henry. Tu ne peux pas comprendre ce que je dis là – pas maintenant, mais un jour, si.

… Bon, mon p'tit gars, pourquoi est-ce que tu es venu cette fois ? A cause de ta mère ? D'abord, n'écoute pas ces bêtises quand on dit ce mot-là de ta mère. Elle n'est pas comme ça. Mais il y a des gens cruels, c'est dans leur nature. C'est pas parce qu'on est dans un village et qu'on est tous parents qu'on est blancs comme neige et tous gentils. Ta mère est une femme bien, et fais en sorte de toujours la respecter. C'est elle qui te donnera de la force.

CHAPITRE TROIS

LE VOILÀ, le jeune homme qui est parti simple soldat et rentre dans la fière posture d'un officier. C'est à peine s'il accorde un regard aux foules de joyeux villageois en adoration devant lui. Pas du tout comme ses compagnons d'armes qui, également de retour, sourient en secouant la tête comme s'ils n'arrivaient pas à croire terminées les épreuves qu'ils ont subies pendant plus de cinq ans ; ça ne leur paraît plus avoir duré aussi longtemps, maintenant qu'ils foulent de nouveau le sol de leur pays.

De la vapeur en forme de doigts et de bras s'élève du sol thermal comme si l'on jetait des banderoles blanches. Ces grandes volutes émergent d'une mare qui bouillonne d'activité ; on dirait que le cœur de la Terre y bat d'un pouls lent et régulier. Des chaudrons de boue frémissent et des bulles crèvent à la surface, lâchant des odeurs âcres de soufre et de gaz. Et regardez, le puissant geyser Potaka, sur la pente voisine, lance un jet de bienvenue de plus de trente mètres de haut tandis que tout autour les voix s'élèvent pour chanter, crier, pleurer de joie et de chagrin.

Quant à celui qui est maintenant le *capitaine* Henry Takahe, il n'a pas l'air de remarquer les regards et les visages qui tentent de lui faire savoir que tout ne va pas bien. Elle n'est pas venue t'accueillir, Henry. Nul doute qu'elle attend en tremblant avec le garçon – elle attend pour t'expliquer, alors que toi tu t'attendais seulement à voir pour la première fois la fille née en ton absence, mais née de tes œuvres.

Pauvre Henry : aucun soldat ne mérite d'apprendre ce genre de chose. Pourtant, à vrai dire, cela se passe aussi dans d'autres villages maoris et des foyers d'Européens ; le même genre de découverte choquante a lieu dans tout le pays maintenant que nos gars sont rentrés. Les Yankees sont passés par là.

Elle attend, Henry, mais pas comme tu es en droit de l'exiger de ta femme : sans tache, après s'être réservée pour toi seulement. Non. Elle a le fils d'un autre homme à te présenter, un enfant qu'elle aurait pu faire adopter. Tout le monde aurait compris ; elle aurait pu appliquer la coutume maorie du *whangai* : céder l'enfant à un parent ou à une amie proche et leur laisser le soin de l'élever. Pauvre Henry, héros de guerre humilié et couvert de honte, ta fille a un demi-frère que tu n'as pas encore vu.

Les femmes, tout en noir, des guirlandes de feuilles dans les cheveux, pleurent, rient et chantent en même temps. Devant elles, un jeune guerrier fonce vers les combattants des temps modernes enfin de retour. Il ne porte que son armure de muscles et une jupe *piupiu* en lin de Nouvelle-Zélande qu'il fait claquer. Il en lance les brins durs et secs au rythme des violentes figures de danse qu'il exécute en avançant et qui, selon la tradition, demandent : Venez-vous en amis ou en ennemis ? Question qu'il pose même à ceux de sa tribu, car elle remonte à une coutume ancienne et à une époque où le défi, réel, s'adressait à tout visiteur.

Ses bonds acrobatiques ont beau être compliqués, ils sont exécutés à la perfection : il doit maintenir ce niveau, faute de quoi le *mana* de son défi sera diminué, voire perdu. C'est la chance de sa vie : chaque geste mis en scène par ce jeune guerrier musclé et couvert de sueur doit traduire son respect pour les héros qui rentrent mais aussi pour les guerriers issus de mille ans d'un passé glorieux.

C'est avec une magnifique dextérité qu'il manie son arme à longue lame, sa *taiaha*, et il la fait tournoyer si vite qu'elle devient une masse indistincte. Il semble impossible qu'il puisse la garder entre ses mains quand on la voit surgir comme l'éclair ici et là en une botte, une pointe, une feinte, un moulinet, qu'elle inverse son mouvement et fend l'air depuis le bas alors que l'attaque venait d'en haut. Il darde sa langue et on voit briller au soleil les postillons qui jaillissent de sa bouche quand il montre les dents. Tout est empreint d'une haine cérémonielle – *quelqu'un osera-t-il relever mon défi ?* Il grogne et pousse des petits cris féroces comme s'il essayait de se convulser pour vomir quelque chose de ses tripes.

Il avance, ce guerrier musclé d'un autre temps, jusqu'au groupe de soldats démobilisés qui viennent de s'arrêter ; et, faisant tournoyer sa *taiaha*, il marche pieds nus sur le sol brûlant, encouragé par les bruits divers de la vapeur qui fuse. Il n'y a pas beaucoup de nuages dans le bleu de cette chaude journée d'été. Le guerrier recule sur ses talons en soulevant un peu de poussière : c'est une danse délicate qui cherche à tromper le regard tandis que des nuages de vapeur et de chaleur crèvent comme des rots à la surface des étangs brûlants alentour et, en voguant, traversent le guerrier comme un passé qui tenterait de le ramener à lui.

Il émerge de cette étreinte vaporeuse pour arriver en courant juste devant l'homme de tête, Henry Takahe, lequel n'essuie pas les crachats qui viennent souiller son visage et ne bronche pas devant le tourbillon qu'une arme mortelle dessine à quelques centimètres de son visage. C'est un défi réussi, un défi à la hauteur de héros qui rentrent et se souviennent de ceux qui sont tombés loin d'ici en terre étrangère. Le public est réduit à une admiration muette.

Rien, pourtant, ne peut l'empêcher de se demander ce qui suivra l'accueil des héros. Qu'arrivera-t-il quand Henry aura connaissance de l'enfant illégitime, de l'insulte suprême que lui a infligée sa femme ? Malheur à celle qui a brisé ses vœux de mariage.

L'arme passe derrière le dos du guerrier, ce qui fait ressortir sa poitrine et les muscles raidis de ses bras. Les nerfs de son cou deviennent des cordes tendues à craquer et ses yeux sont exorbités en une ultime menace. Ses derniers grognements lancent un avertissement : pas de coup en traître, pas de faux mouvement ! Il met alors un genou à terre et tire de sa ceinture une brindille avec ses feuilles. Il la pose sur le sol chauffé par les sources thermales sans lâcher Henry des yeux un seul instant. Celui-ci se baisse, prend l'offrande et la porte à son ventre pour dire qu'il vient en ami avec ses compagnons – oui, bien sûr, en amis car ils ne forment qu'un peuple et la vraie guerre s'est terminée par la victoire, l'ennemi vaincu gît défait dans les ruines de son pays à son tour envahi. La liberté a triomphé et une majorité de combattants ont pu rentrer chez eux.

Après un dernier regard furieux, le guerrier se lève, recule en dansant, virevolte et rejoint avec des cabrioles un grand rassemblement de guerriers vêtus comme lui de jupes de lin. Il y a là tous les jeunes et tous les vieux du village prêts pour le haka.

Cette danse de guerre collective, réglée avec soin et abondamment répétée pour tirer le rideau sur cet événement capital, est un hommage à ceux qui rentrent, une conclusion qui leur rappelle : Vous êtes des nôtres, nous sommes des vôtres. Le cœur joyeux, nous vous prenons de nouveau dans nos bras.

Et pourtant, villageois et villageoises, et pourtant…

Pourtant nos garçons ont changé. Voyez à quel point leur visage est différent, voyez les cernes sombres autour des yeux, les joues émaciées, les traces de désillusion et d'incrédulité. Trop nombreux sont les regards obsédés, et manifestement deux ou trois d'entre eux ont eu le cerveau endommagé. Voyez ces fronts profondément plissés, les tics qui ne s'y trouvaient pas avant, remarquez combien de ces garçons ont l'air désorienté, incertains de ce qu'ils sont, même ici, de retour chez eux, dans ce lieu inoubliable. Même s'ils sont rentrés victorieux, ils ont payé le prix.

Maintenant, voilà que la plupart des soldats pleurent, mais pas Henry qui garde sa posture d'officier, de meneur d'hommes censé montrer l'exemple. Les quelques sourires qu'il lançait ont disparu pour laisser place au trouble, peut-être au soupçon. Il est possible qu'il soit au courant depuis déjà un certain temps, qu'elle lui ait écrit. Ses camarades l'observent avec attention, comme des valets en train de comploter dans un palais et qui, sans lâcher des yeux leur seigneur, se positionnent en prévision de sa rage, de sa fureur imminente et, un jour, de ses faveurs.

Ah, mais voyez ce pauvre Nathan Kururangi : parti en 1939 dans la lumière éblouissante de la fin de l'été et de son enthousiasme de jeunesse, le cerveau aveugle à ce qui l'attendait, il revient avec un rideau noir tiré pour toujours sur ses yeux.

Regardez les lèvres de Barney Mutu qui bougent sans que jamais un mot ne s'en échappe. Il est encore beau, et pourtant ce n'est plus l'homme qu'il était, maintenant que ses paroles ne peuvent plus sortir.

Par ordre alphabétique, Henry vient de verser vingt noms au souvenir : un de ses frères, des cousins, des amis proches ainsi que les fils et petits-fils de familles qu'il connaît bien – il a joué avec eux dans son enfance, il est allé en classe avec eux, il a lutté contre eux et avec eux sur des terrains de rugby, il s'est mesuré à eux en athlétisme, il s'est baigné et il a nagé avec eux dans la rivière.

A chaque nom énoncé, le chagrin éclate. Chaque fois, Henry doit observer un temps de pause. Puis Barney commence à le fixer du regard, et l'assistance se rend compte qu'Henry approche de la lettre M.

Mutu, dit Henry. Harold.

Les yeux de Barney transpercent alors Henry ; sa bouche s'ouvre et se ferme. Le regard d'Henry rencontre celui de Barney. Après avoir soutenu un moment le regard de son capitaine, Barney ferme les yeux et pleure son frère mort.

La fête entrera dans la légende : des écrevisses à profusion, des sacs de coquillages, de l'agneau, du porc, du bœuf, du poulet, tous cuits dans les grandes boîtes à vapeur construites près de la salle à manger communale. Dans ce pays rationné depuis six ans, on s'est débrouillé pour trouver de quoi manger. Des barils de bière, des caisses de whisky et de rhum.

Dans un grand hall pourvu de tables qui fléchissent sous le poids de la nourriture, des gens se lèvent pour chanter : ce sont de puissants ténors et barytons, des chanteurs-nés fortement charpentés, avec la rude personnalité qui leur vient d'avoir grandi dans cette petite communauté. Pourtant, de manière subtile et à leur insu, ils ont subi l'influence des nombreux visiteurs internationaux et de leur conception du monde plus étendue. Car les garçons maoris de Waiwera ont acquis une grande renommée lors de cette guerre pour leurs excellentes voix de chanteurs.

Les soldats font admirer les arias italiennes qu'ils ont apprises en combattant d'abord en Egypte puis carrément chez les Ritals. S'ils avaient reçu une formation, nombre d'entre eux auraient pu entreprendre une carrière dans l'opéra. Mais c'est en général la communauté tout entière qui chante en harmonie, forte à la fois par son émotion et par ce qui, dans la personnalité de cette race de guerriers, devient doux et larmoyant en de telles occasions.

Les hommes, jeunes et vieux, se lancent dans une succession de hakas tous plus saisissants les uns que les autres : le sol tremble sous leurs pieds comme avant l'éruption d'un geyser, et dans leur chorégraphie ils exhibent leur poitrine et se lancent des claques furieuses sur les cuisses en hurlant à un adversaire vieux d'un siècle mais toujours actuel dans leur esprit, qu'ils vont aller le chercher, cet ennemi haï.

Tour à tour, les femmes chantent en harmonie. Certaines entonnent avec confiance des solos où elles ne ratent pas une seule note et ne bredouillent jamais. L'amour et le désir brillent ouvertement dans leurs yeux.

Les festivités se poursuivent toute la journée et jusque dans la nuit.

Ma mère aurait difficilement pu se rendre à cet événement en me trimballant avec elle ; elle a dû rester à la maison et attendre Henry.

Ma grande sœur m'a dit que ce soir-là il avait traité ma mère de pute. De sale pute. Et il lui a collé une raclée que Mata déclare ne devoir jamais oublier ni pardonner. Mata se rappelle qu'il a prononcé plusieurs fois le mot Yank. Il aurait parlé là de mon père.

Pendant notre enfance, nous avons lu des illustrés où les soldats japonais étaient représentés avec les dents en avant, affublés de lunettes aux verres épais, dépeints comme de petits monstres aux yeux bridés qui se faisaient rosser par nos alliés, les beaux et très grands Américains blancs. Je supposais que mon père – mon *vrai* père – avait été un de ces héros tueurs de Japs. Qu'il était grand, beau, musclé, qu'il avait des dents d'une blancheur éclatante et le teint clair, pas olivâtre comme moi. Il devait avoir la poitrine toute décorée de médailles reçues pendant la guerre et le port altier du soldat qui a bien servi son pays.

Je l'imaginais en train de demander des comptes à Henry pour avoir battu ma mère et lui dire : Essaie de faire ça avec moi, p'tit rigolo. Et, en me représentant la manière dont mon père réparait cette injustice, je gonflais la poitrine à la faire éclater. Mais il m'arrivait parfois de penser que la véritable fautive était la femme qui avait eu un enfant avec un homme autre que son mari pendant que celui-ci était parti se battre pour son pays.

CHAPITRE QUATRE

MON MARI. Le voilà dans son foyer – si l'on peut appeler ainsi l'endroit où un mari longtemps absent rentre en s'attendant à trouver une femme qui l'aime, à laquelle il aura cruellement manqué, et une fille qu'il verra pour la première fois. Il pense qu'ils vont sans tarder tomber dans les bras l'un de l'autre, rire et pleurer, et s'arracheront leurs vêtements dans l'urgence de faire l'amour. Je peux comprendre son point de vue. Il n'arrive même pas à sourire. Je ne peux pas le lui reprocher.

Il n'a jamais été quelqu'un qu'on qualifierait de beau, mais il a de la présence, une présence physique, me semble-t-il, sans rapport avec l'intelligence même s'il est également intelligent. C'est quelque chose qu'il porte en lui, et pourtant il n'est pas d'une lignée aristocratique. Sa présence tient davantage de la pièce de bois brut que de l'objet sculpté et complexe. Il réunit en lui une grande force physique et une personnalité puissante, et il est très sombre de peau, comme si le sang de ses ancêtres n'avait pas été dilué par le sang de Blanc qui coule aujourd'hui dans les veines de la plupart des Maoris.

Je n'ai qu'un an de moins que lui, et pendant notre enfance je l'ai vu se battre contre des garçons nettement plus âgés et gagner plus souvent que perdre : il se battait avec une telle fureur, même quand il n'avait que neuf ou dix ans, que ça faisait peur à voir. Je suis sûre qu'il a combattu l'ennemi de la même façon.

Mon mari est dans son foyer, et il porte dans son regard une guerre qui a duré cinq ans mais aussi la guerre qu'il va livrer maintenant. Ses oreilles ne peuvent pas percevoir qu'il y a là, dehors, de l'autre côté de la porte de derrière, les voix de deux enfants, pas d'un seul.

Pauvre Henry, il n'arrive pas à saisir pourquoi je n'étais pas là : quelle calamité a bien pu empêcher sa femme et son enfant d'assister à la cérémonie du retour ? Cette journée marque l'histoire locale, elle fait partie de l'histoire de notre nation et de celle du monde. Et pourtant, où était sa femme ?

Je ne suis pas hypocrite au point de me jeter dans ses bras. Je dis simplement : Bonjour, Henry. Je suis désolée. Je ne pouvais pas te le dire devant tout le monde. Les larmes ne veulent pas venir.

Me dire quoi ? Tu aurais dû venir m'accueillir. Mais où étais-tu fourrée ? Bon sang, ce ne sont pas les premiers mots que je devrais dire à ma femme après plus de cinq ans de séparation.

Je prends pas mal de temps pour répondre, car je me rends compte que je n'ai pas répété ce que je vais dire ; ce n'est pas le genre de chose qu'on peut formuler au préalable dans sa tête, c'est beaucoup trop fort, et le moment est trop écrasant – ça vient quand ça doit venir. Maintenant, le moment est arrivé. Oh, mon Dieu, le moment est bien là.

Henry, je suis sortie avec un autre homme.

T'as fait quoi ? Qu'est-ce que tu viens de dire ?

Il s'avance vers moi, stupéfait, incrédule, encore plus blessé qu'il n'aurait été en droit de l'imaginer. Je ne peux le lui reprocher.

Je voudrais pourtant lui dire que je n'avais pas l'impression de le trahir, pas dans ces circonstances.

Je voudrais m'asseoir et, avec ce mari qui m'est revenu plus vieux de presque six ans et apparemment chargé d'un passé de guerre qui peut occuper toute une vie, discuter du fait qu'à la maison non plus les choses ne restent pas sans bouger. Même si la bougie brûle toujours à la fenêtre de la maison, une femme – ici comme partout – finit par se sentir seule, et alors nous changeons, nous aussi. Nous *découvrons* à notre sujet des choses que nous n'aurions jamais sues si nos maris n'étaient pas partis aussi loin et aussi longtemps. Une femme apprend à être indépendante, à garder ses pensées pour elle. Comme elle a du temps pour elle, ses pensées évoluent. Il se peut que la notion d'amour conjugal ait elle aussi changé.

Il est parti, Henry. Depuis trois ans, et, pour autant que je sache, il a été tué.

C'est un soldat, alors ?

Oui.

Ah, un soldat qui est rentré en se faisant passer pour blessé ? Toi et lui, couchés dans notre lit conjugal, vous avez bien ri en lisant les lettres que j'envoyais de divers endroits ? Vous en avez ri avant de baiser, ou après ?

Rien ne s'est jamais passé dans la maison. Je n'aurais jamais fait ça.

C'est à peine s'il a cillé. J'entends Mata et Yank dehors. Yank hurle parce que sa grande sœur lui court après. Leur bruit n'éveille rien – ce serait impossible – chez le père de l'un des deux. Ce père qui sera bientôt entièrement sous l'emprise de la rage.

Il a intérêt à ne pas être d'ici. C'est une menace de mort qui émane des yeux brillants d'Henry.

Je fais non de la tête, bizarrement soulagée. Non, pas d'ici. Pas même de ce pays. Et je peux voir le soulagement apparaître sur son visage : il n'est pas obligé de partir de nouveau en guerre contre mon amant, contre un concitoyen.

C'est un Américain.

Sauf que la nationalité de mon amant me revient en pleine figure, comme un lourd mouvement de pendule, car elle a déjà violemment frappé le visage de mon mari.

C'est quoi ?

Je n'arrive pas à le répéter. Henry l'a bien entendu, il essaie juste de se repérer.

Je suis désolée. Ça… s'est passé comme ça.

Tu es désolée ? D'être une femme mariée qui est sortie avec un Yankee pendant que je me battais pour ton pays, pour l'honneur de notre famille, de notre village, de notre race maorie, de notre nation ? Et tu dis que tu es désolée comme si tu avais renversé du putain de lait ou un truc du même genre ?

J'ai eu un enfant de lui.

Un quoi ? D'un Yankee ? Tu as un gosse… ici… dans cette maison ? Non ? Tu l'as fait adopter ? Où est-il ?

Dans ses traits frappés de stupeur, je vois un autre homme que je ne connais pas. Nullement le monstre qui apparaîtra bien assez vite, mais un enfant paumé, comme un petite brute qui découvre que la situation s'est inversée et que c'est lui, maintenant, qui est blessé, désorienté, et ne sait plus quoi faire.

Peut-on lui reprocher de se sentir ainsi ? Car ce que j'ai fait est un scandale. Ce n'est pourtant pas, comme le maintient le père Sullivan, un péché qui doit me conduire au confessionnal pour tout avouer à un dieu auquel je ne crois pas. Car, assurément, pour qu'il y ait péché, il faut qu'on ait eu l'intention de nuire ou qu'on ait délibérément fui sa responsabilité morale.

Je n'ai pas commis de péché même si j'ai brisé mon vœu de fidélité. Mais on était en guerre. Et j'ai été prise en traître par une profonde insatisfaction dont je ne soupçonnais absolument pas l'existence en moi.

Tout ce chemin : il a parcouru vingt mille kilomètres sur les mers. Il a traversé des épreuves inimaginables, pris d'innombrables vies ennemies, vu des scènes indescriptibles, et, rien que pour survivre à cette guerre où des millions ont péri, il a fallu un miracle. Il avait une telle hâte de rentrer à la maison et de me retrouver – moi, la femme pure qui n'a pas connu d'autre homme –, de voir sa fille pour la première fois ; il n'arrêtait pas de le dire dans ses lettres.

S'il avait d'emblée demandé à voir sa fille qui, redoutant ce moment où elle verrait son père pour la première fois, regardait furtivement par un tout petit entrebâillement de la porte ; s'il avait pu passer sur sa colère assez longtemps pour prendre Mata dans ses bras et sur ses genoux, j'aurais peut-être pu accepter qu'il n'accorde pas un regard à mon fils.

Mais pas qu'il marche sur moi et prenne une pleine main de mes cheveux que j'ai si soigneusement brossés, qu'il m'envoie un coup de poing dans la figure et me jette dans tous les coins de la pièce – de ce lieu qu'avec son père il s'est tant donné de mal à bâtir pour nous, jeunes mariés, et qui devait être un foyer pour nos enfants. Et voilà qu'il me frappe et me frappe alors qu'il doit bien se douter que son enfant et le mien sont là.

Je ne suis pas vêtue d'un uniforme allemand : je suis en vêtements civils de 1945, une jupe vieille de sept ans avec un motif à petites fleurs mais seulement deux couleurs. Je l'ai à peine portée parce que je la réservais pour les grandes occasions, même si elle était en tissu ordinaire et n'avait pas coûté cher.

Pourquoi donc un mari, le premier jour de son retour après une absence de cinq ans, battrait-il sa femme comme plâtre alors que deux enfants sont juste derrière la porte ?

Bienvenue à la maison, mon mari. Quel bonheur de te retrouver. Voici ta fille. Nous l'avons appelée Mata comme ta grand-mère. Et quand tu auras fini de me taper dessus, tu feras la connaissance du gamin que le village appelle Yank et qui est la raison pour laquelle tu nous traites ainsi.

Bienvenue à la maison, mon mari, retrouve ta femme infidèle et le premier de tes enfants. Et le fils de quelqu'un qui était soldat comme toi.

CHAPITRE CINQ

D'AUSSI LOIN QUE JE ME SOUVIENNE, maman me disait : on s'habitue à tout.

Depuis tout aussi longtemps, je lui répétais que je ne voulais pas vivre dans la même maison qu'un homme qui ne m'a jamais parlé et qui a pourtant comblé d'amour mes deux sœurs. Et pourquoi tu ne pars pas, maman ? Toi et moi on pourrait aller vivre près de la ville, tu n'as qu'à emmener Mata et Wiki. On pourra revenir ici les week-ends pour jouer.

Où est-ce que je travaillerais ? Il n'y a pas beaucoup de choses que ta mère puisse faire, rien que du travail d'usine, et le salaire est trop bas pour que je puisse, à moi seule, faire vivre une famille. En plus, nous menons simplement des vies séparées sous un même toit. Tu devrais être heureux qu'il ne nous ait pas jetés dehors.

Henry avait l'habitude de se lever de bonne heure pour allumer la cuisinière à charbon ; il aimait avoir la cuisine pour lui tout seul et préparer le petit-déjeuner pour tout le monde, y compris pour moi. Comme il mangeait beaucoup le matin, il faisait parfois un rôti de mouton et toute la famille se régalait de tranches de viande chaude avec des pommes de terre au four et du pain blanc. Je ne m'asseyais pas à table en même temps que lui, et donc, le matin, ma mère se séparait des autres pour manger avec moi tandis qu'Henry restait avec ses deux filles et, plus tard, avec Manu quand il a été assez grand. Si c'était un rôti de mouton, nous avions la permission de prendre ce que nous voulions, mais pas le jarret : ça, c'était pour lui.

Un homme obstiné et orgueilleux contre un enfant innocent – je n'ai jamais cessé de bouillir intérieurement.

Le soir, comme il rentrait tard, vers huit ou neuf heures, et toujours à moitié ou totalement soûl, c'était avant son retour qu'à la table du dîner nous formions le groupe familial. Nous parlions, riions et plaisantions comme une famille normale. Je ne peux donc pas dire que j'étais isolé sur ma petite île solitaire. Mais quand même, ça me faisait toujours mal. Maman se trompait, on ne s'y habitue pas.

Chaque matin, Henry montait jusqu'à la rangée de bassins en ciment pour prendre un bain. Notre maison possédait une baignoire, mais nous ne nous en servions jamais parce qu'à quelques mètres à peine de chez nous se trouvaient des bains naturels, Falls Bath, qui tiraient leur nom des chutes qui se déversaient d'un grand bassin naturel d'eau chaude. Le week-end, quel que soit le temps, Henry et les filles se rendaient dans les bassins du haut où se baignaient aussi la plupart des habitants de notre communauté.

Combien je l'enviais, autrefois, ce trio qui, dans l'obscurité des matins d'hiver, se blottissait sous deux grands parapluies. Je les regardais tous les trois par la fenêtre de la chambre et je souffrais de ne pas être avec eux. J'avais alors le sentiment d'avoir été prédestiné à connaître une autre vie que celle de mes sœurs. Et je souhaitais de toutes mes forces qu'Henry me parle. Il n'était même pas obligé de me traiter comme un fils, mais qu'il dise au moins quelque chose de normal. N'importe quoi.

Une embrassade n'aurait pas été de trop non plus, je dois l'admettre.

Maman disait que ça lui passerait, un jour. Mais ça ne lui a jamais passé. Les années de silence entre nous s'ajoutaient simplement les unes aux autres. J'ai appris à rester seul, à partir dans mon imaginaire, à découvrir mes inclinations musicales ; j'essayais des pas de danse réglés sur la musique de la radio ou celle qui me passait par la tête. La danse me venait naturellement. Je pouvais rester en conversation avec moi-même pendant des heures en jouant divers rôles et en essayant différentes façons de parler – celle des femmes qui travaillaient comme guides, celle de touristes américains –, mais aussi en prenant la voix et l'attitude de garçons plus âgés. Je vivais là où Henry ne pouvait pas me blesser par sa façon de faire comme si je n'existais pas : dans ma tête. Ou alors dans l'amour inconditionnel de ma mère.

Maman et moi prenions notre petit-déjeuner pendant qu'Henry était au bain. Maman n'était pas une grande mangeuse et disait que dans son peuple on mangeait beaucoup trop.

L'hiver, la chaleur de la cuisinière à charbon nous attirait dans la cuisine. Notre salon possédait une cheminée, mais si Henry s'y trouvait, j'allais ailleurs dans la maison. Nos chambres étaient glaciales. Je me glissais sous les couvertures et me perdais dans des paysages et des décors imaginaires. Parfois, maman et moi allions nous tremper à Falls Bath et, tout en transpirant dans la chaleur humide, nous savourions l'air froid. Henry et Barney avaient construit un abri qui permettait aux baigneurs de se changer et de garder leurs vêtements au sec. C'étaient deux camarades de guerre. Henry était très protecteur à son égard : aucun gamin n'aurait osé se moquer de Barney.

Si j'entrais dans le salon ou la cuisine au moment où Henry était en train de rire ou de discuter avec mes sœurs, mon arrivée provoquait soudain un silence gêné. Mata regardait droit devant elle et se mettait à parler de n'importe quoi pour meubler le silence. Wiki baissait la tête et ne disait plus rien, un peu comme ces enfants qui ferment les yeux pour faire disparaître les gens. Manu était trop petit pour comprendre. Oh, bon sang, comme j'ai détesté ces moments !

Il partait avant que nous allions en classe et, comme le savait ma famille, je me détendais alors et retrouvais mon insolence naturelle ; j'adorais jouer des tours à mes sœurs, ou bien, si je me sentais méditatif, me plonger dans un livre et ne plus rien dire jusqu'à ce que nous nous rendions à pied à l'école.

Chud m'attendait tous les matins, aussi bien les jours d'école que le week-end. Il portait souvent des traces de coups, mais nous avions appris à n'en rien dire. Chud aimait bien parler de tout sauf de lui et de ses horribles parents. Si mes sœurs faisaient le chemin avec leurs copines, il arrivait que Chud et moi évoquions ce qu'il subissait chez lui, mais jamais bien longtemps. Nous préférions imaginer comment nous nous vengerions quand nous serions adultes : nous les pousserions malencontreusement dans une mare bouillante ou nous empoisonnerions leur nourriture avec une plante spéciale – la vieille Merita nous aurait expliqué où la trouver dans la forêt du mont Totara et la manière de la préparer. Mais, en général, nous étions simplement des garçons plongés dans leur vie d'enfants.

Pour ce qui était des brimades, personne, pas même des garçons nettement plus âgés, n'osait porter la main sur Chud : il était mauvais et aurait utilisé n'importe quelle arme pour se défendre. Il avait aussi fait savoir qu'il était également interdit de me toucher.

L'école, c'était une autre histoire. Chud ne s'y intéressait pas alors que je la trouvais passionnante et stimulante. Les enseignants aimaient m'avoir dans leur classe. Je rapportais à la maison des livres de la bibliothèque. Je n'étais pas un rat de bibliothèque, mais j'aimais les mots et ce que l'imagination pouvait produire. Ce que Chud aimait par-dessus tout, c'était jouer avec un ballon de rugby, le lancer à la main ou au pied ; il plaquait de jeunes troncs d'arbre, me plaquait aussi par-derrière si nous marchions sur de l'herbe et, en riant, me passait dessus à quatre pattes comme un gros félin. Il me répétait : Un jour, je serai une star du rugby.

Les soirées nous appartenaient, autour de la radio, d'un jeu de cartes ou d'autre chose. Nous pouvions alors être nous-mêmes car nous savions qu'Henry avait l'habitude d'aller boire avec son patron et leurs copains après le travail. Ils se rendaient souvent à des soirées qui se terminaient après notre coucher. Il était rare que maman soit invitée à sortir quelque part avec lui.

Lors des fêtes que nous improvisions dans notre salon, maman dansait au son de diverses chansons. Elle nous enseignait des pas de valse, de jitterbug, de tango. Mata l'avertissait : T'as intérêt à ce que monsieur ne t'attrape pas à nous montrer des danses de la guerre. Sous-entendu, qu'un certain Américain lui aurait apprises. Nous reprenions tous les chansons qui passaient régulièrement à la radio. Mata avait une excellente mémoire des paroles, et elle savait chanter. Comme son père. Ma famille m'encourageait aussi à chanter ; quand j'ai été un peu plus grand, ma voix m'a permis de faire de bonnes imitations. Maman me promettait que le meilleur des changements viendrait à la puberté. Je mourais d'impatience. Et il y avait d'autres changements que je n'en pouvais plus d'attendre : j'ai même songé à m'enfuir de la maison.

Peut-être Henry tomberait-il malade et mourrait-il. Pourtant, cette idée me rendait triste et parfois même m'accablait. Peut-être que je l'aimais, même s'il ne m'avait jamais aimé, lui.

Deux ou trois fois par an, Henry rentrait à la maison avec une mission : ma mère. La punir du crime qu'elle avait commis en me mettant au monde et, comme je l'ai compris plus tard, la punir de l'acte lui-même. Car il y a, dans l'acte sexuel, quelque chose qui dérange les hommes. Tous les hommes, selon Merita. Non que la vieille dame l'eût ainsi nommé : elle appelait ça le machin.

Henry en reparlait même devant nous si nous étions là. Il demandait à ma mère s'il lui manquait. Sans préciser de qui il parlait. On savait. Nous tentions alors de nous éclipser aussi vite que possible, mais nous avions peur d'attirer son attention, surtout moi qui étais la preuve vivante de la faute de Mme la pécheresse et qui, en plus, résidais chez la victime.

Notre mère avait elle aussi sa façon de réagir : elle soupirait et détournait les yeux, puis regardait de nouveau Henry et disait : Combien de fois dois-je te répéter que je ne pense jamais au passé ? C'est derrière nous.

Henry répondait : Oh, bien sûr, tu n'y penses plus. Parce qu'il est mort, c'est tout. Mais s'il était vivant ?

Eh bien, Henry, s'il entrait dans cette maison, je lui dirais de partir. Il est mort et je voudrais que ce sujet le soit aussi. Tu vas m'en vouloir combien de temps encore ? Est-ce que tu n'as couché avec personne, quand tu étais là-bas ?

Il disait : Tu étais une femme mariée. Comment as-tu pu faire une chose pareille ?

Elle disait : Arrêtons la discussion, d'accord ? Tu n'as qu'à me frapper directement.

Henry s'avançait alors sur elle en grinçant des dents, les poings serrés. Tu m'as humilié. Je suis un homme respecté, et toi tu m'as humilié.

Je t'ai dit et répété que je le regrettais. Vas-y, tape, Henry. Mais pas devant les gosses. Je t'en prie.

Il enfonçait son doigt dans la poitrine de ma mère. T'as fait tes trucs de pute pendant que ton propre enfant était ici, que tes parents s'en occupaient. Tu pensais à ma fille, à ce moment-là ?

Les enfants, allez vous coucher.

Mata implorait son père : Je t'en prie, papa. Je t'en prie, ne fais pas mal à maman. Je t'aime, papa.

Allez vous coucher, j'ai dit.

On entendait Henry beugler. Et les coups sourds quand il la frappait, qu'il la balançait contre le mur. On entendait qu'elle lui criait les noms de Mata et de Wiki. Mais jamais le mien. J'aurais voulu qu'on dise mon nom, aussi, pour sentir que j'existais, que je respirais et que je parlais moi aussi. Mais maman ne lançait jamais mon nom à Henry, et il ne le prononçait pas, lui non plus. Je me sentais coupable quand il battait maman : c'était ma faute. Je pleurais en cachette, parce qu'il est honteux pour un garçon de pleurer devant quelqu'un. Je pleurais, coupable parce que mon existence même était la raison incessante du mal qu'on faisait à ma mère.

Mais quand j'ai appris à voir les choses de manière plus objective, j'ai compris qu'Henry était surtout un homme passif qui aimait réellement ses filles. Il jouissait d'une grande popularité dans le village et les gens l'admiraient. Je me demandais pourquoi il ne nous chassait pas, maman et moi, pourquoi il ne prenait pas une autre femme et ne se débarrassait pas de moi.

Je l'entendais dire à maman : Il n'y a pas un seul jour de ma vie où ne me revienne ce que tu as fait avec cette merde de Yankee – et son gosse qui vit avec nous !

J'avais envie de me précipiter et de dire : Mon père n'est pas une merde, c'est *toi* qui en es une. Et où est-ce que maman et moi allons vivre ? Dans une grotte ?

J'avais entendu maman dire à Mata – elle était plus grande – qu'Henry se torturait à cause de ce qui s'était passé. Mata avait répondu : Ça, tu l'as dit. Et il nous torture nous, en même temps. J'en peux plus, maman. T'as *tué* personne. T'as donné la vie à mon frère.

Un frère qui avait aimé entendre ces paroles. Et qui aimait Mata, aussi.

Henry travaillait beaucoup pour le village, bénévolement. Il disait que les anciens l'avaient chargé d'une responsabilité et qu'il se devait d'être à la hauteur. Je me demandais si ça les gênait, les anciens, qu'il frappe ma mère plusieurs fois par an. Sans doute que non, parce qu'ils cognaient probablement aussi sur leurs femmes. Ici, c'était courant. Les habitants du village savaient-ils qu'Henry ne m'adressait jamais la parole ? Ça leur aurait sans doute été égal, c'était leur enfant chéri.

Henry était en conflit permanent avec le conseil municipal ainsi qu'avec l'Etat qui non seulement s'était approprié les terres de Waiwera, mais prélevait la majeure partie des recettes touristiques – ce qui ne faisait qu'ajouter du sel sur la plaie. Il y voyait l'arrogance des Blancs.

A l'hôtel où il travaillait, il intervenait physiquement contre les clients agressifs. On disait qu'il n'avait jamais perdu de bagarre, mais que ce n'était non plus jamais lui qui la cherchait. Du coup j'étais fier de lui, et pourtant il ne m'aimait pas. Quand on est un jeune garçon, on n'est pas insensible à un homme qui ne connaît pas la défaite, même si l'homme et le garçon en question ne se parlent pas.

Maman et Henry ne se parlaient pas beaucoup non plus. Mais, comme disait Mata, puisque Wiki était née, il était évident qu'ils faisaient l'autre chose. Ces mots n'ont pris leur sens que lorsque j'ai découvert ce qu'était cette autre chose. Et ça m'a donné envie de vomir. Quand Manu est né j'avais neuf ans et j'ai eu l'impression qu'une génération nous séparait. J'ai vite été assez grand pour me représenter l'acte qui l'avait créé, et j'en étais écœuré. Comment maman pouvait-elle laisser Henry faire ça ? Ou bien s'imposait-il à elle par la force ?

Pourtant, comparée à celle de Chud, ma vie était un vrai bonheur. Et c'est ce que ma mère n'arrêtait pas de me répéter : quelle que soit ta situation, il y a des gens qui sont plus mal lotis que toi.

CHAPITRE SIX

DEPUIS LA VÉRANDA de Merita je crie aux quelques êtres humains qui se trouvent en contrebas :

Guerriers couverts de honte qui avez été capturés et réduits en esclavage, je suis votre maître !

Esclaves ! Anciens guerriers qui avez préféré la capture à une mort honorable, c'est vous qui enterrerez nos immondices et supporterez les lourds labeurs. Je vous méprise !

Merita m'a dit que tous les grands chefs maoris avaient des esclaves et que certains d'entre eux étaient destinés à être cuits au four. Nos livres de classe nous apprennent que ce sont des esclaves égyptiens qui ont construit les pyramides. Que les gens les plus bas de la société sont ceux qui ont peiné sur chacun des grands monuments du monde comme le Tâj Mahal – et qui se souvient de leur nom ? Il faut mépriser les esclaves. Mieux vaut être mort.

Allez construire quelque chose en mon honneur, chiens d'esclaves ! Un château, un énorme manoir au sommet du Totara pour que tous mes sujets puissent m'adorer. Vous n'aurez pas le droit de jeter vos regards serviles sur ma personne – baissez les yeux, esclaves ! Ne me regardez jamais, car vous souilleriez ma présence.

Soudain, voilà que j'ai de l'importance en ce lieu dominé par Henry. *C'est moi, votre grand chef guerrier ! Si vous osez me regarder dans les yeux, je vous jetterai dans une mare bouillante !*

Merita me dit que, si je continue à parler comme ça, quelqu'un va me flanquer une bonne taloche. Mais elle m'a révélé que ma mère était de haute naissance : je le suis donc aussi. Quant au tatouage en spirale que porte Merita, il signifie qu'elle est également bien née. On ne confère pas un tel honneur à une femme ordinaire. Les gens bien nés sont capables de supporter la douleur, c'est une marque de leur position supérieure. Et le gamin de haute naissance que je suis supporte la douleur de vivre dans la maison d'Henry.

Un jour, Henry Takahe, je ferai de toi l'un de mes esclaves. Un jour, mon père viendra et alors on te verra trembler devant un homme, un vrai. A genoux, esclave ! dira mon père. Et tu t'agenouilleras. Alors il te décapitera pour avoir traité son fils comme tu l'as fait.

CHAPITRE SEPT

DE CE CÔTÉ-CI DU PONT, une paroi rocheuse descend en pente abrupte jusqu'à l'eau. Elle part d'une route en terre où des gamins arrivés de bonne heure tournent en rond, impatients de savoir ce qu'on décidera de faire en premier : plonger dans l'eau froide de la rivière ou bien se réchauffer dans l'une ou l'autre des quatre variétés de bains. C'est une affaire compliquée qu'il ne faut pas brusquer ; les garçons et les filles traînent leurs pieds nus dans la poussière, glissent un orteil dans une flaque, baissent les yeux vers la rivière, les lèvent jusqu'au ciel au-delà de la zone thermale principale, les baissent de nouveau vers la maison des Smith qui ont perdu deux fils à la guerre, s'observent, laissent leurs regards flotter au loin. Chacun espère quelque chose en particulier, mais ce n'est pas à lui ou elle de le dire, ni à personne, en fait ; ça vient et c'est tout, dès qu'on se joint à un groupe on se laisse posséder par sa mystérieuse volonté. Même les fortes personnalités ne décident pas toujours de la manière dont la journée va commencer.

Ce n'est pas que Yank ait une préférence ; il adore tout, peu importe l'ordre.

C'est la rivière. Les gamins descendent et s'éparpillent sur la paroi rocheuse comme des chèvres prêtes à sauter. Ils ont tout enlevé sauf leurs shorts, mais les filles gardent un tee-shirt, même celles qui n'ont qu'un soupçon de poitrine, et tous frissonnent malgré la chaleur de l'été, se serrent dans leurs propres bras, font de grands sourires, poussent de petits gloussements, et regardent tour à tour la rivière au cours régulier et leurs camarades.

Puis quelqu'un saute en poussant un cri : c'est un grand plat sur le ventre pour commencer la journée. Les autres chèvres bondissent dans les airs à sa suite. Il y a le choc de la rencontre avec l'eau froide, puis la douce immersion dans l'aire de jeu liquide. Pas de temps à perdre, on a des jeux à organiser, des concours bien rodés à relancer, des compétitions de nage en surface ou sous l'eau, et puis on veut chahuter, chatouiller l'un ou défier un autre à la lutte.

On appelle ça le ratissage. Ceux qui veulent de l'argent s'y mettent sans attendre : ils plongent et remuent le sable et les gravillons jusqu'à ce qu'ils entendent un tintement. Alors ils remontent, les deux mains jointes en une coupe remplie de sable qu'ils laveront à la manière des chercheurs d'or pour que la tranche de la pièce émerge comme un vœu exaucé – surtout s'il s'agit de la pièce la plus grosse, la demi-couronne : ils auront l'impression que c'est Dieu en personne qui l'a placée là. Ils mettent ensuite la pièce dans leur bouche – une poche naturelle, la bourse parfaite pour un vrai trésor en pièces de monnaie. Et voilà qu'ils (ou elles) plongent de nouveau dans l'eau trouble si la pluie l'a rendue boueuse. Ou bien, si l'eau est claire et qu'ils se voient, ils se sourient ou prennent une expression menaçante, tels des prédateurs qui, même s'ils sont à la poursuite d'argent, resteront amis.

Une demi-couronne, voilà la suprême récompense, une vraie pépite : c'est deux shillings et six pence, c'est-à-dire un pouvoir d'achat illimité et un certain pouvoir d'attraction à l'égard des humains, de ces autres gosses qui espèrent que la chance sera contagieuse ou qu'ils recevront quelques-uns des bonbons et friandises achetés. Si c'est un frère, une sœur ou un cousin, il t'offrira peut-être une place de cinéma ou un trajet en car. Des pieds émergent et battent l'air, ceux de plusieurs gamins qui ratissent la paroi rocheuse à l'endroit où les pièces ne peuvent que s'enfoncer un peu plus dans le sable et les petits cailloux en attendant que des enfants chanceux les trouvent.

Poursuivant aujourd'hui un autre but, Yank part assez loin en amont : il marche mais doit vraiment lutter contre le courant. Une fois hors de la vue des autres, il se retourne, prend une grande respiration et se glisse sous l'eau. Parti.

Dans sa propre galaxie, et c'est peut-être la voûte céleste, qu'il est en train de traverser : il a réussi à s'accroupir, le corps penché en avant, et à courir comme s'il sprintait. Oui, le courant le propulse à travers ce ciel liquide, le voilà qui se transforme en héros de bande dessinée : il devient cet autre lui-même que personne ne peut voir ni détecter, et il gagne encore de la vitesse. En dévalant la rivière, il repère les corps d'assez loin pour les éviter, lui qui va si vite, devenu un héros capable de voler et dont l'esprit atteint des régions que nul autre ne peut connaître, car il est seul dans cette découverte et n'a pas l'intention de la partager. Ses copains ont beau croire qu'il nage simplement sous l'eau comme eux, il vit tout autre chose.

Il le fait pour son père. Pour le Yankee au grand sourire, habillé en cow-boy, qui regarde du haut du pont et attend que son fils réémerge. A moins qu'il ne soit habillé en John Wayne dans son uniforme de marine américain – c'est ainsi qu'il est sans doute apparu à sa mère, dans des vêtements nettoyés à sec (habitude américaine importée ici). Un homme aux traits parfaits, à l'apparence impeccable qui cherche son garçon.

Yank remonte à la surface, fait un sourire grimaçant à la figure imaginaire qui lui renvoie une expression rayonnante. Le père jette une demi-couronne à son fils. Pour toi, mon gars. Ne laisse personne d'autre l'attraper. Et voilà Yank qui plonge dans l'eau claire ; il voit la plus grosse des pièces tracer une courbe dans sa descente, et il se rue si fort sur elle que ses pieds arrachent du sable. Je te tiens !

Il remonte. Merci, pa !

Les premiers cars de touristes déversent leurs passagers près de l'arche du souvenir où les attendent les guides, des femmes du coin qui vont leur faire visiter ce prodigieux pays thermal. Le groupe de tête surgit rapidement sur le pont : il y a là beaucoup de nationalités : des Américains – les plus nombreux –, des Australiens, des Anglais, des Canadiens, et des gens de divers endroits d'Europe, mais pas des pays qu'on a combattus, l'Allemagne, l'Italie ou le Japon.

Jetez un penny si'ouplaît ! Un penny si'ouplaît ! Alors qu'en réalité ils voudraient qu'on lance des pièces d'argent, en particulier des demi-couronnes. Et Yank souhaiterait voir le visage de son père revenu pour le ramener à la maison – en Amérique !

Les autres gamins sont maintenant des concurrents redoutables, qu'ils soient de la même famille ou pas, car les pièces sont synonymes de friandises, de places de cinéma, de statut et de confirmation, d'affirmation de soi, toutes choses qu'on peut acquérir en faisant du charme et en quémandant, ou par la beauté, la grâce et le courage : il suffit de les voir s'envoler depuis les six mètres de hauteur du pont pour plonger dans une eau à peine plus haute qu'eux. Madame, je saute pour six pence. M'sieu, je plonge du haut du parapet pour un shilling, et pour deux je le fais en touchant mes orteils. M'dame, vous devriez me voir faire le saut de l'ange. Deux shillings et demi pour un saut périlleux, et payez après l'avoir vu.

Yank grimpe jusqu'au pont le long de la paroi rocheuse. Il demande mentalement à son père le Yankee s'il préfère que son fils saute ou qu'il plonge. Naturellement, le père veut voir un plongeon. Ce qui est beaucoup plus difficile et effrayant que de sauter. Mais il sait que, s'il ne le fait pas, son père disparaîtra, un point c'est tout.

Il monte donc sur le parapet, et l'eau est si loin au-dessous de lui qu'il a envie de mourir. Pour ton pa, Yank. Fais-le pour ton père.

Les touristes américains crient pour l'encourager, un gosse du coin lui demande pour qui il plonge, car il n'a pas vu Yank glisser de pièce dans sa bouche.

Yank se concentre sur l'endroit où son corps se désintégrera sous les yeux de son père, et il voudrait bien qu'il existe un autre moyen de l'impressionner. Mais il n'y en a pas. Pas à Waiwera. C'est ce que font les gosses, ici. Ce que doit faire le fils de l'Américain.

Il lui faut un peu de temps pour trouver le courage. Plusieurs Américaines lui suggèrent de descendre : c'est trop dangereux, et nous voyons bien que tu n'en as pas envie. C'est vrai. Mais il doit le faire. Pour son papa.

OK, papa, prêt. Regarde.

Il se jette dans les airs, et toute la peur disparaît, il a les jambes jointes, les bras tendus, et la sensation d'une chute interminable. Ses doigts fendent l'eau, il creuse le dos pour freiner sa descente, il entend une salve d'applaudissements au-dessus de lui avant que l'eau ne le submerge en même temps que la fierté d'avoir montré à son père quel fils audacieux il a.

Il refait surface et voit son père, ce bel homme, partir d'un rire plein de satisfaction et montrer Yank du doigt en disant à ses amis américains : C'est mon fils que vous venez de voir ! C'est quelqu'un, pas vrai ? D'un geste, Yank fait au revoir à son père ; il doit aller gagner de l'argent. Et il rejoint les autres dans le temps réel.

Il poursuit une pièce de trois pence qui danse et voltige comme un papillon ; la pièce de un shilling décrit des arcs plus larges tandis que celle de deux shillings suit un trajet court et que la pièce la plus convoitée, la demi-couronne, fait des boucles en zigzag. Les corps se heurtent, se joignent et se séparent sous l'eau, dans un autre monde, une autre dimension. Le gagnant brise triomphalement la surface en brandissant le trophée.

Les gosses restent dans la rivière aussi longtemps que leur corps le supporte, puis ils s'en vont vers l'autre lieu béni, les bains chauds. Vers la chaleur humaine des corps qui se touchent. L'eau est douce sous les doigts, comme si elle contenait un peu d'huile, elle glisse sur la peau – tout autour il n'y a que le ciel et de la vapeur.

Des bouches parlent, jacassent, rient, crachent de la salive, claquent en mangeant, font des bulles au ras de l'eau ; dans les yeux brille quelque espièglerie, des sourires dessinent une échancrure blanche sur un fond de peau marron foncé et de cheveux toujours noirs, des têtes s'enfoncent sous l'eau où l'on se retient de respirer pendant un temps impossible, puis on se libère, on aspire de l'air et on crache un rire de triomphe parce qu'on vient de battre un record. Dure prise de conscience pour ceux qui ont établi ce record, quand ils s'aperçoivent que tout le monde s'en fiche.

Pourtant, chacun a sa place ici : les forts comme ceux qui ont peu de personnalité, les ternes et les ennuyeux, les éclopés, les limités, les imbéciles et les débiles, ceux qu'une vie familiale trop dure a insensibilisés de trop bonne heure – impossible d'en parler même s'ils sont assez nombreux à en souffrir, mais ils savent que tous les autres ont mal pour eux –, restez proches les uns des autres, restez loyaux, mourez pour nous si on vous le demande et, en retour, nous vous réconforterons et nous mourrons pour vous.

Il y a ceux qui sont nés en colère et même furieux contre quelque chose ou contre rien de précis ; ils sont dans le bain aussi, les handicapés sociaux, les arriérés de corps et d'esprit, les moches, les affreux, les quelconques, et ceux qui ont la chance d'avoir le charme, l'élégance, la beauté, un corps et des traits magnifiques – vous êtes les meilleurs d'entre nous, mais vous êtes, vous aussi, redevables de ce que vous êtes ; tout le monde est redevable. Chud, tu es des nôtres, et on se fout de tes horribles parents. Yank, toi aussi tu es dans le bain, peu importe ton nom et d'où il vient, peu importe le nom que certains donnent à ta mère, on ne veut rien entendre de ça ici, tu es avec nous, tu es l'un de nous.

Grandir dans un paradis semblable à un jardin souterrain d'où, comme autant de jets de vapeur, surgissent des milliers d'événements. Et un jour, un père qui a fait le trajet depuis l'Amérique vient chercher son fils.

CHAPITRE HUIT

HENRY ET SON PÈRE avaient prévu notre avenir. Ils avaient construit, sur un terrain où les éruptions thermales étaient peu probables et qui appartenait à la famille, une maison de plan classique comprenant quatre chambres à coucher. A peine venions-nous de nous y installer – nous étions de jeunes mariés, j'étais enceinte et Henry allait débuter comme barman à l'hôtel local –, que la guerre a éclaté.

Pendant les années d'absence d'Henry, la maison est devenue un lieu trop vaste et solitaire malgré des visiteurs fréquents et en dépit du fait que je vivais dans un village très uni. J'étais rongée par l'envie d'autre chose que ces commérages de village et leurs petits sujets de grogne. Mais j'étais née là, moi aussi, mon miroir, toujours le même, me renvoyait l'image d'une vie sans changements. J'aurais peut-être dû me ranger et suivre le courant.

L'arrivée du bébé a modifié les choses : il m'occupait et me maintenait dans ce merveilleux état de joie que connaissent les mères. J'appréciais particulièrement les bains chauds que je prenais avec l'enfant en compagnie des villageois de notre famille. La coutume voulait qu'on partage le bébé avec d'autres, avec les deux couples de grands-parents, les oncles, les tantes et même les cousins. Lorsque la petite Mata a été sevrée, elle a pu passer la nuit chez d'autres membres de la famille. Alors, de nouveau, la maison m'a semblé trop grande et je m'y suis sentie seule. Je me demande si ce malaise préfigurait l'avenir, le fait que je ne serais jamais chez moi dans cette maison.

Lorsque le père d'Henry est mort en 1943, ma belle-mère m'a chargée d'écrire à son fils pour l'en informer. Il a fallu plusieurs mois pour que la réponse d'Henry nous parvienne, et elle exprimait les choses habituelles, la tristesse, bien sûr, de ne pas avoir pu dire adieu. Mais entre nous, ajoutait-il, son père avait été quelqu'un d'ordinaire que pas grand-chose ne distinguait, sinon d'avoir construit la maison d'Henry avec l'aide énergique de son fils. Entre-temps, trois garçons de Waiwera venaient de perdre la vie dans une récente bataille en Italie.

Peu après la naissance de Yank, mon propre père qui approchait alors de la cinquantaine est parti avec une Pakéha. Je m'étais demandé pourquoi il n'avait pas eu de mots durs pour condamner ma brève aventure, une fois le secret révélé par ma grossesse. Le départ de papa a brisé maman – l'a tuée, ont dit certains – et nous a choqués et écœurés, nous, les enfants. Même moi, j'ai eu l'audace d'en être indignée. Je suppose que c'est parce que nous avions une mère totalement dédiée à sa famille. Mes deux sœurs aînées ont quitté le village, à cause de la honte, ont-elles dit, et parce que maman était morte de chagrin. Comme mes deux frères aînés avaient des enfants et vivaient dans une nouvelle banlieue de la ville, je ne les voyais pas souvent. Les gens du village disaient que, si mon père avait fait ce coup-là, c'était peut-être parce qu'on le taquinait à cause de sa peau pâle – ou bien il avait cédé à sa préférence pour une chair aussi blanche que la sienne.

J'ai commencé à comprendre que la vie dans un village a elle aussi un coût : la communauté vous entoure et vous soutient, mais en même temps la haine et les langues venimeuses guettent la moindre transgression.

Comment ma propre transgression a-t-elle eu lieu ? Peut-être parce que je suis la fille de mon père, j'avais des rêves sexuels particulièrement forts et je me réveillais très troublée.

On ne peut pas maîtriser ses rêves. Ni son corps, et pourtant le mien refusait de me livrer ses secrets.

Dans notre culture, on est réservé : on ne parle pas de choses intimes. On fait des allusions, les femmes disent qu'une telle est chaude et s'amusent à mettre les hommes en garde en leur disant qu'elle va les croquer pour son petit-déjeuner. Mais un orgasme ? Dieu les en préserve.

Puis, une des guides étant malade, on m'a appelée et ma vie a basculé. J'ai rencontré un marine américain qui s'appelait Jess.

Laissant mon bébé à mes parents, j'ai osé suivre Jess en ville, près du camp américain à l'extérieur de Wellington. Deux semaines de ravissement inimaginable : une grande porte s'ouvrait sur une autre Lena qui attendait. Gaie, insouciante, s'abandonnant dans tous les domaines. De retour chez moi, je n'avais cure des langues qui se déliaient et des mauvais regards de ma belle-mère qui exigeait silencieusement une explication. Je n'ai donné aucune excuse, disant simplement que j'étais partie et puis que j'avais été entraînée par des amis.

Je suppose que j'étais amoureuse. C'est difficile à dire, tellement j'étais ailleurs, la tête dans les nuages, stupéfaite de ce que j'avais découvert en moi – avec l'aide de Jess. Peut-être était-ce de la liberté que j'étais tombée amoureuse, d'avoir été libérée. Délivrée de mes chaînes sexuelles.

Je n'ai pas eu mes règles ce mois-là. Ni le mois suivant. Oh, non, pas ça ! Le troisième mois, toujours pas de règles, et je ne pouvais plus ignorer le petit renflement de mon ventre. Les langues, après s'être agitées derrière mon dos, me demandaient maintenant ouvertement ce que je trafiquais à porter ainsi un bébé. Alors que tu es une mère mariée ? Tu n'as plus qu'à prier que ton mari soit tué parce que, sinon, c'est lui qui à coup sûr va te tuer quand il rentrera.

Pas d'autre choix que de devenir une sorte de recluse, ce qui est difficile dans un village où tout le monde est parent avec tout le monde et connaît tout sur chacun, où les gens se retrouvent aux bains communaux. Je ne me baignais plus que chez moi ou bien à Falls Bath juste à côté de ma maison.

C'est ma mère qui m'a assistée pour la naissance de Yank. Je l'ai appelé Mark, comme un des frères de maman que j'aimais bien. A la maison, mon bébé me distrayait trop pour que je me pose des questions sur l'indifférence de mon père ou ses sorties tardives. Quand papa est parti avec sa maîtresse, sa Pakéha, maman a été d'autant plus blessée qu'il s'agissait d'une Blanche, car elle souffrait de voir les Maoris considérés comme une race inférieure, plus primitive que celle de nos compatriotes blancs de Nouvelle-Zélande. Elle n'était pas la seule à ressentir les choses ainsi.

Maman est morte de détresse morale, j'en suis sûre ; les gens, pourtant, savaient qu'elle avait tendance à être mélancolique.

Comme mes frères et sœurs étaient partis et que, dans ma nouvelle position sociale amoindrie, j'étais peu disposée à me faire des amis, je me suis concentrée sur mes deux enfants jusqu'au retour de mon mari.

Mon pauvre Yank a bien été obligé de se résoudre à voir Henry ne manifester aucun intérêt pour lui. Ça fait mal de voir un petit garçon essayer de comprendre pourquoi l'homme de la maison ne lui dit jamais un mot, ne répond à aucune des questions que, dans sa naïveté, un enfant pose naturellement. Jusqu'à l'âge de cinq ans, à peu près, il a cru qu'Henry était son père.

Henry affirmait que je lui avais infligé une *humiliation à vie*, mais il avait au moins, pour oublier son sort, son emploi à l'hôtel et le travail qu'il effectuait dans la communauté. Et, pendant les deux ans et davantage où nous avons fait chambre à part, j'ai compris rien qu'aux ricanements des gens les plus moches du village qu'Henry voyait d'autres femmes.

Un jour, pourtant, il est entré dans ma chambre et, me trouvant déshabillée, il m'a prise de manière très égoïste – mais excitante.

Les choses ont alors changé pour le mieux. Il était davantage le Henry autrefois. Non que son intérêt sexuel ait été dirigé ailleurs que vers son propre plaisir. Mais il a confirmé l'adage selon lequel la bête est domptée quand l'homme a des rapports sexuels – même si la relation est déséquilibrée.

Son père lui avait laissé quelques centaines de livres sterling en héritage, ce qui a permis de meubler la maison, d'acheter entre autres ce miracle qu'on appelle un frigo. Nous avons été parmi les premiers du village à en posséder un, et je m'en suis sentie très fière. Henry avait un bon salaire, ce qui signifiait que nous ne tirions pas le diable par la queue comme d'autres familles. Nous sommes alors tombés dans une routine qui semblait nous satisfaire tous les deux, du moment que je refoulais mes pensées.

Dans notre cuisine, il y avait une cuisinière à charbon, une petite table recouverte de formica sur laquelle nous mangions et six chaises assorties, des étagères en bois brut grossièrement taillé où s'empilaient des casseroles, des poêles et de la vaisselle, et quelques photos encadrées accrochées au mur (mais je ne figurais sur aucune d'elles, et mon fils non plus). Les fenêtres donnaient directement sur de grands arbres à thé, la porte de derrière s'ouvrait sur une petite pelouse qui fumait dans le coin où Henry avait installé la caisse à vapeur en bois que j'utilisais tous les jours pour la cuisine.

Les chambres étaient meublées simplement : des lits superposés dans l'une, des lits doubles dans les autres, une commode et, dans la chambre principale qui était redevenue la nôtre, les murs étaient ornés de plusieurs photos du frère d'Henry mort à la guerre, et d'autres où l'on voyait Henry en uniforme. Il avait décroché nos photos de mariage. Comment aurais-je pu protester ?

Une autre photo d'un soldat de Waiwera trônait dans notre salon. Celle du frère cadet de Barney, Harold, dont les yeux vous suivaient partout dans la pièce. Le grand copain d'Henry, ils avaient grandi ensemble. Tué dans une escarmouche : Henry et Barney avaient assisté à sa mort.

Trois murs du salon étaient décorés par d'autres photos d'Henry avant la guerre mais en uniforme militaire – du simple soldat jusqu'à ce capitaine radieux aux galons qui brillaient sur ses larges épaules. Puis des clichés d'après-guerre avec un autre Henry, en civil, plus grave. Et plusieurs membres de sa famille, quelques équipes de rugby dans diverses catégories d'âge, des cartes postales encadrées représentant des pyramides d'Egypte et un château en Italie. Au centre, juste au-dessus de la cheminée, une gravure d'un paysage de Grèce, aride et escarpé, avec un paysan grec souriant. C'était une figure qui, dans l'esprit de Yank, était devenue celle d'un ami. Il m'arrivait de surprendre mon petit garçon en train de parler à ce paysan qu'il appelait Guéguec. Des études photographiques de Waiwera à différentes époques rendaient visibles la présence de la vapeur. On voyait aussi une gravure des Terrasses roses et blanches, ces créations fabuleuses de l'activité thermale. A mesure que Mata grandissait, de nouvelles photos d'elle faisaient leur apparition, et nos autres enfants, Wiki et Manu, étaient eux aussi admis dans la galerie de portraits. Mais il n'y a eu aucune image de la mère ou du fils.

CHAPITRE NEUF

DES PIEDS NUS QUI COURENT sur le chemin de terre près de la maison. Yank sent le léger tremblement – peut-être une indication de l'instabilité du sol dans cette région. La vitesse des pas lui fait penser à un sprint ou alors à quelqu'un qui fuit un danger.

Devant la fenêtre de la chambre, Chud s'arrête sur le petit bout de pelouse en haletant. Il est grand, pour ses douze ans, et il a déjà des muscles alors que les autres gamins de son âge en sont encore aux promesses dont ils attendent la réalisation. Il est en short de bain, c'est tout.

Sa peau a beau être sombre, elle laisse néanmoins voir du sang un peu partout, et ça coule du visage. De la bouche. Du nez. Un de ses yeux est enflé et fermé.

Yank se rue dehors. Dans l'œil ouvert de Chud, Yank voit tout ce qu'il a besoin de savoir – les mots n'en diraient pas tant. Les deux garçons font des efforts pour ne pas pleurer. Ne sachant où regarder, Chud tente sans cesse d'ouvrir l'œil enflé.

Ta vieille est à la maison, Yank ?

Ouais, mais l'appelle pas comme ça. Tu ferais mieux d'aller lui parler. Viens.

Ils donnent un drôle de spectacle, dans la cuisine. Chud pleure dans les bras de Lena tandis que Yank reste debout près de la porte de derrière – il a mal pour son copain. Lena passe une main sur la tête de Chud et, de l'autre, le tient serré contre sa poitrine comme un bébé. Elle ne dit pas grand-chose mais elle l'appelle Boyboy, un nom qu'elle lui a donné il y a des années de cela, la première fois qu'il est venu chercher du réconfort auprès d'elle après avoir pris une raclée. Il venait tout juste d'entrer à l'école.

Venez, dit-elle à présent, on va acheter des glaces.

Ils prennent le trajet le plus long pour ne pas passer devant les parents de Chud. Ta glace va te faire plaisir, Boyboy, lui dit Lena, et tu ne te laisseras pas démoraliser par ces ivrognes. Des gosses du voisinage regardent avec de grands yeux les blessures de Chud, tandis que d'autres, plus âgés, grognent en direction de la maison des Kohu où l'on entend une fête qui bat son plein – un dimanche, tout juste passé midi. Un ado crache pour montrer à Chud qu'il est de son côté.

Une vingtaine d'Américains bruyants se taisent brusquement en voyant Chud et ses blessures. Une femme lui demande si ça va, et c'est Lena qui répond à sa place, disant à Chud de lever la tête et de *sourire*.

Chud parvient à esquisser une sorte de sourire. Yank, de son côté, jette de rapides coups d'œil vers les Américains de sexe masculin. Au cas où.

Lena glisse un bras autour de Chud qui marche maintenant légèrement penché vers elle – il puise de l'espoir dans sa gentillesse.

Sur le chemin du retour, lorsque Lena prend délibérément le raccourci qui mène chez elle, Chud se laisse distancer comme un petit bateau à la dérive. Lena et Yank le précèdent maintenant de plusieurs pas. Avance, lui dit Lena. Ça fait partie de ce qu'il faut pour montrer au monde que, même si tu parais blessé, tu ne l'es pas encore. Elle retourne prendre de nouveau Chud sous son bras. On va passer devant chez eux, tu m'entends ?

D'abord devant la maison de la belle-mère de Lena. Elle ne se montre pas et pourrait bien être en train d'épier derrière ses rideaux les deux personnes qu'elle déteste le plus en ce monde, la mère et le fils.

Et puis devant la fête. Ces gens qui se déversent de la maison des Kohu en jacassant et en gloussant ressemblent à une bande de singes mus par leurs instincts. On entend des rugissements, des affirmations d'ivrognes et des rires écervelés de primates en pleine rivalité. Les femmes caquètent et poussent des éclats de rire lubriques. Elles essaient toutes des pas de danse ou des mouvements qui se veulent érotiques, mais ne sont que soûles et vulgaires. Tout cela sous un chaud soleil de midi.

L'une d'elles commence à tomber à la renverse quand elle est rattrapée par la main d'un homme qui la tire à lui pour lui coller un baiser et l'arroser de son rire à la bière. Elle finit quand même par tomber dès qu'il lui lâche la main, ce qui déclenche l'hilarité générale. Par terre, elle bat des pieds comme un animal couché sur le dos, incapable de se redresser.

Arrive alors une femme qui, inclinant une bouteille, verse un flot régulier de bière dans la bouche ouverte de la fille à terre qui rit. Voilà qui fait s'esclaffer et sauter de joie tous ces anthropoïdes.

Mais ils ne sont pas devenus singes au point d'être aveugles à l'égard du trio qui passe.

Un homme s'écrie : Hé ! C'est pas vous ?

Si, c'est elle, dit un autre. La putain.

C'est maintenant au tour de Lena de faire comme si de rien n'était et de donner le change, par son sourire mais aussi son attitude. Elle va jusqu'à les saluer de la main. Mais pas son fils : ses yeux rétrécis jettent à l'homme un regard haineux.

Comme Chud n'ose pas les regarder, c'est Yank qui demande : Maman, pourquoi tu tolères ça ?

Au lieu de répondre, elle se tourne vers Chud pour voir s'il tient le coup. Regarde droit devant toi, Chud.

Chud ! Hé là, Chud !

Continue à marcher, Chud. On n'est pas loin.

Ted Kohu arrive en zigzaguant sur le gazon comme un babouin mâle qui vient récupérer un de ses rejetons. Quand je t'appelle, p'tit mec, tu réponds !

La meute de Ted est devenue presque silencieuse, à part ceux qui gémissent et ceux qui tentent de chanter, trop soûls pour remarquer quoi que ce soit ou s'en soucier.

Lena arrête sa petite troupe.

C'est au garçon que tu parles, Ted ?

C'est pas au clebs, quand même. Ou alors peut-être que si.

Il dort chez nous ce soir.

Ah bon ? J'ai une info pour lui – tu dors pas là-bas ! Ramène ton putain de cul noir par ici, et tout de suite.

C'est à Lena plus qu'à Yank que Chud dit : Il faut que j'y aille.

Non, dit Lena, non, t'es pas obligé. Elle dégage le bras qui tenait Chud et se tourne pour faire face à Ted qui s'est avancé jusqu'au carré de mauvaises herbes faisant office de pelouse.

Il y a pas mal d'hommes, dans ce village, qui n'apprécieront pas quand on leur montrera les blessures de ce garçon. Y compris Henry.

Ted se met à rire. Quoi ? Mais il se fout complètement de ton cas. On sait comment ça se passe chez toi, mémère. Alors, viens pas me menacer d'Henry. Il lui fait un large sourire.

Henry aime pas qu'on maltraite les enfants. Et ça va aussi intéresser les flics.

Ted a besoin d'un temps pour enregistrer. Les flics ? Il lance un geste méprisant à Lena et retourne vers les autres.

J'les déteste, marmonne Chud à Yank. Qui ne les déteste pas ?

CHAPITRE DIX

ILS CHANTENT comme si quelque chose en eux n'arrivait jamais à se résoudre et, en même temps, comme si tout était en paix, au moins tant qu'ils chantent ensemble. Des militaires rentrés au pays – et, parmi eux, trop nombreux sont ceux qui sont revenus en plus mauvais état. Ils chantent les morceaux qu'ils connaissaient avant leur départ, des chants européens adaptés à des paroles maories, mais ils se lancent aussi dans des chants en italien appris alors qu'ils se battaient contre ce peuple. C'est drôle, ils n'ont pas retenu un seul chant allemand.

Pendant les années qui ont suivi leur retour, ce groupe de douze s'est fait une belle réputation en ville pour son harmonie de cinq lignes mélodiques, pour le son naturel et la puissance de ses voix, ainsi que pour son enthousiasme caractéristique d'une race de guerriers vainqueurs de la guerre.

Lena est l'une des plus de cent personnes qui, debout devant l'entrée du bar de l'hôtel Waiwera, sont ravies par les accents de l'hymne maori qui se déverse par les fenêtres ouvertes. Pas un chuchotement dans le public, qu'il soit à l'intérieur ou à l'extérieur de l'hôtel ; sinon, on violerait un principe sacro-saint.

Lena songe à l'homme dont la voix s'élève au-dessus des autres, et elle se dit que, lorsqu'il sera rentré à la maison ce soir, il serait bien capable de jeter par terre le repas qu'elle a préparé pour lui et de revenir sur la liaison qu'elle a eue avec le Yankee.

Le soleil est encore haut, car il est près de six heures du soir en ce chaud samedi de décembre. Les enfants jouent à l'ombre de vieux chênes, dans la cour devant l'hôtel, vaste construction aux façades de planches à clins. Les touristes sont de retour et un peu plus d'argent circule dans la communauté, même si l'Etat prélève la part du lion.

Comme il vient d'être repeint, l'hôtel brille au soleil avec encore plus de blancheur, et on a l'impression que le volume des chants qui s'élèvent du bar lui donne un éclat supplémentaire, comme si les anciens combattants, en chantant à gorge déployée, lui conféraient une sorte de magie. Les chênes répandent leur ombre et leur fraîcheur sur les enfants qui jouent dessous. Et, en arrière-plan sonore, il y a le bourdonnement des mouches et des abeilles.

Devant l'hôtel, des clients écoutent avec le même émerveillement. Rien qu'à leur aspect, leurs habits voyants et leur assurance, on voit qu'ils sont américains pour la plupart. D'autres touristes – des hommes, également américains – ont sans aucun doute pris place à l'intérieur et doivent être scandalisés par la façon dont on écluse la bière, ici. Les chanteurs, cependant, ne vont pas se soûler au risque de gâcher leur performance.

Des spectateurs sont venus des banlieues à bicyclette, des gens de tous âges ont fait le trajet à pied, d'autres ont roulé dans des voitures en général vieilles ou dans des camionnettes cabossées. Des ados y ont vu une occasion de randonnée, de vieux couples y ont trouvé le prétexte d'une soirée, des enfants d'autres quartiers ont été attirés par toute cette excitation, et ceux de Waiwera les toisent pour s'assurer de leur respect. Mais seuls quelques enfants apprécient ces chants. Yank est l'un de ceux-là, même si la voix principale est celle d'Henry.

Une voiture de police s'arrête. C'est une Humber noire, une Super Snipe. Un agent en descend, suivi d'un sergent qui se veut sévère et secoue la tête parce qu'on a dépassé six heures, l'heure légale de fermeture. Lorsque la sonnerie retentit, les clients disposent de quinze minutes pour vider les lieux. Mais il en va différemment, cette fois : les anciens combattants de Waiwera sont très renommés.

Et les gens poussent des exclamations qui traduisent leur appréciation, leur admiration. Une spectatrice près de Lena déclare : On peut remercier Dieu de les avoir ramenés sains et saufs chez nous et d'avoir épargné à notre ville la perte de pareilles voix. Lena éprouve bien sûr le même sentiment, même si elle nourrit aussi d'autres pensées à l'égard de la voix particulière qui se détache des autres.

La mélodie a beau être enchanteresse – comme l'est d'ailleurs la voix de son mari –, Lena garde toujours un œil sur ses enfants, surtout sur Yank en grande conversation avec un Américain. Elle ne se demande pas pourquoi il s'est adressé à ces touristes – une mère sait ce genre de chose. Ce qui reste un mystère pour elle, cependant, c'est le genre de question qu'il pose ; car elle n'a jamais livré le moindre détail sur l'homme que Yank, elle le sait, s'est donné pour mission impossible de retrouver.

Les flics finissent par prendre une posture officielle : ils mettent leurs casques et pénètrent dans le bar au moment même où retentit la sonnerie de fermeture. Presque aussitôt, des hommes se déversent à l'extérieur, vers la lumière du soleil, vers leurs femmes qui n'ont pas bu et leurs enfants, vers cette responsabilité dont ils n'ont plus conscience.

Henry, le gérant du bar, se tient tout en haut de la rampe en ciment, et, de là, dirige fermement les buveurs dehors. Les flics sont partis. Tous les hommes veulent serrer la main d'Henry, et ils sont presque tous ivres.

Yank et Chud se glissent jusqu'à Lena. C'est l'heure de s'en aller, il faut que le repas du soir soit sur la table au plus tard à sept heures, même si Henry décide de rentrer tard. Telle est la règle. Et Lena est une femme qui s'y est plus ou moins résignée.

Elle remarque alors que les yeux d'Henry ont croisé ceux de Yank – chose qui ne se produit que très rarement. Comme des aimants attirés l'un vers l'autre. Evidemment, il y a beaucoup de force dans le regard d'Henry, et il est clair que Yank préférerait regarder ailleurs.

Mais il n'arrive pas à détacher ses yeux de ceux de l'homme fort.

Yank ? dit sa mère, préparée à briser la confrontation. Elle voit que Yank tremble, même si c'est très légèrement. Puis il pivote et fait un détour pour aller là-bas, près de Chud, loin de sa mère et encore plus d'Henry.

C'est l'heure de rentrer à la maison.

CHAPITRE ONZE

J'AI OBTENU QUELQUES HEURES de travail payé au bureau de poste de Waiwera où j'effectue diverses petites tâches : la directrice, Mme McDowell, s'est en effet prise d'affection pour moi. La poste était l'un des endroits où nous traînions, nous les gosses, et, pour une raison ou une autre, la directrice m'avait remarqué et m'avait demandé si je voulais travailler quelques heures.

Au courant des histoires de tous les villageois, elle a voulu m'appeler par le prénom inscrit sur mon acte de naissance, c'est-à-dire Mark. Elle prétendait que le nom de Yank me mettait à part, ce qui n'était pas du tout mon impression. Je ne pouvais pas lui parler de la légère obsession qui me poussait à regarder les touristes yankees en âge d'être pères, à les aborder pour les interroger sur la guerre et leur demander si, à cette époque, ils étaient passés par Two Lakes. J'en ai trouvé six qui étaient revenus ici pour revivre de vieux souvenirs, mais, comme je n'avais pas de détails pour identifier mon père, j'ai juste pu leur demander s'ils se souvenaient d'une femme prénommée Lena.

Mme McDowell n'était pas très attirante mais croyait l'être. Elle trouvait que ma mère était une des plus belles femmes qu'elle eût jamais vues, et pourtant elle secouait la tête en disant que ma mère, apparemment, n'avait pas cette opinion-là d'elle-même. Je suppose qu'elle voulait dire que maman aurait dû relever la tête. Quant à moi, je me sentais plutôt bien loti, question physique, et je le devais à une mère qui me disait tous les jours que j'étais beau. Mais peut-être, comme Mme Mac, n'étais-je pas vraiment beau.

Elle m'a donné des livres à lire. Il n'y en avait pas beaucoup chez nous, et, sauf dans une poignée de maisons, il n'y en avait pas du tout chez les habitants de Waiwera. Quand on vit dans un village tel que le nôtre, la lecture n'est pas l'activité qui vient à l'esprit. D'ailleurs, comme dit Mme Mac, la culture maorie est une culture orale. Nous n'avions pas l'écriture avant qu'elle ait été introduite par les Européens.

Le bureau de poste ne s'occupait pas seulement du courrier mais servait aussi de banque, gérait des comptes d'épargne, changeait de l'argent pour les touristes, et son équipe se chargeait en plus de colporter les ragots et de se mêler des affaires privées de tout habitant de Waiwera digne d'intérêt.

Ainsi, quand est arrivée une lettre adressée à Lena Takahe portant le cachet de la poste des Etats-Unis, c'est Mme Mac en personne qui a téléphoné à ma mère sur la ligne collective où, elle le savait, certains abonnés écoutaient fréquemment les conversations des autres. Elle lui a annoncé qu'elle avait une lettre et qu'elle ferait bien de venir la chercher elle-même, à moins qu'elle ne préfère que son fils la lui rapporte en fin de journée.

J'étais là quand maman est arrivée à la poste, un peu essoufflée, avec cet air bien à elle de se demander pourquoi quelqu'un voudrait lui écrire ou même lui accorder la moindre pensée. (Henry lui avait ôté quelque chose de vital, j'en étais sûr. J'aurais voulu qu'elle se montre *fière* d'elle-même. Pas qu'elle soit cette femme timide et modeste dont la plupart des villageois disaient qu'elle était encore un de nos plus beaux échantillons féminins. C'était écœurant de voir que certains de ces hommes, quand ils étaient ivres, essayaient de draguer ma mère et se mettaient en colère parce qu'elle ne leur répondait pas, la traitaient de salope, de pute, disaient qu'ils savaient bien qu'elle était allée avec d'autres que le Yankee pendant l'absence d'Henry. Cruels et hypocrites, ils savaient qu'elle ne courrait pas se plaindre à Henry. Dans ma liste d'esclaves, eux aussi ! Mon père américain et moi, nous allions devoir demander des comptes à pas mal de gens, le jour du Jugement.)

Pour vous, Lena. Mme McDowell lui a tendu la lettre. Les employés chuchotaient qu'elle venait d'Amérique. D'Amérique ! Avec tout ce que cela impliquait. De temps à autre, ma mère remplaçait un des guides. Et souvent des touristes, pas seulement des Etats-Unis mais aussi d'autres pays, étaient tellement admiratifs qu'ils envoyaient une carte et parfois entamaient une correspondance régulière avec les guides ou les habitants qu'ils avaient rencontrés. Il ne pouvait y avoir d'autre explication, pas même pour la personne qui avait les plus grandes espérances, c'est-à-dire moi.

Une lettre de mon père ? Impossible. Tant pis pour les années où j'avais fantasmé qu'un jour il surgirait dans nos vies. Absolument impossible.

J'ai vu maman regarder la lettre, lever les yeux, les baisser, les relever : son visage s'est transformé.

Elle était blanche. Elle a essayé de parler, mais les mots ne venaient pas.

J'ai entendu Mme Mac lui dire : Que diriez-vous d'aller dans un endroit où vous serez seule pour la lire sans être dérangée ?

J'ai compris qu'il valait mieux que je ne la suive pas pour savoir de qui était la lettre. Bien plus tard, maman m'a dit qu'elle avait serré l'enveloppe contre elle et s'était mise à marcher en direction de la ville qui se trouvait à cinq kilomètres. Elle avait traversé l'agglomération puis elle était descendue jusqu'au lac pour aboutir aux jardins Marsden où elle avait tourné en rond, sans but, errant dans les vastes espaces de ce parc bien entretenu. Elle avait fini assise sur un banc, hébétée, dans cet environnement impeccable.

Toute la semaine, elle a refusé de dire quoi que ce soit sur cette lettre, sinon qu'elle venait d'un touriste qui n'avait pas oublié. Je savais qu'elle cachait quelque chose et je me disais qu'il n'était pas impossible qu'elle ait reçu des nouvelles de lui, mon père. Mais n'aurait-il pas écrit bien des années plus tôt, sans attendre que j'aie treize ans ? D'un autre côté, il était possible qu'il n'ait rien su de mon existence ; qui l'en aurait averti ? Beaucoup de pensées me traversaient l'esprit.

Le lendemain était un samedi, jour où nous ratissions des pièces de monnaie dans la rivière pour aller au cinéma l'après-midi. Maman m'a dit d'aller voir à la séance de onze heures, elle me retrouverait ensuite à deux heures et demie dans le parc, près du grand étang. Ne dis pas un mot à qui que ce soit, pas à ton meilleur copain, pas à ta grande sœur ni à Wiki. Et ne me demande pas pourquoi. Je me disais que c'était en rapport avec la lettre, mais je ne décelais rien sur son visage qui aurait pu laisser croire à une nouvelle aussi colossale : mon père, cet homme tant désiré, avait soudain une existence réelle.

Je n'ai pas le moindre souvenir du film. Je suis ressorti en clignant des yeux sous la lumière du jour, et j'ai dit à Chud qu'il me fallait aller quelque part, mais il a voulu savoir où, pourquoi j'en faisais un secret, pourquoi je ne rentrais pas à la maison avec lui et pourquoi nous étions allés à la séance du matin. C'était la cinquantième fois qu'il me posait la question.

J't'ai dit que j'en sais rien.

Chud a paru blessé, mais si on doit choisir entre tuer sa mère ou son meilleur copain, le choix est vraiment dur.

Je te le dirai dans deux ou trois heures, Chud, promis. Mais je lui dirais quoi ? Maintenant, je me sentais inquiet.

Ma mère est à côté de moi sur un banc du parc, et la vapeur gronde près de nous, manifestant sa présence. Un mur d'un mètre vingt, en pierres, a été construit autour de cet étang qui se contente de soupirer et n'a guère d'intérêt. Derrière nous, une grande affiche représente un bâtiment de style Tudor, avec d'imposantes flèches sur les pignons, des bandes de bois foncé contre le plâtre blanc des murs, et un vieux toit d'ardoises. Les fois où j'étais venu ici en solitaire, j'imaginais que cet édifice était le château familial, que mes parents étaient roi et reine et que j'étais prince. Les gazons qui servaient de terrains de boules et s'étendaient, immaculés, devant le bâtiment ancien et superbe, étaient des tapis émeraude qui nous étaient offerts, à nous la famille royale américaine.

Un de nos palais moins vastes s'appelait les Bains verts à cause du carrelage vert de ses bassins, et il avait été construit dans le style art déco. Les gosses s'y entassaient le week-end ; il était pourvu d'un haut plongeoir, et les bassins les plus petits étaient chauffés par géothermie. Ce n'était rien par rapport aux merveilles naturelles de Waiwera. Pourtant, Chud et moi adorions y aller quand les crues rendaient notre rivière trop dangereuse. Nous nous mélangions aux gosses des Blancs, et l'endroit était soumis à un règlement très strict. Pour une raison bizarre, Chud semblait aimer ce règlement et même apprécier la compagnie de gamins blancs qui ne s'intéressaient pas aux bagarres et n'étaient pas agressifs.

Je n'ai jamais vu ma mère aussi agitée, pas même quand Henry se mettait à parler tout seul pour se pousser à lui coller une raclée. Elle tremble comme une feuille.

CHAPITRE DOUZE

MON FILS, dit-elle, ton père est en vie.

Quel père ? Soudain, j'ai l'esprit troublé alors que, quelques instants auparavant, j'étais assis dans ce palais, là-bas, sur le trône princier juste à côté de lui. Et maman était de l'autre côté. De quoi tu parles ?

De ton père. Il s'appelle Jess. Il est en vie. Il est en vie ! Et elle fond en larmes.

Oh, maman. Je passe un bras autour d'elle. Mais mon esprit tente de trouver un endroit capable d'assimiler cette information. Je scrute la lettre pour voir si elle est accompagnée d'une photo. Mon père ? L'homme qui… qui a mis ma mère enceinte… de moi ? Comment est-ce possible ? Et qui va m'aider à surmonter *mon* choc ?

Chère Lena,

Je ne sais pas si tu te souviens de moi. Je suis Jess Hines. Le GI américain d'il y a si longtemps. J'ai survécu à la guerre et, si tu m'as accordé la moindre pensée, tu as pu me croire mort, tué au front, puisque je n'ai pas écrit comme je l'avais promis. Je me suis longtemps torturé pour savoir si j'allais t'écrire ou te laisser tranquille et poursuivre ma vie de civil comme l'ont fait tant de millions d'autres. Mais ton visage et nos souvenirs ont refusé de me lâcher.

J'ai reçu une seule lettre de toi. Il se peut que tu en aies écrit d'autres, mais un navire postal a été coulé par un sous-marin japonais et, bon Dieu, tu ne peux pas t'imaginer la déception que ça a provoquée. Pour les hommes qui attendaient des nouvelles de ceux qu'ils aimaient, c'était comme un cas de mort multipliée. Je ne veux pas être présomptueux, quand même.

A ces mots, ma mère fait un grand sourire un peu bête.

La situation à Guadalcanal était telle qu'il était hors de question d'écrire des lettres. Mais, crois-moi, j'ai pensé énormément à toi. Même si je savais que tu étais mariée et que sans doute tu regrettais ce que nous avons partagé. Pour cela, je te demande de me pardonner, car –

Il a dû écrire là quelque chose d'intime. Elle a lu la lettre la veille. Elle sait ce qui suit, où se trouvent les passages gênants.

Après ce monde merveilleux qu'était la Nouvelle-Zélande, on nous a envoyés dans un véritable enfer. Les batailles avaient lieu dans une jungle noyée de vapeur, presque impénétrable. Des moustiques nous piquaient à nous rendre fous, ils portaient le palu – la mort, mais aussi une maladie terrible –, il y avait des sangsues qui nous saignaient, des scorpions, des serpents, des mouches qui piquaient, et des ennemis qu'on ne voyait presque jamais, on ne remarquait que les morts qu'ils causaient dans nos rangs ou bien leurs cadavres rongés de vers et nos propres combattants affreusement tués. Tu ne peux pas t'imaginer la vitesse de décomposition de la vie dans cet enfer, son horreur. Dire qu'un soldat fier de lui en arrivait à souhaiter la blessure qui le renverrait chez lui en tant qu'invalide. C'était pourtant notre lot à tous. On voulait être assez blessés pour qu'on nous renvoie chez nous et qu'on ne soit plus jamais obligés d'aller à la guerre.

Au bout de sept mois là-bas, j'ai reçu plusieurs graves blessures par balles. J'en avais pris cinq. On m'a rapatrié par avion avec des dizaines d'autres blessés. Au bout de trois mois de convalescence, on m'a jugé apte à retourner au combat. En Europe, cette fois.

De nouveau, ma mère estime que ce type-là, Jess, écrit des choses privées, et elle se détourne pour les lire seule. Puis elle me regarde et me dit : Tu as deux demi-sœurs de plus, Yank.

Une pensée qui me dégoûte. Je *veux pas* d'autres demi-sœurs.

Il s'est marié et il a divorcé il y a quelques années, dit maman.

Voilà qui paraît mieux. Au moins, il est divorcé.

J'ai beaucoup réfléchi pour savoir si j'allais t'écrire, me demandant à quoi ça servait. Soit tu ne te souviendrais pas de moi, soit tu ne voudrais pas te souvenir, étant donné que tu es mariée. Je présume que ton mari est rentré sain et sauf pour vous retrouver, toi et ta fille. Et puis je me disais : Ne sois pas idiot, si Lena se souvenait de toi, ce serait un coup de chance.

Papa. Papa ? (Papa ?)

No-on, ça marche pas. Je voudrais bien que maman arrête de pleurer, maintenant. Les gens qui passent en nous regardant me mettent mal à l'aise. Tout ça à cause d'une lettre d'un homme qui n'a même pas envoyé de photo de lui pour que je puisse confirmer ou écarter tout de suite les fantasmes que j'ai depuis des années.

Maman, est-ce qu'il a envoyé une photo ? Non, fait-elle en secouant la tête. Tu as des photos, maman ? Je ne t'ai jamais posé de questions là-dessus – sur lui. Jamais.

C'est vrai. Mais je ne t'aurais en tout cas pas répondu. Puisque je le croyais mort. Il est vivant, Yank. Je n'arrive pas à y croire.

Ça me donne l'impression d'un bon film gâché : il se termine trop tôt, à la moitié de l'histoire. Et maintenant c'est la réalité, le voilà qui s'avance et dit : Salut, c'est moi Jess. Je crois que tu es mon fils. Mais il faudrait au moins une *photo* – où est-elle ? Et si ce n'était pas un surhomme dans le genre cow-boy, un héros de guerre, une star de cinéma ? Si c'était juste quelqu'un d'ordinaire ? Je demande à ma mère : Il était comment ? Et pourtant je ne souhaite pas de réponse.

Elle sourit à travers ses larmes et me dit : Tu veux vraiment le savoir ?

Quelle question stupide. Bien sûr, maman.

Magnifique. Il me traitait comme une princesse.

Je ne peux pas m'empêcher d'ajouter : Une princesse mariée. A quelqu'un d'autre.

Mais elle sourit encore plus. Elle dit : Et regarde ce que ça m'a apporté.

Hein ? Oh, elle veut dire moi. Bon, t'es une mère spéciale, toi aussi. Mais t'étais vraiment obligée de sortir avec un Américain ? Et maintenant on fait quoi ? Réponds-lui, dis-lui qu'il a un fils ici et que s'il a envie de nous rendre visite…

Me réajuster à la vie civile a été plus dur que je ne l'aurais cru. Apparemment, la société et les autorités ont traité les anciens combattants de diverses façons. Certains sont passés à côté des prêts de réintégration permettant d'ouvrir un commerce ou de se loger. Comme j'avais servi dans deux parties différentes du monde, mes papiers ont été "mélangés", ce qui veut dire perdus. J'ai déménagé à Jackson, la plus grande ville de notre Etat, pour y trouver du travail et subvenir aux besoins de notre famille. Ma femme travaillait de nuit et nous nous occupions des enfants à tour de rôle. On se disputait beaucoup. Pourtant, on a réussi à économiser presque assez pour le premier versement de l'achat d'une très modeste maison. Puis notre mariage s'est brisé et, évidemment, j'ai donné nos économies à ma femme –

Maman ? Pourquoi tu lui proposes pas de venir en touriste, dans un groupe ? Comme ça, Henry sera pas au courant et on pourra se débrouiller pour le rencontrer comme on fait aujourd'hui.

Soudain je m'emballe.

Non, dit-elle en secouant la tête. C'est fini, Yank. Il est seul, maintenant. Mais pas moi.

Hein ? C'est tout comme, pour elle.

Bien sûr, je voudrais que tu le rencontres un jour. Mais le passé, c'est le passé.

Ce passé, maman, je l'ai pas encore vécu.

Et tu aimerais bien, je sais. Je n'ai encore jamais vu le visage de ma mère rayonner ainsi. La couleur de ses yeux a capté une source lumineuse : ils brûlent comme des flammes vert pâle. Elle est tout empourprée. Et voilà que la main qui tient la lettre se met à trembler. Moi aussi, je suis tout secoué. Il est vivant. Mon Dieu, mon père existe pour de bon.

Ma vie est assez bonne, à présent. J'espère beaucoup que la tienne l'est aussi. Ça fait si longtemps.

Le reste de la lettre n'en dit guère plus, sinon que les Etats-Unis sont un pays où il est formidable de vivre – pour certains.

Avec mon meilleur souvenir,

JESS

J'ai commencé par *Cher Jess*, hésitant sur la manière de l'appeler. Je ne voulais pas de papa, et Monsieur Hines aurait été trop cérémonieux.

Je ne sais pas trop quoi dire ni par où commencer. Ce que je peux dire, c'est que tu m'as fait la plus grande surprise de ma vie en donnant de tes nouvelles. Maman croyait que tu avais été tué pendant la guerre, et moi, sans doute parce que je ne savais rien de toi et qu'on ne m'en avait rien dit, j'avais inventé quelqu'un dans ma tête. Si tu savais dans combien de rôles je t'ai imaginé ! En fait, on m'a appelé Yank bien avant que j'en comprenne la raison.

J'ai treize ans et je suis en première année de lycée. Maman et mes profs veulent que j'aille à l'université. Mais moi j'aimerais devenir musicien, chanteur, et aussi jouer de la guitare. La musique m'obsède. Ça doit venir de toi, parce que maman n'a pas tellement de penchant pour la musique. Henry – son mari et en quelque sorte mon père – chante drôlement bien.

Mais je ne vais certainement pas lui raconter comment Henry nous a traités, maman et moi.

Le rugby, ici, c'est une grande affaire, et la plupart des garçons et des hommes y jouent. Tout le monde va aux matchs et parle de rugby sans arrêt. Moi, je ne suis pas un très bon joueur, et au fond je suis bien content de ne pas l'être. Je veux devenir musicien.

Chud, mon meilleur copain, est le meilleur jeune joueur qu'on ait vu depuis des années. Mais est-ce que je voudrais être comme lui ? Non. Il a eu une vie très dure. Ses parents sont affreux avec lui. Mais de toute façon tu n'as pas envie d'entendre parler de choses comme ça, et tout ce que je veux que tu saches c'est qu'il est comme un frère pour moi. Et si nous nous rencontrons, il ne sera pas loin. Je suis sûr qu'il te plaira.

Etant donné que tu es venu ici, tu sais que Waiwera est un endroit extraordinaire.

Ces derniers mots ont suscité en moi toutes sortes d'images de ma mère et de Jess dans un accouplement où leurs corps se tordent en tous sens. Oh, non ! Le spectacle de ma mère, pas de Waiwera.

Je travaille quelques heures par semaine au bureau de poste. La directrice, on l'appelle Mme Mac, est très gentille et m'aime vraiment bien. Je sais pas quoi dire d'autre. Quand j'aurai surmonté le choc, quand je me serai habitué à te savoir réellement en vie, je récrirai.

Avec mes sentiments les meilleurs,

MARK

Mon vrai prénom ne me semble pas très naturel, mais signer Yank en m'adressant à un Yankee serait idiot. Je ne peux même pas marquer Takahe, mon nom officiel à l'école. Il appartient lui aussi à quelqu'un d'autre.

CHAPITRE TREIZE

T'ES TROP DUR AVEC ELLE, Henry. Voilà ce que mes camarades de guerre n'ont pas arrêté de me dire depuis notre retour. Ils peuvent bien parler, ils n'ont pas chez eux, en résidence permanente, ce rappel vivant. Je suis obligé d'entendre son nom, *Yank*, résonner dans mon propre foyer. Facile, pour eux, de dire que je suis trop dur.

Non pas que ma femme ait été la seule : elles ont été quelques autres à avoir des aventures, mais sans tomber enceintes. Sauf dans le cas d'une fille du village qui n'était pas mariée et qui a eu un enfant d'un Yankee ; mais personne n'a affublé le gosse d'un surnom qui lui rappellerait la chose en permanence.

Le plus grand jour de ma vie ayant ainsi été gâché, j'ai eu l'impression que mon rang d'officier était lui aussi dépouillé de toute valeur. J'étais l'homme le plus gradé. C'est moi qui avais la lourde responsabilité, dans la maison communale, de lire debout et à haute voix le nom de mes compagnons et de mes parents tombés au combat, alors que ma femme n'avait pas encore donné signe de vie, ni ma fille que je n'avais toujours pas vue. Quant à ma mère, elle évitait mon regard interrogateur. Mes responsabilités exigeaient ma présence : je devais rester à la cérémonie au moins jusqu'à la fin du dernier discours officiel. Avec, au creux de l'estomac, une sensation de nausée.

Quel choc ! Ce gosse dans la maison que mon père, aujourd'hui disparu, et moi-même avions construite pour les enfants que j'aurais avec Lena. Que devais-je faire ? La fête ? Mettre le gosse dans mon testament ?

Et Lena. Comment avait-elle pu faire ça ? J'aurais pu la battre à mort, cette salope, pas seulement lui coller une trempe. J'avais envie de la jeter dans une des mares d'eau bouillante, elle et son gosse. Bon sang, je n'ai jamais été aussi blessé, aussi furieux. Même la perte d'un frère et celle d'amis proches pendant la guerre ne pouvaient se comparer à ça. Si l'on m'avait demandé d'imaginer ce qui pouvait arriver de pire dans la vie, je n'aurais pas pu aller jusque-là.

Je suis rentré dans ma coquille pendant des mois. Je pouvais à peine fonctionner, et même les grands projets que j'avais en tête pour améliorer la vie au village ne parvenaient pas à me tirer de mon abattement. Pour la première fois de ma vie, j'ai songé au suicide. Je n'arrivais pas à parler à Lena, et si elle avait osé ouvrir la bouche – même pour exprimer des regrets –, je lui aurais balancé mon poing dedans. Par association, j'ai pris le gamin en haine. Et pourtant j'adore les enfants.

Le temps est censé guérir les plaies, en quelque sorte. Sauf que ma blessure me donnait la sensation d'être infectée en permanence : je ne pouvais pas m'en débarrasser, et elle continuait à s'envenimer dans mon cœur et ma tête. J'ai même cru que j'allais devenir fou : mes émotions ressemblaient à une de nos mares bouillantes ; elles n'allaient jamais se calmer.

Mais il faut bien travailler. L'hôtel Waiwera était un endroit qui en valait bien un autre. Je me suis tout de suite entendu avec le patron irlandais : on a compris qu'on s'épaulerait mutuellement. Je savais comment m'y prendre avec les Maoris soûls. En peu de temps j'ai dirigé les opérations, d'abord dans le bar ouvert à tous, puis dans le bar privé qui fonctionnait après les heures réglementaires. Et là, tout comme mon patron, je pouvais me faire des relations en buvant avec les clients de l'hôtel – car ils avaient le droit de prendre des verres après six heures du soir – ainsi qu'avec un cercle restreint d'amis parmi lesquels se trouvaient de vieux potes de l'armée. Mais, à la maison, ça n'allait pas.

Je ne pouvais tout simplement pas sentir ce môme ni le surnom que le village lui avait donné et qui proclamait devant tous que ma femme avait couché avec un Yankee. Ma honte publique était personnifiée par l'existence même du gamin : chaque moment de sa vie bafouait ma virilité. Il m'a fallu des années pour apprendre à vivre avec ce poids.

Lena et moi faisions chambre à part. Un homme a naturellement des besoins sexuels, mais pas question d'aller la rejoindre. Pendant les deux ans où ma colère a duré, j'ai trouvé à me soulager auprès de quelques autres femmes. Je ne suis pourtant pas un coureur, je préfère une vie bien réglée à la maison. J'aurais voulu que mes gosses grandissent dans un environnement familial stable. Mais comment faire dans notre situation ?

Un soir, je suis entré dans la chambre de Lena et je l'ai trouvée déshabillée. Le désir – ou peut-être la soif de vengeance – m'a submergé. Elle m'a tout simplement coupé le souffle. L'affaire a été vite réglée, à la limite de la sauvagerie. Pourtant, je me suis rendu compte que j'avais encore un peu de flamme pour elle, que c'était la mère de notre fille, même si Mata restait effarouchée depuis sa toute première rencontre avec moi.

J'ai fini par de nouveau partager le lit conjugal. Chacun de son côté et le plus loin possible, mais l'inévitable s'est produit. Je ne dis pas que j'ai été un super amant. Seulement qu'un rapport sexuel a eu lieu et qu'ainsi une autre enfant a été engendrée. Je l'ai appelée Wikitoria, comme ma mère.

Maman habitait dans la montée au-dessus de chez nous, à quelques maisons de distance, mais elle ne nous a jamais fait l'honneur de sa visite parce qu'elle refusait de pardonner à Lena. Je ne pouvais pas lui en vouloir. Nos filles pouvaient aller chez leur grand-mère quand elles voulaient, ce qui n'était évidemment pas le cas pour le garçon. Il ne pouvait pas s'attendre à autre chose. Il n'était pas du même sang. Qu'il aille au diable.

Je me disais au fond de moi : Tu veux des grands-parents, mon gars ? T'as qu'à foutre le camp en Amérique. C'était mon côté méchant, malveillant. Mais on en a tous un. Je ne frappais presque jamais ce garçon, sauf s'il avait si mal agi que je ne pouvais pas fermer les yeux. La gourmandise est un défaut qui m'horripile, et donc si Yank mangeait plus que sa part, je lui balançais quelques gifles bien senties. Ce qu'il méritait. Nous, les Maoris, on est élevés dans un esprit de partage. Les gloutons n'ont pas leur place dans notre communauté. C'est bizarre, mais je ne l'ai jamais considéré comme un garçon totalement de Waiwera, même s'il ne connaissait aucun autre lieu. Je n'ai pourtant pas eu beaucoup de problèmes avec lui : du moment que je ne l'avais pas dans les pattes. Ce n'est quand même pas demander la lune, dans sa propre maison !

Lena et moi n'allions jamais rétablir notre mariage, pas comme avant. Indéniablement, c'était chez moi une question d'orgueil. Je suis quelqu'un de fier, j'ai toujours eu, plus que d'autres, le sentiment de ma valeur. Déjà quand j'étais petit, je ne supportais pas que quelqu'un tente de me rabaisser dans mon amour-propre. En classe, si un enseignant me parlait de haut, je sortais de mes gonds. Quand des garçons plus grands et plus âgés me persécutaient, je passais à l'attaque avec mes poings et des insultes ; rien à foutre de ce que je risquais, même si j'ai perdu bon nombre de ces combats. J'ai quand même gagné les guerres. Au bout d'un moment, ces petites brutes me laissaient tranquille. Et puis, en grandissant, j'ai affronté tour à tour chacun de ceux qui m'avaient un jour brutalisé, et je n'ai eu de cesse que je les aie tous battus. Tout le monde était au courant : faut jamais provoquer Henry Takahe. Je n'ai cependant jamais été celui qui a cherché la bagarre.

L'orgueil, je le sais, est à la fois une bonne et une mauvaise chose. Il se peut que j'aie été coupable de ne pas pouvoir – ou ne pas vouloir – pardonner et oublier. Mais c'est ce même orgueil qui m'a valu d'être élevé au rang de capitaine lors de cette longue guerre. L'orgueil d'être un Maori intelligent doté de qualités de meneur, un homme qui n'admettait pas que des Européens inférieurs à lui soient promus dans d'autres bataillons et reçoivent des médailles. Il n'était pas question qu'on me laisse en rade. Je suis allé me plaindre à notre général en chef.

Je lui ai demandé respectueusement : Mon général, pourquoi les Maoris ne sont-ils pas jugés assez bons pour devenir officiers ?

Très surpris, le général a répondu qu'il ne savait pas pourquoi une telle inégalité existait et qu'il n'y avait pas réfléchi. Mais, puisque j'étais venu le lui faire remarquer, il me recommanderait pour une promotion immédiate au grade de lieutenant pourvu que mon commandant soit d'accord.

J'ai alors répondu : C'est la moitié du problème, mon général. Car celui à qui vous demandez de me recommander est justement celui qui ne le veut pas.

Dans ce cas, sergent Takahe, je ferai moi-même la recommandation. Mais gare à vous s'il s'avère que vous n'êtes bon qu'à vous plaindre et n'assurez pas.

J'ai assuré. Demandez à mes hommes. Dans toutes les batailles, dans toutes les escarmouches, j'étais devant et je menais. Ce qui valait pour mes hommes valait aussi pour moi. J'ai gagné leur respect, et en même temps j'ai compris que nous ne pouvions plus être copains comme avant, qu'une séparation devait être marquée. A travers elle, j'ai appris à exercer une responsabilité accrue, comme si mon devoir excédait de loin la simple unité à laquelle je commandais.

Notre fierté voulait aussi que nous, les soldats maoris, ne nous laissions pas traiter de nègres par une bande de GI yankees des Etats du Sud dans un bar en Italie – c'était pendant une permission de deux jours. Nous leur avons foncé dessus et ces salauds de racistes ont pris une sacrée raclée. Les Maoris ne sont pas des esclaves noirs, nous ne sommes les esclaves de personne. La fierté est quelque chose qu'on doit montrer à tous et qui, dans le village, établit une norme, donne un exemple que les jeunes se doivent de suivre. C'est ma fierté qui m'a poussé à nettoyer notre communauté, à harceler le conseil municipal jusqu'à ce qu'on installe partout l'électricité ainsi que le tout-à-l'égout, de sorte que nous, les villageois, puissions élever notre niveau de vie et, avec lui, notre dignité.

Au cours de cette guerre, j'ai appris à apprécier la liberté, à comprendre les divers niveaux de démocratie et à estimer qu'elle mérite d'être défendue jusqu'à la mort. Du jeune homme ignorant que j'étais, toujours en quête d'aventure et de bagarre, je suis devenu quelqu'un qui a compris que notre ennemi allemand devait être battu à tout prix, faute de quoi il régnerait sur le monde avec une main de fer. Nous avons vu comment ils punissaient leurs ennemis lorsqu'ils ont exécuté la moitié des hommes d'un village grec pour venger la mort de seulement quelques-uns des leurs. J'avoue que nous en sommes venus à les respecter en tant qu'ennemi digne de ce nom, capable de se battre presque comme des Maoris avec férocité, ruse et astuce. Mais la volonté de régir le monde n'est que folie. Et quand, après la guerre, nous avons découvert ce qu'ils avaient fait aux juifs, nous nous sommes naturellement sentis fiers d'avoir joué notre rôle dans la défaite d'Hitler et des bourreaux nazis. Les Japonais, ce sont davantage les Américains et les Australiens qui s'en sont occupés.

Pour ce qui est de l'infidélité d'une femme, un soldat préférerait être mort que de rentrer pour trouver ce que j'ai trouvé. Le fait que l'autre homme ait été américain ne faisait que rendre la chose encore plus douloureuse. Ils étaient nos alliés, on était du même côté. Je ne ferais jamais ça à la femme d'un autre, surtout pas à celle d'un militaire allié. Jamais.

Quant au gosse, d'accord, je ne savais pas grand-chose de lui. Je ne m'en sentais pas coupable non plus. Mais je l'ai entendu chanter et il a l'oreille absolue. Normalement, le talent musical que nous partagions aurait dû suffire à établir une relation avec le gosse. Mais, dans ces circonstances, ce n'était pas possible et je n'en avais pas envie. Il était dans son univers à lui et sa mère le gâtait, mais ce qu'ils faisaient m'était indifférent. Ce n'était pas mon fils.

Yank était inséparable de Chud dont le père, Ted, était un pilier de mon bar – un mec vraiment minable que j'ai plus d'une fois exclu de la salle pour bagarres. Tout le monde le détestait, sauf les individus du même tonneau qu'il fréquentait et qui n'étaient pas d'ici. Je voyais bien, c'était gros comme une maison, ce que ses parents faisaient de Chud, et je le plaignais même si c'était le meilleur copain de Yank. Il n'avait aucune chance, avec ces trempes que lui flanquaient son père et sa mère. Tous ces enfants Kohu, pauvres petits bougres, allaient grandir et répéter le cycle.

Mais je ne pouvais pas me mettre à cogner sur Ted, sinon je finirais par me mêler des affaires de tout le monde. Traitons d'abord les problèmes du village, voilà ce que je me disais, puis je ferai le ménage dans la poignée d'indésirables et parmi ces femmes sans vergogne qui se soûlent devant le pub – l'une d'entre elles étant Shirl Kohu.

La guerre a élevé mon sens du devoir. J'ai voulu m'occuper de ma famille et servir ma communauté. Peut-être un jour, à un niveau politique. Ce n'est pas pour dire que je suis parfait – j'ai mes défauts comme tout le monde. Mais, au fond de moi, je suis quelqu'un de bien. J'ai confiance en moi. Et ce garçon n'était pas de mon sang.

CHAPITRE QUATORZE

PAUVRES GARÇONS NAÏFS que nous étions, pauvres villageois maoris. L'école secondaire nous a ravi notre innocence. Nous étions à la hauteur physiquement, c'est certain, mais le physique ne comptait pas beaucoup aux yeux de nos camarades blancs. Pas dans la classe de niveau B où l'on m'avait envoyé. Bien que n'étant pas un joueur de rugby, je venais d'un monde rude, d'un monde de plein air, celui de la rivière, des bains, de la montagne, où toute la vie est une aventure et une expérience du corps, et je m'attendais à ce que ce monde dure plus ou moins. Et puis il y a eu le lycée.

Le système de répartition par niveaux a brutalement séparé les amis dès le premier jour. Pas un seul des garçons de Waiwera n'a pu accéder à la classe A. Seul un autre garçon et moi en B. Pour le reste ils se sont presque tous, y compris Chud, retrouvés en H, la catégorie cancre. Les élèves des bas niveaux ont cessé de s'adresser à ceux des niveaux élevés. Soudain, c'était comme si nous parlions des langues différentes. Le lycée nous avait brutalement tirés de notre sommeil et nous nous sommes retrouvés perdus, face à des jeunes dont les pères avaient des professions dont nous n'avions jamais entendu parler. Géomètre. Comptable. Médecin. Avocat. Banquier. Pharmacien. Propriétaire d'immeubles. Pilote. Scientifique. Eleveur de moutons ou de bovins. Producteur de lait. Hommes d'affaires en tout genre. Ingénieurs dans divers domaines. Vendeurs d'une foule inimaginable de services et de produits.

Ce qui faisait mal, c'était de voir la *façon de penser* qui avait déteint sur leurs enfants, leurs sujets de conversation, la quantité de choses qu'ils connaissaient, leur application dans l'étude, alors que nous, les garçons de Waiwera, nous sentions comme des imbéciles sortis du fin fond de la cambrousse, incapables de nous astreindre au moindre exercice mental. Comme des extraterrestres aux capacités limitées, venus de la planète Waiwera, là-bas, dans l'espace… à une demi-heure de bus du lycée.

Seuls quelques-uns d'entre nous se sont réveillés, et Chud n'a pas été parmi ceux-là. Avec d'autres, il s'est accroché à un mot qui désignait un coupable : le *système*. C'est-à-dire la suprématie des Blancs et leur comportement anti-maori. Je ne suis pas sûr qu'il se soit agi de cela. Trois garçons de Waiwera ont été exclus pour bagarres. Tout au long de l'année, les Maoris ont été les champions des retenues et des châtiments corporels ; mais peu d'entre eux l'ont été dans les matières scolaires, et même alors ils n'ont pas atteint des sommets. C'était comme si nous étions arrivés pour un match de rugby et que nous avions trouvé des adversaires mieux préparés, plus en forme, plus malins – et qui jouaient un autre jeu. J'avais beau être à cent pour cent de Waiwera, je n'étais pas sourd et aveugle.

J'ai observé ces élèves et je me suis rappelé que j'avais un peu de sang blanc du côté de ma mère, et que j'étais aussi blanc du côté de mon père, avec peut-être un peu de sang espagnol étant donné mon teint cuivré. Si je devais jouer ce jeu, il valait mieux que j'apprenne les règles. La façon tout à fait particulière dont nous étions élevés, nous les garçons de Waiwera, devait bien comporter quelques avantages.

C'était vraiment le moment où j'aurais eu besoin d'un père pour me guider à travers ces obstacles. Je regardais mes copains de Waiwera et je les voyais vaciller : ils étaient de plus en plus nombreux à recourir au coup de poing pour se rattraper. Je savais que, si Henry m'adressait la parole, il me conseillerait d'affronter les jeunes Pakéhas avec mes poings. Mais il ne me parlait pas et je n'étais pas quelqu'un comme ça.

Si je me concentrais sur la musique et si j'arrivais à connaître mon père en lui écrivant, je m'en tirerais peut-être.

CHAPITRE QUINZE

ASSIS DANS LA SALLE DE MUSIQUE. Notre professeur nous annonce que nous allons écouter un de nos camarades de classe, Nigel Blake, jouer de la guitare électrique. Nous supposons qu'il est riche parce que ses parents lui ont acheté cette guitare, tout comme je suppose, étant maori, que notre race a le sens de la musique et qu'il est rare pour un Blanc d'avoir le même talent.

Dans un des amphis du lycée, Nigel a mis en place tout son équipement et, tels des juges cruels qui ont déjà leur opinion toute faite, nous allons regarder son spectacle de haut. Nigel Blake est un garçon débraillé dont la coiffure, tant par la longueur que par le style, est à la limite du permissible. Il se débrouille pour que son uniforme de lycéen ait l'air d'un article de mode, mais il parle peu et on le remarque à peine.

Eh bien, je ne sais pas combien de temps il a joué, mais je sais qu'il a mis fin à mon ambition de devenir le guitariste solo d'un groupe. Jamais je n'arriverais à être aussi bon que lui. Jamais. Et c'est ainsi que j'ai revu mes positions sur la supériorité musicale des Maoris. La musique, c'est la musique, un point c'est tout.

J'ai proposé à Nigel d'unir ses forces aux miennes pour créer un groupe, car je craignais qu'il n'ait aussi une plus belle voix que moi. Et, après ce spectacle, nous sommes devenus inséparables. Mais seulement au lycée et dans des endroits neutres, pas chez nous. Même si, des deux, j'étais celui qui avait le plus de confiance en soi et sans doute la personnalité dominante, il était de la race qui gouvernait tandis que la mienne, en plus de regrouper les noirauds du pays, était minoritaire. Ils avaient le droit de lancer des invitations, nous avions le privilège de les recevoir.

Son père n'avait pas de don particulier pour la musique, et Nigel tenait donc son talent du côté de sa mère. Elle était d'une famille de musiciens doués, mais Nigel disait d'elle qu'elle avait été frustrée dans son désir de jouer. Il me confiait qu'il avait souvent entendu ses parents se disputer à propos de ce qu'ils avaient fait de leur vie.

Nigel exerçait une grande influence sur moi. Comme je n'avais pas les moyens de m'acheter un équipement, nous restions après les heures de cours à nous amuser dans la salle de musique où Nigel me prêtait sa guitare. Parfois, je réussissais à emprunter une guitare acoustique à Toby Taita qui habitait un peu plus loin sur la même route que nous et pouvait jouer tout ce qu'il voulait. Nous nous servions des micros du lycée, ce qui m'a appris à quel moment m'approcher et m'éloigner, à connaître les sons qui font écho et les notes qui risquent facilement de se perdre. Nous restions là des heures jusqu'à ce que le concierge nous dise qu'il était temps de rentrer chez nous.

Nous faisions de longues promenades sans but précis, en ville ou n'importe où, en discutant de musiciens, de tel ou tel style, de nos ambitions. Souvent, après avoir passé plusieurs heures avec Nigel, c'est à pied que je parcourais les cinq kilomètres pour rentrer chez moi, car il n'y avait plus de bus à cette heure-là. Je chantais pendant tout le trajet. La première année de lycée a vite fait place à la deuxième.

Je me suis heurté à la jalousie de Chud : il m'a accusé d'avoir changé de camp et d'avoir oublié qui était mon vrai pote. Pas *mes* potes – *mon* pote. Et pourquoi est-ce que je ne l'invitais pas à nos répétitions musicales ? Parce que, quand on connaît quelqu'un depuis presque toute sa vie, on sait s'il a le sens de la musique ou pas. Et Chud ne l'avait pas. De la même façon que j'étais incapable de jouer au rugby. De toute façon, nous étions dans des sections différentes, et donc nous nous voyions surtout dans le bus qui nous transportait au lycée ou nous en ramenait. Après Nigel, ce fut seulement lors du trajet aller.

Alors que je ne m'y attendais plus, j'ai reçu de mon père une réponse tardive qui contenait une surprise de taille : de l'argent.

Cinquante livres sterling sous forme de mandat postal – une fortune.

Qui, mieux que Mme Mac, pouvait m'ouvrir un compte épargne à la poste ? Elle m'a mis en garde contre les dangereuses tentations auxquelles je devais absolument résister, faute de quoi l'argent serait dilapidé.

J'ai bien sûr écrit à Jess en lui adressant mes infinis remerciements et en lui disant que j'espérais que son geste ne l'avait pas mis à sec. Je me suis aussi découvert un côté égoïste et cupide : j'ai trouvé trop difficile d'en parler à ma mère, craignant qu'elle ne s'attende à ce que nous partagions. Je me suis dit que, si mon père avait voulu que je partage, il me l'aurait demandé.

C'était mon billet gagnant pour devenir musicien. J'ai retiré dix livres qui m'ont servi d'acompte pour acheter une guitare électrique. J'aurais pu la payer en une fois et encore avoir de l'argent de reste, mais j'avais l'impression d'une occasion unique de progresser, même si j'étais encore jeune pour comprendre la vie.

Je devrais m'acquitter de versements mensuels de deux livres pendant dix-huit mois, et la guitare avec son équipement d'amplification m'appartiendrait. A présent, nous avions besoin, Nigel et moi, d'un batteur et d'un bassiste. Nous étions lancés – pour ma part, grâce à la magnificence de l'Américain. Surtout lorsque, six mois plus tard, il m'a écrit en me gratifiant de cinquante livres *de plus*.

Pour pouvoir m'envoyer de telles sommes, je me suis dit qu'il devait travailler dans le pétrole ou tenir un bon commerce. Je lui écrirais pour le lui demander. Mais, pour une raison ou une autre, je me laissais distraire et remettais ma lettre à plus tard. Et puis je me suis senti gêné, comme si notre relation était faussée par son argent et par la gratitude qu'on attendait de moi. J'ai rédigé une réponse peu enthousiaste, et seulement au bout de plusieurs mois.

Si j'avais adressé ma réponse à Jess l'année suivante, juste quelques mois avant la lumière qui devait jaillir d'innombrables heures d'analyse technique passées avec Nigel Blake, je lui aurais parlé de musique.

De la révolution sociale engendrée par la musique moderne. De mon ignorance de ceux qui l'avaient lancée et du fait que je me contentais de prendre place dans leur sillage pour être à mon tour emporté par une force universelle. Grâce à Nigel, j'étais rempli du sentiment de *devoir quelque chose à d'autres*. Nous, le monde des auditeurs, le monde en changement, nous avions une dette envers des musiciens qui avaient donné une autre orientation à l'évolution même.

Envers Little Richard, disait Nigel, nous avons une sacrée dette. Il avait créé un modèle à lui que les autres artistes avaient suivi. C'était un Noir aux vêtements et au comportement ultra-bizarres, mais, comme l'avait détecté Nigel, s'il s'habillait et se conduisait comme un clown efféminé, c'était pour que les Américains blancs ne puissent pas lui coller d'étiquette et donc le laissent vivre. Bien plus avancé que moi, Nigel faisait partie de ces gens qui semblent toujours connaître les dessous de l'histoire dans toutes sortes de domaines.

Chuck Berry, Jerry Lee Lewis et quelques autres ont dû, eux aussi, faire avancer le mouvement. On se branchait simplement sur la figure dominante du moment. Nous avons donc dit merci à Elvis Presley : il avait eu un impact sur le monde entier, dans les grandes villes comme dans les petits villages de son pays, dans toutes les nations et même en Afrique. Il était si important qu'il aurait pu être Jésus. Mais avec un tout autre message.

Il semblait impossible qu'un chanteur américain soit capable de modifier une société aussi éloignée de la sienne que la nôtre, aussi insignifiante pour elle, totalement déconnectée. Mais c'est ce qu'Elvis a réussi : il a changé ce tout petit village perdu qu'était Waiwera ; il a transformé Two Lakes ; il a révolutionné notre minuscule nation de deux millions et quelques habitants, coincée au bas du Pacifique – trois ou quatre ans après le reste du monde. Il a métamorphosé Yank Takahe : il en a fait Yank Hines.

Elvis a libéré nos corps dansants ; il a arraché les masques pour que nous puissions exprimer ouvertement ce qui n'avait été jusqu'alors que des émotions et des pensées vagues, parfois troublantes. Il a dit qu'il était permis de parader, qu'il était bon de frimer.

Il a permis aux filles d'afficher leur sexualité, et cela par sa façon de danser, par la sensualité de sa voix qui leur disait qu'il venait les chercher. Ses photos ont transformé les murs de nos chambres, décoré les vitrines des magasins et les panneaux d'affichage des cinémas.

Il nous a informés, il nous a éclairés, nous a montré qu'on nous avait dupés sur la vie et sur les conventions sociales, et qu'il n'était pas nécessaire qu'il en soit ainsi. Plus maintenant. Nous pouvions devenir ce que nous voulions. Son phrasé nous mettait en extase, surtout moi. Je pouvais imiter la moindre de ses notes, ses tons, son articulation musicale sans pareille. Nous avions les mêmes épis dans les cheveux, le même demi-sourire plein d'assurance ; nous projetions le même regard qui faisait fondre les filles ; nous nous dressions, jambes écartées, en maîtres d'un monde symbolique, prêts à transformer nos sourires ironiques en ricanements méprisants à l'égard de la vieille génération ou de ceux qui, dans la nôtre, auraient osé se mesurer à nous. Cet homme nous faisait pleurer – et pas en secret, de manière honteuse, mais ouvertement.

Il est venu jusqu'à moi comme une lettre d'Amérique adressée à *Chère jeunesse... Moi, Elvis Presley, je te donne la permission de devenir ce que tu veux.*

Il aurait aussi bien pu écrire : *Cher Yank, Moi, Elvis Presley, je te donne la permission de t'élever bien au-dessus de ce qu'Henry te fait subir, je te permets de devenir une grande star comme moi. Vas-y, mon gars, fais-le. Secoue-toi, quitte tes chaînes. Et puis regarde le grand Henry se réduire à n'être plus qu'un minuscule individu de rien du tout. Passe devant lui dans ta grande limousine, gare-la juste devant son hôtel et imagine sa tête quand il verra qui se trouve sur la banquette arrière.*

Toutes les ondes radio répandaient le culte d'Elvis ; chaque mois, semblait-il, sortait un nouveau film dans lequel il jouait son propre rôle. Nous remplissions tous les sièges et les allées du cinéma, et, sidérés, n'étions jamais rassasiés du Roi. Nous n'arrivions pas à croire qu'un tel homme existait, et pourtant il était à nous : nous pouvions l'acheter pour le prix d'un billet de cinéma, d'un microsillon ou d'un quarante-cinq tours si nous possédions un électrophone ; nous pouvions aussi le faire chanter pour quelques petites pièces dans le juke-box du milk-bar et l'entendre gratuitement à la radio.

A lui tout seul, Elvis Presley secouait la société et apportait cependant quelque chose de très excitant, d'époustouflant, une sorte de véritable sens. Ça nous paraissait incroyable.

La nuit, l'oreille collée aux haut-parleurs de la radio, nous attendions sa voix pour devenir ce que, tout au fond de nous, sans le savoir, nous avions souhaité à en mourir. Oui, même gosses. Chacun de nous acclamait et ovationnait son dernier tube, numéro un au hit-parade, et nous en connaissions tous les paroles par cœur quelques jours à peine après l'avoir entendu, tandis que sur les murs de toutes les chambres et des salles de séjour s'étalaient les mêmes hit-parades recopiés à la main qui confirmaient la suprématie d'Elvis.

D'un seul coup, Elvis avait fait sauter les verrous dans toutes les prisons de ceux qui l'écoutaient sur la planète Terre ; il avait libéré le monde des auditeurs.

Les magazines révélaient à ses fans qu'il venait du Sud, d'une ville du Mississippi appelée Tupelo. Mon père était originaire du même Etat ; il aurait donc pu avoir des qualités analogues. Imaginez un peu : Jess et Mark Hines, le père et le fils se produisant en duo exceptionnel à travers une Amérique pâmée. Imaginez un peu.

CHAPITRE SEIZE

UN GRAND MATCH SE JOUE, celui de notre meilleure équipe de rugby contre Tanepatu, notre éternel rival. Un affrontement tribal : des bagarres entre spectateurs éclatent dans les tribunes et sur la touche. Les supporteurs rivaux lancent des hakas pendant ce match qui donne un spectacle impressionnant de puissance et d'habileté maories. Les deux équipes appartiennent à la même grande tribu, mais pendant quatre-vingt-dix minutes on a plutôt l'impression d'une guerre civile.

Chud assistera au match. Son vœu le plus cher, hormis de quitter ses horribles parents, serait de faire partie de la grande équipe. Waiwera n'est plus la même quand elle est vidée du cœur de sa population. Les touristes l'ont presque pour eux tout seuls, il ne reste que les vieux avec nos guides, bavardes et gaies, et quelques gosses qui vont plonger pour des pièces de monnaie et qui sont trop jeunes pour mesurer l'importance du rugby dans notre culture. C'est un sport dont même les filles et les femmes raffolent. Il fait rajeunir nos vieillards, briller les yeux des garçons, et il donne envie aux joueurs retraités de revenir sur le terrain. Si j'étais un bon joueur, je partagerais moi aussi la passion du village pour ce sport.

Au lieu de quoi je songe à la dernière lettre qui m'est arrivée d'Amérique. Je me demande à qui je pourrais en parler – à Merita ? Je me dis qu'elle est trop âgée pour ce genre de drame et peut-être aussi pour que je lui montre mes émotions. Car Jess vient d'envoyer un autre mandat, de cent livres, cette fois. Il m'a donné la liberté. Je peux acheter une voiture – une voiture ! Finir de payer mon équipement musical. Acheter quelque chose de spécial pour ma mère, ou lui donner de l'argent liquide. A qui pourrais-je faire part de mon excitation dans un village déserté par ses habitants ?

Je trouve ma sœur aux bains de Falls Bath. Toute seule. Une eau grisâtre comme de la boue se déverse d'une conduite en ciment située à deux mètres de hauteur. Alimentée par un grand bassin, elle tombe dans un autre, plus petit, encastré dans du béton. C'est une conduite de six mètres de long et de quarante-six centimètres de diamètre. L'eau qui déborde du petit bassin coule dans un canal qui aboutit à la rivière.

Les joues rouges de Mata me disent qu'elle est là depuis un bon moment. Une paroi rocheuse se dresse en demi-cercle au-dessus de la moitié du bassin, et des fougères ainsi que quelques broussailles rabougries ont germé là où elles ont pu prendre racine. Le bruit de l'eau qui tombe ne cesse jamais, et cet endroit clos provoque un écho. Il faut quasiment crier pour être entendu – la cascade n'est pas un robinet qu'on pourrait fermer. Nous allons aussi nager dans le bassin naturel au-dessus, bien que certains d'entre nous n'aiment pas patauger dans la boue ni risquer de tomber sur des orifices dans le sol d'où jaillissent des giclées chaudes. Deux *piwakawaka* – des rhipidures – se font la chasse en voletant et, le temps d'un sourire, retiennent l'attention de ma sœur. Les vieux Maoris croient que ces oiseaux sont porteurs de messages dont le sens varie selon le moment et le lieu où on les voit. Pour les gosses, ce ne sont que des oiseaux.

Il fait froid et je suis pressé d'entrer dans le bain pour me réchauffer. De dire à Mata que j'ai eu encore des nouvelles de lui. Elle est contente pour moi parce qu'elle sait à quel point ça me fait plaisir.

Pourquoi n'envoie-t-il pas de photo ? On saurait à quoi il ressemble.

Mais je le sais déjà et je m'empresse de décrire un homme de haute taille, mince, très beau, avec une épaisse chevelure sombre comme celle de son fils, un homme qui a le sens de la musique et qui est sans doute riche. Il ressemble à Elvis.

Et s'il n'était pas riche et ne ressemblait pas à Elvis ?

Impossible.

Comme elle m'avertit qu'elle sort de l'eau, je lui tourne le dos. C'est presque une femme, à présent. Ma sœur Wiki a dix ans et mon frère Manu en a sept. A cause de cette différence d'âge, je suis moins proche d'eux que de Mata. Elle m'annonce qu'elle a quelque chose à me dire.

Je suis enceinte.

Ah ? Bon, tu as dix-neuf ans. En moi-même, je me dis qu'Henry ne va pas apprécier.

Il travaille avec moi. (Ma sœur est employée comme standardiste au central téléphonique de la ville.) Il vient de tout au nord.

Maori ou Pakéha ?

Yank, on s'en fout. Bon sang, parfois c'est une obsession, chez toi, qui est blanc et qui est marron. C'est important ?

Excuse-moi.

Il est maori. Le docteur dit que j'en suis à neuf semaines.

Est-ce que maman le sait ?

Oui, mais je vais pas le dire à papa. Je vais quitter la maison, aller à Auckland, démarrer une nouvelle vie.

Ma sœur paraît heureuse.

Et si ton père d'Amérique rapplique un jour, fais en sorte que je le rencontre. Sinon, attention.

Je le ferai. Je le lui promets avec le sentiment très réel, à présent, que tout est possible.

Tu l'appelleras papa ?

Pas question.

Pourquoi pas, puisque c'est ton père. Est-ce que tu appellerais mon père papa ?

Je ne sais pas pourquoi, mais je me sens coincé par ses questions. Et je réponds : Non. Je pourrais, pourtant. J'ai connu des moments où j'en ai eu envie.

Ça coûte de l'argent, de déménager. Ton copain, il a une voiture ?

Si l'on veut. Elle risque de pas tenir jusqu'à Auckland.

Je débats en moi-même. C'est ta sœur, et toi tu es en position de lui donner de l'argent pour l'aider à s'éloigner d'Henry. Combien ? Cinquante ? Cent ? C'est ma voiture à moi qui y passe. Mais Mata est ma sœur, c'est elle qui m'a consolé quand le silence d'Henry me rendait si malheureux. Et puis, qui nous faisait sortir de la maison quand Henry tapait sur maman ?

Je peux te donner cent livres pour t'aider. Et la voilà qui me couvre de ses baisers de sœur. Ne me remercie pas, remercie mon père.

Merci, Elvis. Elle rit. Ou bien John Wayne ?

Essaie les deux, lui dis-je.

CHAPITRE DIX-SEPT

NOUS MARCHONS sur une route au revêtement tout neuf, grâce à Henry. Elle donne une autre sensation que la terre et les cailloux – de la boue glissante quand c'est mouillé, une couche de poussière quand la sécheresse dure. Notre conseil municipal doit en avoir par-dessus la tête d'Henry et de ses incessantes réclamations pour qu'on améliore les équipements de Waiwera.

Nous en sommes à notre troisième voyage pour transporter en cachette les affaires de Mata jusqu'à la voiture de son ami qui attend. Même si, légalement, elle a le droit de s'en aller, Henry ne va pas être content. C'est le genre d'homme auquel il faut demander une autorisation pour tout ce qu'il juge important. Et Mata sait que sa grossesse ne ferait que provoquer des comparaisons avec la manière dont notre mère m'a eu. Moi, je pense que c'est quand même triste, pour quelqu'un, de savoir que sa fille enceinte est partie sans lui dire au revoir. Même si ce quelqu'un est Henry.

Des maisons – on dirait des barbouillages de peinture fluorescente ou des marbrures lumineuses – apparaissent et disparaissent dans les traînées de vapeur. Au-dessus de nous, un ciel bien rempli d'étoiles et un tiers de lune. C'est le dernier voyage. Je serre la main de Lew dans la semi-obscurité ; c'est un beau garçon, très poli, assez bien pour ma sœur. Je serre Mata dans mes bras et je l'embrasse pour lui dire au revoir ; elle promet d'écrire et me remercie pour l'argent – ils n'auraient pas pu se débrouiller sans.

Je regarde les feux arrière passer devant les figures sculptées – les *tekoteko* aux têtes rondes qui surgissent sous les phares de la voiture –, puis sautiller sur les planches du pont, passer sous l'arche du souvenir, et ça y est, ma grande sœur est partie. C'était la meilleure des sœurs.

Les éclairages des maisons se transforment en taches. Les bougies qu'utilisent encore les anciens deviennent des crayons lumineux – chaque source de lumière est à présent floue ou se laisse un instant engloutir par la vapeur. La brise apporte une odeur de cire de bougie, des bouffées d'arôme de tabac, et on voit crachoter la lampe à pétrole chez Merita. Elle parlait avec enthousiasme d'Henry parce qu'il avait obligé le conseil à installer l'éclairage électrique, et pourtant elle préfère souvent lire son journal sous la lampe à pétrole qui, à une certaine distance, projette d'autres nuances, capture des formes humaines et semble les ralentir.

Une boîte à vapeur émet des odeurs de chou et de mouton. Toby Taita est sorti devant sa porte et il chante comme un Noir mélancolique. Son style mélodique me fascine : il est très différent de celui de la plupart des gens d'ici, et je l'ai déjà entendu à la radio. Je reste à écouter la chanson jusqu'au bout. Toby me prête sa guitare acoustique – ou, du moins, il le faisait avant que mon père m'ait rendu riche.

Notre paysage est étrange, sinistre à cause de ses bruits qui semblent émaner d'humains ou d'animaux. Quelqu'un qu'on étrangle, une vie qu'une force épouvantable écrase lentement, des conspirateurs qui chuchotent, des respirations hachées et désespérées comme dans une noyade, un geyser qui rugit – formidable spectacle déployé en vain puisque l'obscurité nous le vole.

Des silhouettes qui passent en traînant les pieds, des fous rires, des gamins et des jeunes gens, des bribes de conversation venues de quelque part et de nulle part, des formes fantomatiques qui volettent, naissent et meurent, quelqu'un qui soulève le couvercle d'une boîte à vapeur pour en extraire les aliments cuits, une silhouette penchée près du grand chaudron qui bout – je sais par sa position qu'elle fait glisser un sac en tissu épais rempli de légumes –, et la vapeur qui ne cesse de happer et de révéler des formes en train de sortir des bains ou d'y entrer. Le rire, toujours ce rire qui ne peut être que du ciel.

Dans de vieux fauteuils usés par les intempéries et sur des canapés délabrés qu'on a mis dans les vérandas ou au bas d'escaliers en bois, des gens discutent, fument, fredonnent, sifflent ou restent là à regarder. Un pied bat la mesure sur une surface dure pour accompagner une guitare qu'on gratte dans le style de Django Reinhardt – style que je connais grâce à l'un des chanteurs du groupe d'Henry qui joue brillamment de la guitare (il a appris tout seul) et m'a donné quelques leçons impromptues. Le conseil d'Archie : la clé, mon gars, c'est de se laisser aller à la musique. L'autre clé, c'est d'écarter les doigts suffisamment pour trouver des accords et des combinaisons que les autres n'utilisent pas ; c'est pour ça que Reinhardt est si bon, parce qu'il repousse les limites de l'extension des doigts. Et, en plus, avec sa main déformée.

Nous connaissons tous le chemin par cœur, nous savons où le sol risque de s'effondrer, où de petites fissures menaçantes se sont ouvertes il y a peu, où sont les endroits chauds qui nous avertissent d'un danger imminent, celui de zones sur le point de s'affaisser.

Plus haut, là où l'on a coulé le béton de la surface et des bassins, les têtes et les corps émergent et disparaissent au milieu de rires et de bavardages nourris ; nous nous reconnaissons par la forme de nos corps et grâce à un éclairage extrêmement faible, placé en hauteur, que le conseil municipal nous a concédé à contrecœur : trois lampes pour une zone de deux cents mètres.

Puis on arrive à l'abri où l'on se change, construit en un week-end de travail collectif par l'équipe de rugby senior, mais sous l'impulsion de Merita qui s'est débrouillée pour trouver l'argent. Elle affirmait à qui voulait l'entendre que nous ne pouvions pas nous habiller et nous déshabiller dehors, au vu de tous comme des primitifs, et que de toute façon il nous était impossible de nous baigner quand il pleuvait parce que nos vêtements étaient trempés. Pas de fenêtres, juste une fente à hauteur d'yeux pour regarder hors de cet endroit qui se charge de nos odeurs corporelles.

Un autre genre de pudeur s'impose dès lors que tout le monde se baigne nu : les femmes s'entourent d'une serviette jusqu'au moment de l'immersion tandis que les hommes recouvrent d'une main leurs parties génitales. Dans les eaux tièdes, on asperge doucement un bébé et on lui frotte la peau avec un savon Sunlight aussi grand que son torse. C'est adorable, et si nous avons de la chance, nous pourrons le prendre à notre tour dans nos bras et nous gazouillerons devant son petit visage innocent qui regarde le gamin choisi pour le bercer et voit sur sa tête une voûte étoilée.

On frôle les silhouettes fripées de vieilles biques tatouées qui, en anglais ou en maori, parlent d'ennemis jetés du haut des falaises du Totara et de ce qui arrivait d'habitude aux guerriers capturés, déchus de leur rang et réduits en esclavage. Aussi de la fierté qui était la nôtre quand nous étions une race isolée du reste du monde, avant l'arrivée des premiers explorateurs européens. Du village de nos origines que nous adorions et qui se situait à quarante kilomètres d'ici mais qui a disparu à jamais dans l'explosion de la montagne. Merita avait alors six ans.

Ensemble, au cours des divers âges et stades de la vie, nous nous soutenons les uns les autres jusqu'au tombeau.

Un groupe de corps nus dans l'obscurité sous la seule lumière de l'univers, ou de la lune un peu plus proche, ou peut-être des deux bougies allumées que quelqu'un a posées sur le rebord de la fenêtre sans vitres de l'abri où l'on se change. Même les minuscules bouts rougeoyants des cigarettes qui se consument dans ces ténèbres où l'eau clapote sont des sortes de lumières. Et toute lumière est amour.

Mata et son ami – et en elle leur enfant – vont rouler à travers cette nuit. Je m'imagine qu'il fait jour au Mississippi puisque ici c'est la nuit. Chacun son tour sous l'indicible immensité de la voûte noire saupoudrée d'étoiles, striée de galaxies, sans cesse scrutée par des hommes curieux et intelligents qui tentent de comprendre ces distances impossibles et leur échelle cosmique. Tandis que nous nous contentons de regarder sans être obligés de comprendre.

La rivière gargouille au-dessous de nous, invisible sauf lorsqu'elle a capturé une pleine lune énorme, et les rochers qui en émergent sont comme les têtes pointues et tranchantes de personnes qui marcheraient contre le puissant courant.

Les week-ends où nous passons la journée entière dans les bains, chaque gamin a pour tâche de réguler le flot du canal. Nous faisons des allées et venues entre le chaud et le froid, et en général nous gagnons au change : dans la rivière jusqu'à ce que nous ne puissions plus supporter le froid, puis de nouveau plongés dans les eaux tièdes à savourer notre chance pendant que s'abat une lourde pluie froide. Nous nous enfonçons pour ne laisser que les têtes dépasser ; la sueur se refroidit vite sur les visages, et partout l'on ne voit que sourires et grimaces espiègles.

Le conduit de débordement emporte la saleté de nos corps jusqu'à la rivière. Il y a aussi le grand bassin naturel où nous pouvons nous baigner : il est rafraîchi par l'eau froide d'un robinet dont le tuyau passe sur le sol et s'oxyde, comme tout ici. Les maisons semblent perchées sur la pointe des pieds pour éviter la chaleur brûlante. D'autres succombent simplement à la corrosion thermale et donnent une image de tassement, de rouille, de décomposition et de charpente affaissée. Mais c'est comme si elles baissaient des yeux protecteurs vers leurs enfants.

Et maintenant j'ai un secret. Une raison pour mon nom. Mme Mac avait raison, *Yank* me mettait à part. Sans que je le sache, ce nom me dirigeait, moi et ma vie, dans une autre direction. L'argent qui m'est tombé du ciel me donne la sensation que je cache un secret coupable. Car c'est un billet pour partir d'ici, si je le souhaite. Et pourtant, c'est ici que je suis chez moi : je veux montrer à mon père les coins de Waiwera qu'il n'a pas vus. Lui présenter la troupe des personnages de Waiwera comme dans un film.

Un jour, Chud m'a dit : T'as vraiment de la chance. Vivre dans la maison d'Henry sans même qu'il te parle.

Tu trouves que c'est de la chance, ça ?

Bien sûr. C'est le mec important du village. Si t'étais son fils, tu te retrouverais comme certains gosses qu'on connaît, dont le père est super bon dans un sport ou dans un autre truc. Ils peuvent pas être à sa hauteur. Toi, tu peux tomber dans une mare bouillante et mourir, Henry s'en fout. Pour lui, tu n'existes pas.

Du coup, qu'est-ce qu'elle fait, ta mère ? Elle t'aime dix fois plus pour compenser. Et qu'est-ce que ça t'apporte ? Ça te rend fort, t'as de la veine, t'es fort de l'amour de ta mère. Ta confiance en toi vient de là. D'une mère qui te répète : *t'es mon garçon spécial.*

Dit Chud en imitant bien la voix de ma mère, en répétant exactement les mots d'un refrain si familier que je n'y prêtais plus attention. Ou du moins me semblait-il.

Mais Chud avait raison. Je me sentais très aimé. Ce qui me donnait de la chance. Et encore bien plus maintenant que mon père était entré en scène, même s'il ne s'était pas encore montré. Que dire de Chud, alors ? Sa situation, chez lui, ne pouvait pas être pire. Mais je l'aiderais à se rattraper. C'est mon meilleur copain, même s'il en doute parfois. Quand nous irons en Amérique ensemble, nous trouverons de bons boulots et nous deviendrons riches.

Vous n'avez qu'à nous regarder, dis-je aux étoiles. Tout autour, mon peuple rie, bavarde et chante. Et les eaux thermales ne cessent jamais de bouillir.

CHAPITRE DIX-HUIT

HENRY A DÉCOUVERT l'existence de cette première lettre de Jess qui m'avait tant secouée. Pas étonnant, dans notre minuscule communauté – mais ce qui m'a étonnée, c'est qu'il ne me soit pas tombé dessus, qu'il se soit contenté d'une remarque sarcastique pour me dire que mes vrais sentiments s'étaient peut-être ranimés et que j'allais peut-être disparaître, aller en Amérique.

Je crois qu'il était simplement sur la défensive. Voire un peu jaloux, ce qui m'a à la fois légèrement plu et déplu. D'un côté, ça voulait dire qu'il avait toujours des sentiments pour moi. Mais la jalousie n'est pas une affaire d'amour ; il n'y est question que de soi.

J'ai répondu à Jess et lui ai appris qu'il avait un fils. Ce n'était pas pour lui imposer quoi que ce soit, il n'avait même pas à le savoir. Ça s'était simplement passé ainsi. Je lui ai dit que je n'avais pas eu de regrets dès lors que Yank était né, car une mère est de toute façon une mère. En plus, lui ai-je écrit, tu m'as donné le meilleur des fils et si jamais tu fais sa connaissance tu seras de mon avis.

Si je croyais en Dieu, je pourrais dire que tout cela entre dans Son plan mystérieux. Mais comme je ne suis pas croyante, j'ai le sentiment d'une vie vouée au malheur. Combien d'autres femmes de chez nous ont eu des aventures avec des soldats américains ? Et combien sont-elles à avoir eu un enfant ? Car, là-dessus, je n'ai pas le moindre doute : le fait d'avoir eu Yank m'a salie à jamais aux yeux des gens du village et pas seulement à ceux d'Henry. Je crois que ça m'a inhibée définitivement, que je n'ai plus été capable de manifester de gaieté spontanée, d'aller au bal ou de danser lors de fêtes privées. Même mon désir naturel de rire s'en est trouvé réprimé. Je suis simplement rentrée dans ma coquille.

Répondre à Jess m'a fait craindre de tenter le destin. Pourtant, sa soudaine résurrection n'avait pas fait battre mon cœur plus vite ni rallumé en moi les feux de l'amour, pas même une passion physique. Alors qu'elle aurait dû, puisqu'il avait non seulement libéré en moi l'orgasme, mais permis de penser qu'une telle chose est possible pour une femme. Oui, vraiment, par certains aspects, grandir ici nous rend ignorants et nous aveugle sur la vie et ses possibilités.

Yank a écrit lui aussi, et Jess nous a répondu à tous les deux pour exprimer, évidemment, son heureux étonnement. Yank et moi avons de nouveau écrit, mais il a fallu un an avant que Yank ne reçoive une réponse. Je suis sûre qu'il a envoyé de l'argent à Yank, mais je ne vais pas poser la question à mon fils. Il a toujours eu cette attirance pour l'argent, une sorte de besoin.

Ou du moins, c'est ce que je croyais jusqu'à ce que je comprenne que ce qu'il désirait si fort, c'était une meilleure vie loin de ce village, et cela en dépit du fait qu'il adorait ce lieu et ses amis. Comme beaucoup d'autres gamins, mon fils voulait partir d'ici. Il avait cessé de me supplier de l'emmener ailleurs pour que nous ne vivions plus avec Henry, mais le souhait était toujours là, juste refoulé.

Avant chaque Noël, Yank passait d'interminables heures dans la rivière à gagner de l'argent pour nous acheter des cadeaux, à moi, ses deux sœurs et Manu.

C'était toujours une période des plus douloureuses. Les cérémonies de remise et de réception de cadeaux avaient lieu séparément pour Yank et Henry : jamais de présent l'un pour l'autre, le beau-père et le fils. Le grand repas de Noël était tout aussi malaisé, étant donné que nous ne pouvions pas le faire deux fois. Je ne voyais pas comment Henry pouvait continuer ainsi, mais il y arrivait.

Pendant toutes ces années, j'avais gardé deux photos de Jess cachées ; je ne les regardais que rarement, juste pour me le remettre en mémoire. Ou pour savoir si quelque chose, dans le comportement de Yank, pouvait laisser croire que les gènes de son père se révélaient en lui.

Bizarre de voir à quel point un homme supposé mort avait changé trois vies, et sans doute aussi celles de mes autres enfants. Henry et moi étions installés dans une sorte de routine conjugale, mais son refus de reconnaître l'existence de Yank maintenait une certaine tension dans la maison. Henry poursuivait sa vie, son travail et ses obligations à l'égard de la communauté de Waiwera ; il avait de nouveau des rapports avec moi, mais tout aurait été bien mieux s'il avait seulement accepté un contact avec Yank.

Comme toutes les femmes, je souhaitais davantage qu'un mariage fonctionnel. Dans quelques années j'aurais quarante ans et tous mes enfants auraient quitté la maison – rétrospectivement, quel genre de vie aurais-je eue ? A part élever quatre enfants, quel avait été le sens de ma vie, puisque je n'avais travaillé que comme guide remplaçante et, pendant la haute saison, comme réceptionniste d'hôtel ?

Annoncer à Henry le départ de Mata a presque été aussi pénible que lui révéler l'existence de Yank.

Car Henry croyait qu'il adorait sa fille aînée alors qu'en réalité il faut avoir été là pendant les premières années de l'enfant pour que se crée un lien mutuel fort. Mata détestait la violence, toutes les violences. Quand Henry avait trop bu et que ça lui prenait, il me frappait, mais pas aussi durement que quelques-uns des hommes du village quand ils tabassent leur femme, et pas aussi durement que le percevait notre très sensible Mata. Je crois que l'impression qu'elle avait de lui avait été scellée par leur première rencontre, le jour où il était rentré de guerre et m'avait battue. Quant à notre fille Wiki et notre fils Manu, il les gâtait sans retenue. Il était également en adoration devant sa mère qui, pourtant, restait à l'écart de la maison et n'adressait jamais un mot ni à moi ni à Yank.

Etonnamment, Henry n'a pas explosé comme je m'y attendais en apprenant que Mata était partie sans lui dire au revoir – ou plutôt sans demander sa permission. Il est sorti pour une longue promenade, et quand il est rentré il avait le visage sombre. Plus tard, il a posé des questions sur l'ami de Mata : était-ce un jeune homme bien, de quel genre de famille venait-il ? Il a dit : J'espère qu'il fera un meilleur père que moi.

J'en suis restée ébahie. En fait, j'ai dit : Tu as essayé d'être un bon père avec elle. Ce n'est pas ta faute si la guerre t'a enlevé les années où se nouent les liens.

Dans notre village, tout se sait, même les choses les plus intimes, mais pas question pour moi de satisfaire la curiosité de quiconque au sujet de mes lettres d'Amérique. Et je n'allais pas faire comme si j'avais été la seule d'ici à tomber pour un Yankee.

Mais on a tous besoin de partager ce qu'on porte en soi, et il y avait quelqu'un en qui j'avais confiance : Barney.

Un homme qui avait sa routine et qui prenait au sérieux son travail aux bassins : sa dernière tâche, le soir, était d'arrêter l'eau qui se déversait de l'étang bouillant dans les canaux pour que les bains puissent refroidir jusqu'à la température voulue. Son endroit favori était un banc en bois près du pont ; quand il arrivait, les enfants devaient lui laisser la place et il ronchonnait si un maillot de bain avait mouillé son siège. Il s'asseyait là, à la manière d'un authentique guerrier gardant l'entrée. Nous avions sculpté des figures guerrières dressées en piquets de clôture, des *tekoteko*, symboles de surveillance au bord de la route menant à la maison commune.

Salut Barney. Salut Lena. Il m'accueillait en grognant et se tortillait comme s'il était gêné de me trouver près de lui, bougeait, tendait le bras pour prendre un cahier et un crayon. Nous avions appris à converser sans qu'il ait besoin d'écrire. J'étais arrivée à comprendre ses fragments de phrases, j'en avais trouvé le code.

Après avoir posté ma réponse à la dernière lettre de Jess, je me suis assise avec Barney. Nous entendions en contrebas le bruit des enfants venus à la rivière juste après l'école. J'ai parlé de la lettre de Jess : après plusieurs années de correspondance, il se sentait retomber amoureux de moi et ça lui faisait peur.

Barney s'est désigné du doigt pour me dire que nous aurions pu faire un beau couple, lui et moi, s'il avait été plus rapide à la détente qu'Henry. Quant à l'Américain – laisse tomber. Un soupçon de jalousie dans le grand méchant sourire de Barney. Mais une jalousie différente de celle d'Henry.

Puis il a froncé les sourcils et il a sorti quelque chose sur Henry, un mot selon lequel, en d'autres circonstances, il aurait aussi été rapide à la détente.

Mais il a détourné les yeux quand je lui ai demandé de s'expliquer. Ils sont petits-cousins par leur mère, et Henry était proche du frère de Barney, Harold, qui est mort à la guerre et avait un an de plus qu'Henry. Quant à Barney, c'était un brillant joueur de rugby qui avait représenté la province dans l'équipe senior alors qu'il n'avait que dix-huit ans ; sa blessure de guerre avait coupé court à une carrière sportive des plus prometteuses.

Des deux, Henry avait toujours été la personnalité dominante : c'était en lui que les anciens avaient vu un futur leader. Les mêmes anciens qui m'avaient juré qu'Henry cesserait un jour d'être un bagarreur et que je verrais alors le calibre de l'homme que j'avais choisi pour mari.

Si seulement, hein, Barney ? ai-je dit en riant. On aurait pu faire un bon couple. Je n'aurais pas dû le dire, parce qu'il a pris un air sérieux. Il a serré son gros poing en laissant échapper un : E-enry ! Pas bien. Mutilé d'guerre plus que moi !

Ce n'était pas tout à fait aussi cohérent que ça, et j'ai dû recoller les mots de Barney pour leur donner une unité. Je me suis retrouvée à prendre la défense d'Henry. Il a mûri, j'ai dit.

Barney a secoué vigoureusement la tête, il n'était pas d'accord. Et, apparemment, il voulait dire quelque chose là-dessus.

J'ai décrit Jess : grand et beau, comme toi, à peu près la même couleur de peau. Debout, j'ai esquissé quelques pas de jitterbug, une danse qu'il m'avait apprise. Nous nous sommes mis à rire. Barney me racontait, en montrant l'horizon du doigt, comment ça s'était passé quand Henry et lui étaient à la guerre. J'ai d'abord pensé qu'il voulait parler de ses souffrances, jusqu'à ce qu'il éclate de rire et me fasse comprendre que lui et les autres militaires de cette époque avaient eu leur part de bon temps avec le sexe opposé. Henry aussi ? Bien sûr, Henry aussi. Tu n'étais donc pas au courant ? On l'a tous fait. C'était la guerre.

J'ai été outrée. Ça me paraissait injuste. Pourquoi mon aventure était-elle un péché plus grave ? Evidemment, pour les femmes, d'autres normes s'appliquent.

Nous nous sommes assis de nouveau et il a agité le doigt dans ma direction pour me dire : Ne te sens pas coupable, ne permets à personne, surtout pas à Henry, de te culpabiliser. Le visage de Barney est alors devenu très sérieux. Tu es quelqu'un de bien, m'a-t-il dit. Tu l'es, ma chère !

Et l'Américain ? Barney voulait savoir. Il disait mer-cain. Tu aimes ? Non, je ne l'aime pas. Pas même autant que ça ? Il a levé deux doigts légèrement écartés. Non, pas même.

E-enry, alors ? En voilà, une question.

Tu sais, Barney, je ne suis pas sûre d'aimer un homme quel qu'il soit. Et je l'ai taquiné en disant : Sauf toi, mon grand ami. C'est platonique. Son air troublé lui est revenu, mais il a trouvé assez de gaieté pour dire qu'il était content que le mer-cain n'ait pas reconquis mon cœur.

En rentrant chez moi, j'ai senti quelque chose de bizarre – mais quoi ? Puis je me suis rendu compte que j'avais mal au genou parce que Barney l'avait serré fort pour dire au revoir au moment où je partais préparer le repas du soir. Par son geste, Barney me signifiait qu'à son avis Henry ne méritait ni ma cuisine, ni moi.

Mais, dans sa manière de me toucher, il y avait quelque chose de sexuel.

Et j'étais troublée parce que ma réaction était elle aussi sexuelle. Avec un mutilé de guerre, un handicapé ? Ou un homme dont je savais qu'il avait seulement perdu l'usage normal de la parole ? Un homme que je comprenais bien et qui me comprenait lui aussi ?

Je me suis sentie touchée par un espoir, quelque chose de rassurant. Et le désir s'était transmis par la main de Barney à mon genou quand il l'avait serré. Mon cœur n'avait plus ainsi battu la chamade depuis Jess. Ma tête disait : Ne sois pas ridicule, Lena.

CHAPITRE DIX-NEUF

ELLE M'A DIT : Je me fais vieille, pas vrai, Yank ? Elle m'avait fait asseoir sur la véranda, le dos au paysage. Vieille, ça oui. Nous mangions chacun une assiette de pudding cuit à la vapeur avec de la crème fouettée. Sa cuillère n'arrêtait pas de rater sa bouche. Ça me mettait mal à l'aise.

J'ai porté les assiettes à l'intérieur et je les ai rincées dans l'évier. Le robinet était rouillé et ça puait l'urine partout. Tout rongeait sa maison.

De retour sur la véranda, nous avons vu deux groupes de touristes suivre les guides en uniforme rouge à travers nos sites ; leur nombre augmentait chaque année. Des rangées de têtes et d'épaules d'enfants dépassaient de l'eau des bains – je les entendais rire. Mais ce monde-là ne m'attirait plus. J'avais dix-sept ans et je me sentais adulte.

Comme tout le monde, Merita était au courant des lettres qu'envoyait Jess. Je lui ai dit que, grâce à mon père, j'avais plein d'argent à la banque. Elle m'a répondu : Tant mieux pour toi. Dépense-le pour quelque chose qui t'aidera à avoir un avenir.

Je lui ai alors dit que je finissais de payer une guitare électrique avec un ampli et des haut-parleurs, que j'avais l'intention de former un groupe.

La musique, a-t-elle dit. Ce que les Maoris réussissent le mieux. Déjà quand j'étais gamine, notre village envoyait des groupes culturels en Amérique et en Angleterre. Pour divertir les gens. Quand les soldats américains sont passés par ici, nous les avons conquis par nos chants maoris, nos hakas et nos danses *poi*. Nous leur avons montré que nous pouvions jouer la musique moderne venue d'Amérique aussi bien qu'eux. Mis à part les Noirs, parmi eux.

Oh, oui, ils savaient chanter, ceux-là, et danser aussi. Juste là, en bas, là où les gosses jouent aux billes, les Noirs nous enseignaient leurs pas de danse. On les apprenait vite, mais on n'arrivait jamais à les reproduire tout à fait comme eux. Les pauvres, ce qu'ils ont dû endurer dans leur pays. Et même ici, certains de leurs Blancs, américains comme eux, les maltraitaient. Pourtant, ils étaient bien gais, et les Maoris les ont tout particulièrement aimés.

Cette guerre, Yank. Personne n'avait la moindre idée de pourquoi elle avait démarré. Qu'est-ce qu'on avait à voir avec cette histoire de l'Allemagne qui envahit la Pologne, ce qui pousse la Grande-Bretagne à déclarer la guerre et nous à suivre aussitôt ? Evidemment, il y avait les liens du Commonwealth. Mais une guerre de l'autre côté du monde alors que nos hommes s'étaient déjà battus dans la Première Guerre mondiale ? Lancée, elle aussi, par les mêmes Allemands. C'était pas notre politique, ç'aurait pas dû être notre combat.

Même pour ceux d'entre nous qui lisaient les journaux et les magazines, c'était trop compliqué à comprendre. Je ne crois pas, de toute façon, qu'on nous ait dit la vérité, à nous, le public. Il paraît que la vérité est la première victime de la guerre. C'est comme dans un mariage qui se brise : la vérité est la première à prendre la porte. Tout ce que nous savions, c'était que nos gars avaient pris goût au sang et s'engageaient en masse. Ils mouraient d'envie de sortir d'ici, de connaître l'outre-mer et de se battre contre l'ennemi.

Un moment nous sommes là, petite attraction pour touristes, des gens ordinaires qui vivent en paix. Et l'instant suivant, nos hommes valides sont partis, le pays est rationné, les mois deviennent des années et on continue toujours à se battre.

Ta mère était une beauté si renommée que les anciens d'autres villages maoris avaient envoyé leurs plus beaux garçons pour la courtiser. Mais comme tu le sais, j'en suis sûre, rien ne peut se mettre sur le chemin d'Henry Takahe. A l'époque de mes parents, ce mariage aurait été un mariage arrangé comme l'a été le mien. Par chance, j'ai appris à aimer mon mari. Henry a mis ta mère enceinte de Mata et puis il est parti à la guerre. Je crois qu'il s'assurait ainsi que personne ne pourrait la lui prendre.

Il est revenu avec le grade de capitaine et paraissait avoir mûri. Mais absolument tous ces garçons avaient eu leur adolescence brisée et étaient devenus des hommes avant l'heure. Chacun doit vivre toutes les étapes de sa croissance, sinon ce qu'il a raté lui revient comme une plaie. Ce sera pareil pour ton ami Chud, souviens-toi de ce que je te dis. Ses foutus parents ont privé leurs gosses de leur enfance. On peut pas faire ça à des enfants.

Parfois j'aurais souhaité que Merita se rappelle qu'elle avait vu mon père et qu'elle tire de ses vieux souvenirs quelque image de lui. Mais elle continuait à parler d'un autre passé.

Nos hommes ont servi dans la Première Guerre mondiale, et parmi eux mon mari – même si nous avions alors trois enfants. Il s'est engagé sous le nom de son frère mort : il aurait fait n'importe quoi pour aller se battre. Je n'aurais jamais osé l'en empêcher. Il arrive que les hommes doivent être des guerriers pour préserver ce qui nous est précieux.

Et puis ce nombre terrible de morts, des milliers de nos gars néo-zélandais – plusieurs douzaines rien que de Waiwera – massacrés en Turquie et dans les tranchées de France. Quant aux pauvres Français, ils ont perdu des millions de gens.

Mais combattre pour son pays et rentrer pour être de nouveau traité en citoyen de deuxième catégorie par les Pakéhas ? Non, c'est pas bien. La plupart d'entre eux se sont refermés sur eux-mêmes et se sont coupés du monde extérieur, celui des Pakéhas. Certains sont partis, quelques-uns se sont lancés dans les affaires et se sont bien débrouillés. Mais ceux-là ne restaient jamais ici : il leur fallait des W.-C. décents, de l'électricité, un travail qui les conduirait quelque part.

Après la Seconde Guerre mondiale, il s'est passé la même chose : les Maoris sont rentrés pour être traités en citoyens de deuxième catégorie. Sauf que, cette fois ils ont exigé l'égalité. Des chefs de file comme Henry n'allaient pas se satisfaire d'un refus. Vous les gosses, vous avez raté tout ça.

Ce qu'a fait ta mère, si ça s'était passé quand son mari était à la maison, oui, ç'aurait été mal. Mais il n'était pas là, il n'était plus à la maison depuis trois ans. Je suis une Maorie traditionnelle, et, nous, nous faisons ce qu'on nous dit de faire. Mais si je devais revivre ma vie, je ne tolérerais pas la plupart de ces choses qu'une femme doit endurer sans dire un mot.

Les journaux. Ah. C'est par eux que j'ai appris que dans un couple la tentation existe des deux côtés. La vie n'est jamais simple, rien n'est tout blanc ou tout noir. Même la vue qu'on a d'ici change. Selon qui regarde.

Tu te souviens quand je t'ai dit que tes ancêtres maoris étaient de haute lignée et qu'ils avaient des esclaves ? Tu t'es mis debout, là, à crier aux gens du village qu'ils étaient tous tes esclaves.

Je m'en souvenais parfaitement. J'avais hurlé à une poignée de gamins : *Courbez-vous devant moi, esclaves !*

Bon, dit Merita. Admettons que tu ne sois pas de haute naissance. Qui, alors, crie ces choses aux autres ?

CHAPITRE VINGT

DEPUIS LE SALON de Nigel Blake, on avait une vue étonnante sur le lac avec, au centre, l'île posée comme un gigantesque sein de femme. Un hors-bord creusait une déchirure dans les eaux immobiles ; au loin, un bateau à voile donnait une impression de papier à cigarettes. C'était ma première fois dans une maison de Pakéha.

Nous nous sommes assis autour d'une table en bois. Nigel et moi venions de passer des heures à jouer de la musique dans le garage des Blake, et son père nous avait dit que nous pouvions nous y installer, en faire notre base : les deux voitures de la famille n'avaient pas besoin de garage. Notre batteur, Hemmi, habitait à dix minutes à pied, dans le village maori dont l'équipe de rugby était notre grande rivale dans la tradition des batailles d'autrefois. Mais il était trop timide pour accepter de faire de la maison de Nigel notre lieu de répétition. Il nous faudrait l'amener lentement à tenter cette nouvelle expérience culturelle. Tony, le bassiste, n'avait pas ce problème mais il était parti s'occuper d'autre chose.

La mère de Nigel est apparue, portant du thé et des biscuits maison sur un plateau. J'ai à peine levé les yeux vers elle, mais dès que je l'ai fait j'ai été frappé de voir à quel point elle était attirante. Des yeux d'un bleu brillant, des sourcils sombres assortis à ses cheveux brun foncé, elle était très belle, et son fils avait hérité de sa beauté. Non que je l'aie désirée une seconde. Pas la mère d'un pote de mon groupe, une femme d'à peu près l'âge de ma mère.

Pat Blake était directeur d'une école primaire. Il admirait l'ambition musicale de Nigel et disait qu'il aurait bien voulu avoir eu le cran d'agir comme son fils au lieu de suivre une carrière conventionnelle et ennuyeuse.

J'ai cependant commencé à remarquer que M. et Mme Blake n'avaient guère de contact, alors qu'à mes yeux elle était si attirante qu'il aurait dû ne jamais pouvoir arrêter de la toucher. Mais qu'est-ce qu'un garçon de dix-sept ans peut savoir des relations entre personnes mariées ?

Elle s'appelait Isobel. Je me sentais très à l'aise avec ces gens et j'ai compris que le fossé racial n'était pas aussi profond que je l'avais cru. Ou alors c'était un coup de chance. Et, certainement, Nigel ne m'aurait pas invité s'il avait su que ses parents avaient de l'aversion ou du mépris pour les gens à la peau brune.

Il se peut qu'elle ait lu mes pensées : Mme Blake – Isobel – a voulu savoir si je pouvais lui faire visiter Waiwera comme je l'avais fait pour son fils. Bien sûr. Est-ce qu'elle et son mari souhaitaient qu'on programme la visite ? Pat Blake est alors sorti de son mutisme pour dire qu'il avait déjà vu Waiwera plusieurs fois lors d'excursions scolaires.

Isobel a voulu savoir si elle pouvait se baigner dans nos eaux thermales. Je lui ai expliqué que nos bains étaient privés et qu'on ne souhaitait pas trop y voir de visiteurs. Ce que je voulais dire, c'était que les étrangers n'y avaient pas accès, sauf s'ils s'y rendaient avec un des villageois, lequel devait être adulte. Le village, en effet, gardait jalousement pour lui certains aspects de sa vie. Je ne pense pas m'être senti pervers quand je me suis imaginé Isobel en maillot de bain alors qu'elle approchait de la quarantaine. Ma vision était plutôt agréable.

Nigel et moi avons abrégé la conversation que nous avions avec son père parce que nous voulions désespérément aller essayer deux ou trois chansons de Sam Cooke. Nigel était aussi très bon pour accompagner la voix du chanteur. De retour au garage, nous nous sommes plongés dans notre univers musical.

Le problème, quand on imite un géant, c'est tout simplement qu'on n'a pas sa stature. J'arrivais à atteindre les notes les plus hautes de Cooke, mais pas du tout avec la même facilité. Bien que Nigel m'ait juré que je reproduisais presque à la perfection la voix de Cooke, un chanteur sait ce qu'il en est.

Pat nous a dit qu'il avait du travail et que ce serait donc Isobel qui me reconduirait chez moi. En chemin, j'ai expliqué à Isobel que j'allais bientôt emménager dans mon propre appartement et que j'achèterais une voiture. Elle m'a demandé où donc un garçon de dix-sept ans pouvait trouver autant d'argent. Je lui ai expliqué.

Quelle histoire, a-t-elle dit. Et tu n'as pas de photo de ton père ?

Non, mais j'ai une image en tête, celle de John Wayne au cinéma. Beau, mais avec de la rudesse.

Comme son fils, a-t-elle dit doucement. Elle a lancé un petit sourire éclairé par la lueur du tableau de bord.

Je lui en ai adressé un autre – celui dont ma mère disait qu'il servirait un jour à son "garçon spécial" pour séduire les jolies filles.

Et, incroyable mais vrai, Isobel m'a répondu par un nouveau sourire. Une gêne, une atmosphère tendue s'est soudain installée, comme diffusée par les orifices de ventilation.

Je me suis demandé avec inquiétude si mon sourire n'avait pas été trop proche du flirt, car nous n'avons plus échangé un mot jusqu'à Waiwera. Je lui ai demandé de me laisser au pont : comme ça, vous aurez la surprise quand vous visiterez.

Merci de m'avoir amené. Avec plaisir. Bonsoir. Bonsoir. A bientôt ? Oui.

Et les étoiles dans toute leur splendeur.

CHAPITRE VINGT ET UN

QUAND ILS L'AURONT DÉCOUVERT, ce qui ne manquera pas d'arriver, ils diront : Vous voyez ? Elle avait ça dans le sang. Elle a trahi son vœu de fidélité. Et pas juste cette fois-là. Le nom que lui ont donné ceux qui savaient était justifié, c'est une putain et personne ne le lui pardonnera – pas cette fois.

Ils diront : Pauvre Henry, c'est pas sa faute, il ne pouvait pas voir ce qu'elle était, ils étaient jeunes, c'est tout, pas même vingt ans – comment aurait-il pu déceler le côté sombre tapi au fond de cette femme ? Après tout ce qu'il a fait pour nous : il a été le seul à se démener pour gentiment forcer le village à se moderniser. Nous avons une dette envers lui. Elle aussi.

Ils diront : Quitte-la, Henry. Tu aurais dû mettre fin à ton mariage le jour où tu es rentré, où tu as découvert, choqué, sa conduite dégoûtante et immorale – avec un soldat yankee, en plus, alors que tu te battais pour ton peuple, pour ton pays.

Ils diront ce qu'ils diront, mais rien de tout cela n'est vrai. Dans les faits, si – mais que sont les faits quand ceux qui les examinent ne savent rien de la vie intime de la personne et des circonstances qui peuvent changer les choses et les gens ? J'ai l'impression que c'est mon destin, de ne pas pouvoir me débarrasser de cette maudite guerre : elle continue à me tenir en son pouvoir ; ou, du moins, ceux qui y ont participé ne me lâchent pas.

Ce n'est pas pour le sexe qu'une femme le fait – demandez à n'importe laquelle. Disons, à la plupart d'entre elles. Et quand elle le fait alors qu'elle est mariée, d'autres facteurs viennent compliquer l'affaire : elle est désespérément malheureuse, elle voudrait juste être aimée, avoir la confirmation qu'elle existe. Peut-être ai-je toujours voulu une confirmation de mon existence.

Que mon mariage avec Henry n'ait pas été très heureux, même mes détracteurs les plus féroces doivent bien le voir. Nous ne formons pas exactement le couple de la décennie. Mais n'ai-je pas été la meilleure des mères pour mes enfants ? Je leur ai insufflé une fierté particulière pour qu'en grandissant ils aient envie d'être différents et de mener une vie meilleure que celle que leur offre ce village. N'ai-je pas contrebalancé ce qu'Henry faisait subir à mon fils en l'ignorant, et n'ai-je pas ainsi élevé un jeune homme plein de confiance en lui, promis à un brillant avenir ? Un garçon que même la plupart de mes ennemis apprécient parce que mon Yank aime ce qu'il est.

Non, une femme mariée, même dans ma situation, ne saute pas au lit avec un autre homme pour le côté physique de la chose. De toute façon, l'affaire n'est pas très physique avec un homme si maladroit, bien que tendre, et dont s'échappent d'étranges gémissements, voire des larmes, à cause de son défaut d'élocution. Certes, j'y trouve un certain plaisir : il y en a nécessairement, après tant d'années où j'ai été prise brutalement par mon mari deux fois par semaine et parfois davantage.

Quel contraste avec cet être plein de gentillesse qui m'embrasse avec douceur, me caresse le visage et me transmet par ses yeux, puisqu'il ne peut l'exprimer en mots, ses sentiments et les pensées qu'il nourrit depuis longtemps.

Cet homme-là ne me ravage pas. Il fait l'amour. Comme en rêvent toutes les femmes. Il y a certes – je ne le nie pas – de la pure sensualité et un peu de désir brutal lorsque je me laisse aller à l'acte. Mais ce n'est pas de la baise. Je pars dans le même voyage que lui ; nous dansons ensemble ; et je chasse de mon esprit les bruits étranges qu'il profère. Pendant un moment j'ai cru que je pourrais atteindre le... eh bien, l'orgasme tel que Jess me l'avait procuré, ou plutôt l'avait fait sortir de moi.

Mais Barney avait attendu trop longtemps, m'a-t-il dit plus tard. Il avait passé trop d'années à attendre moins mon corps que moi, celle qui avait toujours du temps pour lui et ne le jugeait pas. Des phrases qu'il n'a évidemment jamais mises ainsi bout à bout.

Et il n'était pas question pour moi d'annoncer à Henry que c'était fini entre nous et que j'allais vivre avec Barney, peut-être l'épouser un jour. Je ne comptais pas non plus en rester à une aventure sans lendemain ; car j'aurais alors manqué de respect pour les sentiments de Barney et pour mes propres besoins. Une femme a besoin de se sentir aimée. Les hommes font toute une affaire mal à propos, comme si ce qui se passe là en bas avait quelque chose à voir avec ce qui se trame dans le cœur d'une femme. Henry, tu es bête et aveugle.

Si l'on alignait tous les hommes du village pour un concours de beauté, de force et d'intelligence, Barney l'emporterait sur deux points. Comme il mesure plus d'un mètre quatre-vingt-deux, qu'il est doté de larges épaules, d'un torse puissant et de traits nobles qui reflètent son orgueil... la plupart des femmes seraient heureuses de se reproduire avec lui. Peut-être a-t-il aussi eu de l'intelligence, mais, comme un bégaiement important survenu brusquement à l'âge adulte, elle n'a pas pu briser le mur de sa blessure psychologique.

Je lui ai instamment recommandé de ne pas afficher ses sentiments en public. Et de ne pas s'attendre à des rapports intimes avec moi quand ça lui chantait, faute de quoi cela reviendrait pour moi à échanger Henry contre son pareil. Je lui ai dit que je lui ferais signe de temps à autre. Il n'y avait aucun danger que je tombe enceinte ; j'avais subi une hystérectomie quelques années auparavant.

Nous nous retrouvions sur le banc du pont, comme toujours, parfois aussi sur un autre banc semblable que Barney avait construit dans un lieu privé et dont les curieux pouvaient facilement concevoir la raison d'être, puisque ce lieu appartenait à la famille de Barney et que j'étais sa meilleure amie – pourquoi nous serions-nous abstenus de nous y asseoir et de discuter quand nous le souhaitions ? Car nul ne pensait que Barney avait des désirs sexuels. Alors qu'en réalité c'était un homme jeune : il n'avait pas tout à fait quarante ans.

Nous savions que des gosses se faufilaient entre les arbres pour nous espionner. Nous étions plus inquiets de les voir s'aventurer sur un sol prêt à céder, ce qui leur vaudrait de s'ébouillanter méchamment, que de nous cacher. Et nous nous abstenions de faire la chose dehors ou chez moi ; ç'aurait été chercher des ennuis. Nous allions dans la petite maison que ses parents avaient laissée à Barney et à sa sœur (elle est morte plus tard d'un goitre et je me souviens de sa gorge affreusement enflée). C'était un minuscule logement avec des pignons sculptés, les W.-C. à l'extérieur et un équipement très rudimentaire. Sur son cahier, Barney avait écrit le mot “bienvenue” et dessiné un petit visage souriant.

Les murs étaient couverts de photos, comme dans toute maison maorie. Les deux chambres, séparées par des cloisons qui ne montaient pas jusqu’au plafond, étaient inutilisées. Barney, en effet, dormait dans des draps – propres – sur un matelas posé dans la salle de séjour à même le plancher.

Nous faisions l’amour sur ce lit. Barney ne se précipitait pas sur moi ; il prenait son temps comme un authentique gentleman. Pour camoufler le but de ma visite, j’entrais toujours chez lui en portant des légumes dans un de ces sacs qu’on met à bouillir dans une mare, ou bien je sortais de chez moi avec un pudding ou un morceau de viande que je ferais cuire dans une boîte à vapeur ou sur sa petite cuisinière à bois. Nous restions assis sur la véranda à contempler la zone thermale principale au-dessous de nous, pour que les gens puissent nous voir et s’imaginer une relation amicale. Comme la petite maison de Barney n’avait qu’une fenêtre donnant dans le séjour et que celle-ci était pourvue d’un rideau, même les gosses les plus effrontés ne pouvaient nous surprendre. Barney avait un chien dressé à la chasse au cochon sauvage qui grognait dès que quelqu’un s’approchait, et il y avait un bosquet d’un côté de la maison et un gouffre creusé par l’activité thermale de l’autre côté.

Profiter de Barney le mutilé de guerre. Imaginez un peu : il ne peut que répondre à l’appel de la sirène. Voilà ce qu’ils diraient. Que Lena était une pute-née.

CHAPITRE VINGT-DEUX

UNE EXPÉRIENCE de cette envergure, un garçon de dix-sept ans n'a pas les mots pour la décrire. Je savais qu'elle avait un sens particulier, et même de l'importance : ce n'était pas que du sexe.

La première fois pour moi, mais évidemment pas pour elle qui était mère de deux enfants dont le plus jeune était mon camarade de classe et faisait partie de mon groupe. Elle ne m'a pas du tout paru vieille dès que nous nous sommes allongés. Elle avait l'énergie et l'avidité de la jeunesse, tout comme moi. Avec, en plus, de la retenue et ce que lui avait apporté l'expérience, de sorte que les différences ne comptaient plus.

A un certain stade de cet incroyable événement, j'ai cru que je rejouais la vie de ma mère : elle, l'ingénue et naïve jeune femme de Waiwera séduite par Jess et le vaste monde dont il venait. Moi, séduit par les raffinements et les ruses féminines d'une femme plus âgée et mariée. Mais qui séduisait l'autre ? Lena ou Jess ? Moi ou Isobel ?

Quand je lui ai fait visiter notre village, je l'ai emmenée dans des endroits où n'accédaient pas les touristes ordinaires. Ceux-là mêmes où j'avais l'intention de conduire mon père – s'il venait un jour. Quelques habitants m'ont regardé de travers, mais elle était trop âgée pour que quiconque aille chercher aussi loin. Deux de mes copains m'ont adressé de drôles de sourires, et je leur ai répondu par mon air le plus innocent. Il faut croire que les putes se conduisent avec naturel, font de la tromperie un art empreint d'innocence alors que leurs parties génitales sont au bord de l'éruption et que leur esprit lubrique leur fait perdre toute conscience.

J'avais l'impression d'être ma mère qui aurait fait parader son amant pour que tout le village le voie.

J'ai commencé à me demander avec inquiétude si je ne m'étais pas totalement trompé sur ses intentions, car elle n'arrêtait pas de me poser des questions sur le village, et nous avons bien passé plus de deux heures à circuler. Isobel a jugé fascinant et effrayant l'endroit très peu fréquenté où Barney avait construit un banc : pourquoi donc ne l'ouvrions-nous pas aux touristes ? Je lui ai expliqué que c'était un lieu au sol instable qui n'arrêtait pas de se modifier ; il était donc trop dangereux.

Elle m'a dit : Comme toi, peut-être ?

Je manquais trop d'expérience pour lui lancer un trait d'esprit ou une phrase montrant que je mordais à l'hameçon. Simplement, mes parties se sont mises à me déranger encore plus. *Moi, dangereux ? Madame Blake, que voulez-vous dire ?* C'était elle, qui paraissait dangereuse.

C'est là que je vis, ai-je dit en pointant le doigt au moment où nous sommes passés devant cette maison où je ne m'étais jamais senti tout à fait chez moi. Je ne voulais pas qu'Isobel puisse en voir l'intérieur parce que, par rapport à la nôtre, sa maison était somptueusement meublée. Je me suis juré qu'un jour j'apprendrais à meubler la mienne aussi bien que celle des Blake. Nous avons poursuivi notre chemin.

A notre tour, comme un million de touristes au fil des ans, nous avons plongé nos regards dans les profondeurs bleues de l'étang de Wharepapa, aussi claires que le jour. Nous pouvions voir ses bords recouverts d'une croûte de silice blanche jusqu'à dix ou douze mètres de profondeur avant que le noir de l'enfer s'en empare et envoie des bulles qui montaient à toute vitesse, tels des avertissements lancés depuis le royaume furieux du diable. Une tache partait d'un sac où cuisaient des légumes. Un autre sac d'épis de maïs dénudés, attachés par une ficelle en lin de Nouvelle-Zélande, brillait d'un jaune juteux dans l'eau bouillante. Un sourire de femme d'une blancheur étincelante sous le soleil. Des gouttes de transpiration nerveuse coulaient sur ma nuque, à moins qu'elles n'aient été dues à la chaleur de l'étang.

En suivant le chemin habituel des touristes, nous sommes tombés sur Chud qui ne voulait pas saisir mes allusions pour lui faire comprendre qu'il était de trop. On se verra plus tard, ai-je fini par lui lancer en le congédiant. Il m'a répondu par un long regard signifiant que notre amitié passait en premier. Pas aujourd'hui, mon pote. Chaque fois que je le voyais, Chud était encore plus costaud, grand et musclé. Comme son père, mais avec une allure plus fière. Pauvre Chud. Mais c'est une affaire privée.

Le geyser King George a jailli pour Isobel comme si on lui en avait donné le signal. Elle est restée à le regarder faire éruption – on aurait dit un bar qui se vide d'une foule d'ivrognes furieux. Je contemplais ses formes sous son chemisier, les seins qu'avaient tétés mon camarade de classe, le corps qui avait porté Nigel et l'avait fait naître. Ces pensées n'étaient associées à aucun sentiment de culpabilité. Mais tout ça me semblait bizarre.

King George fusait vers le ciel tandis que j'admirais les minces chevilles – la marque d'un corps bien fait, aurait dit la vieille Merita, du moment que les muscles du mollet ne sont pas trop formés et qu'on ne voit pas de poids au-dessus du genou. Regarde aussi les mains : il faut que les doigts soient longs et les poignets étroits. Et quand tu considères les yeux, la partie du corps la plus importante, n'oublie pas : ce sont les fenêtres de l'âme.

Pour que les yeux se tournent vers moi, j'ai demandé : Ça vous plaît ?

Oui, ont répondu ses yeux plus clairs que le ciel. Beaucoup, plus que tu ne crois.

A travers ces fenêtres d'un bleu transparent, je contemple une âme et j'essaie de comprendre ce que je vois, ce que mon esprit cherche à saisir. Comment mon âge et le sien pourraient-ils s'accorder ? On devrait plutôt assister à la rencontre de deux formes d'embarras : l'inexpérience hésitante qui se heurte à des attouchements aveugles. La première fois, les ados ne savent pas quoi dire. Ils ne sont pas obligés de parler.

Mais j'ai besoin de l'entendre me dire quelque chose, définir pour moi ce qui se passe, sinon je serai incapable de continuer. Prends-moi par la main et fais-moi avancer pas à pas, sinon ça ne marchera pas. Je le sais.

Nous sommes dans sa voiture garée devant le bosquet de séquoias. Ils se dressent du haut de leurs cinquante ans, et s'ils ont été plantés par un visionnaire pour le plaisir du public, ils n'étaient certainement pas destinés à abriter ce qui va se dérouler dans la voiture d'Isobel. Devant son pare-brise, les géants s'élèvent, loin de leur terre américaine d'origine, comme des érections massives – symboles d'un événement imminent ?

Un peu plus loin à l'intérieur du bosquet, à l'ombre des géants, nous attend l'acte intime, la nouvelle connaissance ; c'est là quelque part qu'il aura lieu – *si* j'ai bien déchiffré l'âme d'Isobel.

Impossible de me souvenir de plus de deux ou trois de ses phrases, ni quelques heures plus tard, ni au bout de plusieurs semaines ou de plusieurs mois. J'ai dû attendre que mon esprit rattrape mes émotions. Je ne pouvais en parler à personne, surtout pas à Chud. A personne, sinon tout le sens serait perdu.

Mais je me souviens, bien sûr, de la façon dont les choses ont débuté et de leur déroulement devenu inévitable. Bien sûr, je m'en souviens…

Elle m'a dit : Ecoute. Je ne t'appelle pas par ce nom-là. Ni par aucun autre nom. Tu es quelqu'un de spécial, et donc je voudrais que tu commences cette période de ta vie avec quelque chose de spécial. Je vais te donner un peu de moi ; celle que j'aurais pu être mais que je ne suis pas devenue – peut-être était-ce impossible. Nombreux sont ceux qui restent coincés dans des situations dont ils ne peuvent s'échapper.

A ton tour, tu dois me donner quelque chose de toi, le meilleur de toi, même si ce "toi" est embrouillé. Car la clarté viendra sans doute, pas tout de suite, mais après.

C'est ce qu'elle m'a dit en caressant mon oreille avec ses lèvres. Je jure que les cheveux de ma nuque en ont crépité.

Elle m'a encore dit : Ne demande pas pourquoi ça se produit, cherche seulement à te perdre dans chaque moment.

Elle savait évidemment que, étant puceau, je voulais qu'une partie bien spécifique de moi se perde dans un endroit bien spécifique d'elle (mais évoquer le seul aspect physique serait passer à côté du sens)... Cela a eu lieu quelque part sous les hautes ombres des géants, à l'écart du sentier, quand nous nous sommes allongés sur de la mousse douce et des aiguilles de pin tandis que les arbres se dressaient comme des sentinelles et que les oiseaux trillaient comme s'ils étaient heureux pour nous.

Avant de nous unir dans l'acte sexuel, j'ai senti son haleine très douce mais pas aussi douce que les sons qu'elle faisait couler sur moi. Elle a posé sa bouche sur la mienne et m'a forcé à m'ouvrir.

Elle poussait des soupirs et de légers gémissements ; une main me caressait le visage et l'autre m'attrapait les cheveux. Elle a dit : C'est ce que je veux être depuis longtemps. Juste comme ça. Entière.

Dans l'union mouillée de nos bouches, sa langue experte qui informait la mienne. L'arc lisse de ses dents dont je pouvais sentir le moindre creux. La forme parfaite de la femme sous mes mains ignorantes.

Nos vêtements sont tombés. Je tremble. Touche-moi, maintenant. Elle voulait dire, là, en bas. Là où le sens de l'homme attend – une vaste connaissance muette devant être acquise par simple contact.

Là se trouve un velouté moite dont je reconnais instantanément l'odeur. Elle m'est aussitôt familière, comme si, pendant tout le temps où je m'interrogeais, je l'avais en fait connue.

Il y a ce relief le long de mes doigts tendus : du fin duvet, une touffe épaisse et les plis et fentes couverts d'un film mouillé que les hommes sont faits pour explorer. Une décharge électrique, quand elle me prend dans sa main, me donne le vertige. Sa bouche bouge ; peut-être a-t-elle dit quelque chose.

Trop jeune pour savoir qu'elle me guide jusqu'à ce qu'elle me tienne contre son endroit mouillé.

Elle se soulève pour venir à ma rencontre et me guider en elle. Monte en moi la sensation d'être chez moi, d'y retourner.

Je sais maintenant ce qu'elle a donné en étant la femme qu'elle désirait tellement être. Peut-être Isobel ressemblait-elle à ma mère, rongée par une secrète envie, à la recherche de quelque chose au-delà des mots dont elle disposait, au-delà aussi de la condition qui était la sienne. Peut-être mon origine inhabituelle, cet environnement naturel et son activité thermale, peut-être le milieu maori d'où je venais, mon innocence de villageois…

Je sais pourtant qu'elle m'apprenait l'amour. L'amour tout simple. Pas seulement le sien, mais aussi la manière de le recevoir et de le rendre. Elle m'apprenait à trouver une expression proche de la danse et de la poésie quand nous devenions ces animaux humains qui s'embrassaient, se palpaient, se serraient, se tordaient, transpiraient, se pénétraient et gémissaient, chacun extrayant des trésors de l'âme de l'autre. Sans même qu'il soit nécessaire de formuler une pensée, un mot savant ou une phrase complète.

Quand elle m'a ensuite reconduit à Waiwera, elle est restée silencieuse, même si, de temps à autre, elle laissait tomber une main sur mon genou et me souriait. Je ne savais quoi dire. J'aurais voulu parler, mais les mots ne venaient pas et je voyais bien qu'elle n'avait pas envie de m'entendre.

Non sans audace, me suis-je dit, elle m'a conduit sur le pont, puis elle a traversé le village et tourné à gauche sur notre route jusqu'à la maison d'Henry.

Elle m'a dit alors : Je te fais confiance. Inutile d'ajouter autre chose. Elle me faisait confiance, et elle avait raison.

CHAPITRE VINGT-TROIS

C'EST LE MEILLEUR DANCING de la ville, avec un nouvel éclairage où les pulsations de lumière se font plus fortes ou plus faibles selon le morceau de musique et ce que souhaite l'éclairagiste. Des miroirs captent tout, mais comme dans un rêve où le sens n'arrête pas de changer et où il faut des yeux pour l'interpréter. Le dancing a le droit d'accueillir six cents personnes, c'est-à-dire à peu près les cinq cents qui dansent et la centaine qui fait tapisserie, clouée aux murs ou scotchée sur les bancs qui les longent. Et les puissantes lumières, même dans cet endroit sombre, révèlent les expressions blessées et le manque de confiance de garçons et de filles qui prennent bien trop tôt conscience de ce qu'ils ne sont pas.

Non que les danseurs s'en préoccupent ; ils sont soulagés, heureux de ne pas être des handicapés sociaux, de ne pas être prisonniers d'un état d'esprit. Perdus dans le rock'n'roll, cherchant à ne pas rater le moment où ils feront tournoyer leur partenaire et lui rattraperont la main, perdus dans le vibrato et le rythme de Mr Elvis Presley. Les garçons ne sont que de pâles imitations, de timides clones du chanteur pop le plus populaire au monde, avec leurs cheveux enduits de Brylcreem qui reflètent les lumières du plafond et leurs mèches, guiches et accroche-cœurs, qui se collent sur leur front en sueur. Les corps bougent frénétiquement – et pourtant de manière bien étudiée – dans des pantalons collants qui finissent en tuyau de poêle dans des chaussures pointues. Le daim et le cuir partent dans tous les sens sur la piste en bois.

Les filles sont maquillées jusqu'au sommet de leur choucroute, et celles qui manquent d'expérience et d'assurance ont tartiné le maquillage en couches épaisses, contrairement à celles qui savent que le mascara, quand il se mélange à la sueur, transforme la belle en bête. On sent une certaine confusion, une hésitation, comme si cette foule de ploucs de village, qui, sans le savoir, se retrouve à l'avant-garde d'une révolution sociale internationale, attendait un mot d'ordre pour la suite. Les jupes amples volent, les jupes moulantes restent collées aux fesses et aux hanches qui roulent, tandis que les hauts talons, mis à rude épreuve par les exigences de la danse, pivotent et claquent. Certains se contentent de suivre les meneurs qui, d'ailleurs, ne mènent que parce qu'ils ont un peu plus d'assurance ; d'autres restent bouche bée, n'en revenant pas de prendre part à cette innocente révolte alors qu'ils ont l'impression d'être dans une foule qui ne sait pas ce qu'elle fait ni pourquoi elle le fait.

Les garçons sont prêts à répandre leur semence dans le vagin de la première jolie fille venue ; ils ont vaguement conscience que c'est la première fois, dans l'histoire, qu'ils ont autant de chances de réussir – et pas seulement à avoir un rapport sexuel, chose qui, jusqu'ici, était l'un des faits honteux de l'adolescence masculine et qui tombait sous le coup de la loi, de la réprobation sociale et de la damnation, même si l'acte en lui-même, le désir et la pulsion animale paraissent très naturels.

Regardez : les filles sont trempées par leurs efforts physiques et l'excitation leur mouille l'entrejambe. Pourtant, elles ne sont pas vraiment sûres de ce qu'est l'acte sexuel, sinon une sinistre menace de tomber enceinte ; et l'enfant redouté, ni planifié ni désiré, en grandissant en elles, sera leur honte, leur vilain petit secret révélé malgré elles. Et si ce truc si excitant, l'acte sexuel, était douloureux ? Qu'est-ce qu'une fille doit faire – *comment* fait-elle ÇA ? Pourquoi est-ce que ÇA compte tellement plus pour les garçons que pour les filles ?

Mais bon, il y a tout un tas de jeunes femmes qui se sentent très bien dans leur peau, à l'aise dans leur corps, contentes de laisser la nature suivre son cours, qui ont envie de faire des expériences, qui attendent avec impatience le contact intime avec un garçon qu'elles désirent. Avec l'une d'elles, l'heureux élu pourra faire ce qu'il veut, de même qu'elle avec lui.

Ce rituel ancien, les meilleurs danseurs s'en débrouillent très bien : leur maintien est plus droit, ils ne se lancent qu'à la dernière seconde. Ne doutant pas de réussir, ils sourient d'un air insolent et leurs prouesses illuminent leurs regards. Certains monopolisent le centre de la piste, d'autres préfèrent ce que le miroir leur renvoie. Et voilà, poupée ! en faisant pivoter leur partenaire sur la pointe des pieds. Ils ne sont plus reliés que par le bout des doigts, et quand la fille menace de lâcher prise, le garçon la ramène, les hanches toujours en mouvement, enflammées par l'acte sexuel mimé et le désir libéré.

Chud voit que son ami Yank est en feu, que ses pieds se déplacent sans effort, en parfait accord avec la mesure ; il fait virevolter sa partenaire – une des plus jolies, dans cette vaste salle en ébullition –, mais d'autres filles ont l'œil sur ce salaud de beau gosse : elles veulent une danse avec lui pour évincer les autres et, espèrent-elles, lui mettre le grappin dessus. Putain de chanceux.

Yank est trop pris par la danse – et par lui-même, comme le remarque son ami qui broie du noir – pour remarquer qu'en gagnant les faveurs des filles il s'attire aussi l'animosité des autres garçons.

Chud reste aplati contre le mur, l'air renfrogné. Il voudrait bien y aller, mais ne peut pas ; voudrait montrer qu'il sait danser, mais quelque chose en lui le retient.

Il *sait* qu'il est bon danseur ; comment ne pas l'être quand on est un joueur de rugby aussi exceptionnel que lui ? Mais ses pieds se font de plomb et son cœur se charge de désespoir. Par vagues, la haine de soi le submerge, portant le sombre sentiment de ne pas pouvoir être aimé. Ce qui devient évident maintenant, c'est qu'on l'a mal élevé et que sa vie est mal barrée ; et c'est une vérité si terrible qu'il faut que quelqu'un paie. Personne ne peut supporter un tel fardeau, un poids qui lui dit qu'il n'a pas sa place, pas ici ni nulle part ailleurs sauf peut-être, un jour, en compagnie d'autres enragés comme lui, de gens remplis de haine et qui pourtant désirent tellement aimer et être aimés en retour. Un geyser gronde en lui.

Une autre chanson se termine ; en sueur, pantelants, hors d'haleine, les danseurs sourient et éclatent de rire tant ils ont du mal à accepter que danser, tout simplement, puisse leur faire autant de bien à l'âme. De jeunes femmes respirent par petites bouffées pour garder l'air digne, sachant que cette même dignité s'envolera dès que la prochaine chanson débutera et poussera cinq cents jeunes corps vers un instinct dont ils ne savent rien, et cela en dépit de la timidité dont beaucoup n'arrivent pas à se débarrasser. A peine ont-ils eu le temps d'échanger leurs noms que retentit le numéro suivant avec un son encore amplifié, et ceux qui font tapisserie se raidissent, car, si la baguette magique de la musique ensorcelle les danseurs, elle les laisse, eux, gelés et pétrifiés, abandonnés dans leur malheur.

On bat des bras, on se tortille, on s'entortille, on tape des pieds, on glisse sur un parquet lisse et mouillé de sueur. C'est de la fornication en public, sauf qu'on n'a pas encore ôté les vêtements. Des statues bordent les murs comme si elles étaient collées là pour l'éternité : chaque samedi soir, ça doit être intolérable. Voyez ce pauvre Chud. Je sais qu'il est capable de danser. Mais quand il arrive ici, il se pétrifie.

Je crois que c'est dans la poche : chaque regard de la fille, chacun de ses gestes aguichants me le dit. Je pousse jusqu'à la limite mes gestes de danseur ; je ne m'y suis pas exercé, ça me vient tout simplement quand je me colle à elle, sexe contre sexe, sans rencontrer de résistance. Je vois ses yeux lancer brièvement ce regard perçant de chair fraîche à saisir, et elle jetterait ses cheveux en arrière s'ils n'étaient pas prisonniers d'un filet de laque qui les retient comme un gros poisson. Mais ses yeux, tels des phares, me signalent à nouveau que sa chatte est à moi. Elle est à toi, Yank ! Et je remercie Isobel pour l'assurance qu'elle m'a donnée en matière sexuelle : dans l'amour, tout est joué d'avance. Pas besoin de précipiter les choses.

Au comble de l'excitation, je projette de nouveau ma cuisse entre les siennes ; elle rejette sa tête en arrière et son sourire absent, empreint de désir sexuel, apparaît dans le miroir. Le poids de son corps reste suspendu à mes bras ; maintenant elle rit et elle tortille encore des hanches.

Je la tire à moi, plante un baiser sur sa bouille fendue par le sourire et puis, lorsque je me retourne, étonnamment c'est Chud que je trouve dans mon champ de vision : il est en train de se flétrir sous mes yeux.

Je vois en lui un jeune homme qui, chez les Maoris de jadis, aurait été adopté par la famille d'un grand guerrier en raison de ses prouesses physiques. Ses parents auraient été bannis, peut-être tués. A cette époque-là, il n'aurait pas été obligé de prouver sa valeur par la danse. A cette époque-là, tout aurait été différent.

Une fille sans gêne s'intercale entre ma partenaire et moi. Pousse-toi, gamine, laisse le tour à une autre. Ton mascara coule, t'as l'air d'un clown bourré. Et aussitôt elle m'envoie un message tout simple : Je suis à toi, mec. Jusqu'au pieu.

Moi, je me contente de prendre mon air nonchalant pour bien lui montrer qui commande.

Pendant ce temps, le garçon envahi de colère, toujours collé au mur, les yeux plissés, scrute la vaste salle où les têtes flottent partout, s'élèvent, plongent et remontent ; les jupes volent, les hanches roulent, cinq cents paires de chaussures craquent, grincent, claquent et résonnent sur les longues planches cirées, mouillées par la sueur et parfois même par quelques larmes. Il balaie du regard les silhouettes assises, fixées aux murs et clouées au sol, celles dont l'esprit refuse au corps l'autorisation de danser.

Malgré tout ce que la fille me fait, je vois bien que Chud se rend compte qu'ils sont tous, là-bas, dans la même situation : muets et coincés. Chud, mon pote, toi que maman appelait Boyboy, j'aimerais bien pouvoir rejouer ta vie, repasser la bande à partir du début. Mais je ne peux pas.

On a commencé à te ratatiner quand tu étais un tout petit bébé. Quand bébé avait besoin de réconfort, quand il voulait, à la place de bruits grossiers, une voix qui le calme ; quand il cherchait des mains caressantes ; quand il voulait que les visages des grands qu'il fixait soient tout sourires pour lui, bébé mon bébé, bébé Chud mon Boyboy. Et respirer à pleins poumons la noix et la vanille, parfum de leur amour pour lui.

Ce p'tit gars Boyboy, comme tous les garçons, veut que maman soit proche, maman toujours là, maman chaque fois qu'il a besoin d'elle et aussi quand il n'en a pas besoin, juste en cas. P'tit gars veut que papa lui parle et lui apprenne les choses de la vie, qu'il passe son bras autour de lui, l'entraîne dehors pour montrer au monde qu'il l'aime, son p'tit gars – c'est pas très difficile, pas si dur que ça. P'tit gars veut que papa l'emmène dans le bosquet tout proche où ils feront semblant d'être dans un coin sauvage, une forêt, la jungle, et ils joueront à chasser les animaux les plus féroces, le père et le fils ensemble, et rapporteront à la maison le gibier tué qu'une maman heureuse fera cuire pour une famille heureuse, même si papa a acheté le gibier au monsieur qui vend de la viande.

P'tit gars avait besoin que papa vienne nager avec lui, p'tit gars lui aurait montré de bons endroits en amont ou en aval, des tourbillons, des rapides ; il lui aurait montré comment il sait courir sous l'eau, faire cent mètres à la nage dans ce courant si doux et si rapide, viens avec moi, papa, viens avec Boyboy, on le fera ensemble, d'accord, papa, papa, d'accord ? P'tit gars en avait besoin. Besoin.

Sa colère exige une victime. Chud rôde comme une bête féroce qui cherche à tuer.

Yank s'est perdu dans les bras de la nouvelle fille, et ses doigts, sous le faible éclairage, ont eu la permission d'accéder à la partie la plus intime du corps de sa partenaire – quelle joie, quelles sensations ! (Yank a pourtant connu mieux, plus agréable, et plus vrai avec Isobel.) Des murmures s'échappent de lui, comme du mutilé de guerre que voit sa mère, et ces murmures sont chargés de sens pour lui et pour elle, lui et elle. La bouche de la fille s'entrouvre un peu, comme si l'ouverture qui donne en elle allait s'agrandissant. Ou comme si sa faible intelligence était enfin autorisée à se manifester.

L'animal féroce sent sa proie, là. Maintenant que son autre moi l'a totalement submergé, qu'il est devenu quelqu'un. Il se sent aussi près d'être aimé qu'il le sera jamais. Le garçon jusqu'alors livré à lui-même ne l'est plus : il a la compagnie de son autre moi. Occupe-toi de moi, mon pote. Je le ferai, Chuddy. Je le ferai. Et les voilà partis ensemble, deux Chud qui, dans leur haine, n'en font qu'un.

Yank perçoit la vague d'agitation malgré la faible lumière. Il devine qu'il s'agit de son copain, et il a beau savoir pourquoi depuis le début, il ne le supporte quand même pas. On a fait un vœu, Chud, tu t'en souviens ? Que, quand on serait grands, on ferait les choses différemment, on les ferait mieux. Tu disais : Autant me coucher et crever, si ma vie doit être pareille. Bordel, Chud. Bordel !

Yank a immédiatement perdu le rythme de la danse. Et la fille, soudain, se trouve bête.

La seconde avant de choisir l'option baston, Chud sait – il le *sait* – qu'il a franchi un pas de trop. Mais il est déjà parti trop loin pour que la pensée rationnelle prenne les commandes ; personne n'est aux commandes et surtout pas lui.

Parti, il cogne et c'est tout. Mais ce n'est pas Chud, c'est un animal sauvage, furieux, qui s'est échappé de sa cage et qui attaque ceux qu'il prend pour ses cruels geôliers. Et son meilleur ami se fraie un chemin sur la piste de danse bondée.

Il faut deux grands agents de sécurité pour emporter l'animal. Son rugissement est plus fort que les chansons amplifiées par six gros haut-parleurs. Il n'a jamais levé la voix pour gueuler contre son connard de père ou sa raclure de mère. Il n'aurait pas osé.

Ils le portent à l'extérieur le long d'un couloir formé par deux rangées de danseurs méfiants, sur le qui-vive. Il se tord, lance des coups de pied et des crachats, il est hors de ce monde. Mais, pour commencer, lui a-t-on jamais permis d'en faire partie ?

Assez nombreux sont ceux qui remarquent que Yank, ce joli cœur, vient de perdre son meilleur copain, son garde du corps. Les ennuis ne sont donc pas finis.

Dehors, là-bas dehors, sous un ciel couvert d'étoiles qui ne donne pourtant pas de lumière, plusieurs jeunes ont frappé Yank jusqu'à ce qu'il tombe à terre. Un autre a saisi par-derrière la fille qui l'accompagnait, et le copain de cet autre en a profité pour lui passer la main sous la jupe et la peloter autant qu'il le peut, tout en criant à ses abrutis de potes : *Elle est prête !* Comme si elle avait passé toute la soirée à n'attendre que ça, que le garçon qu'elle a conquis se fasse tabasser, que des mains de brute et des doigts violents lui tripotent méchamment le cul pendant qu'on la tient par la gorge ; comme s'il n'y avait rien de plus excitant pour une fille.

Lorsque la lune vient éclairer la scène, le jeune homme à terre, en position fœtale, n'en voit rien ; mais sa forme sur l'herbe témoigne de la leçon de vie qui vient d'être reçue : ne contrarie jamais trop les autres animaux de l'enclos.

A l'intérieur, dans la cellule du poste de police que jamais la lumière naturelle n'a atteinte et que même le plus puissant des détergents commerciaux n'a pas réussi à débarrasser des liquides répandus par des hommes dans des états lamentables – du vomi, de l'urine, de la merde diarrhéique, du sperme, la mauvaise odeur que laisse la souffrance –, car jamais un détergent ne recouvrira l'éventail des relents nauséabonds du corps, la puanteur de l'humanité banale et moins que banale qui se trouve là. Bon, à l'intérieur, les flics ont quelque peu tabassé Chud, et ils ont noté dans le registre du poste que le prisonnier untel a dû être maîtrisé de force à cause de son comportement violent.

Par conséquent, il se sent non seulement comme un mal aimé et comme un imbécile de délinquant juvénile qui a dépassé les bornes avec ses coups de poing, mais aussi comme quelqu'un qui a été très mal traité et injustement battu par des hommes investis d'une autorité officielle qui n'avaient pas le droit d'agir ainsi et auraient dû le savoir. Il est encore plus en colère tout au fond de lui, là où devrait résider l'amour.

On déverrouille la porte, et un grand gaillard de sergent remplit l'ouverture. Il a quelque chose d'Henry, le beau-père de Yank : grand, intimidant, effrayant même pour une baraque comme le jeune Chud. En même temps, il y a chez lui une sorte de bienveillance paternelle – si on est le gosse de ce flic. Si on n'est pas dans une de ses cages.

Le sergent fait claquer sa langue. Eh bien, eh bien, t'es dans un sacré pétrin.

Ouais, ça fait quelque temps que Chud est au courant. Et maintenant il a envie de mourir. Une envie qu'il a sans doute eue toute sa courte vie.

CHAPITRE VINGT-QUATRE

AU MOMENT OÙ HENRY trouve Barney, son vieux camarade de guerre, assis sur un banc au bord de la rivière, la pluie tombe à torrents ; on dirait une averse tropicale.

Hé, Barney, mets-toi sous mon parapluie. Mais Barney ne bouge pas. Il reste assis à regarder droit devant lui, trempé, les cheveux aplatis sur le crâne, avec sa chemise qui révèle chacun de ses muscles et son pantalon collé à des cuisses puissantes ; à son époque, c'était un sacré athlète. Quand on pense à ce que la guerre a volé à un si beau spécimen, c'est vraiment injuste.

Ça va ? Tu vas attraper froid à rester dehors sous cette averse. Saute dans un bain et passe confortablement ce moment de pluie. Henry a un grand sourire, mais Barney ne bouge ni ne dit mot. Ce n'est pas qu'Henry se soit attendu à une conversation : pendant les années qui ont suivi leur retour, c'est de l'amitié, qu'ils ont échangée, et Henry a protégé ce camarade qui a perdu une partie de son esprit dans un incident dont il ne se souvient peut-être même pas.

Au début, on avait cru à un problème d'audition. Mais non ; ça lui venait d'avoir sorti de ses cheveux et balayé de son visage des petits bouts de son frère Harold, d'avoir essuyé les giclées de sang et les morceaux de cerveau sur son casque, de la graisse sanglante et de la chair explosée sur tout le corps, jusque dans ses chaussures où un morceau de doigt s'était coincé dans le lacet comme s'il essayait de le nouer. C'était tout cela qui était à l'origine de ses tremblements ; et puis tout cela s'était enfui en emportant ce qui lui permettait de parler normalement.

Ça s'était passé vers la fin de la guerre – non que quiconque eût alors su avec certitude quand elle allait finir, mais on savait que les choses avaient basculé en faveur des forces alliées. Des hommes écrasés par une fatigue colossale osaient se mettre à croire qu'ils allaient pouvoir rentrer chez eux sous peu, et cela à cause du nombre de cadavres allemands, des milliers de chars mis hors de combat et des rumeurs selon lesquelles les Alliés avaient pillé Berlin et capturé ou tué Hitler en personne.

Barney refusait d'être renvoyé dans ses foyers pour invalidité : il avait fait savoir à l'officier qui commandait son unité qu'il devait se rendre à l'endroit où les restes de son frère avaient été sommairement inhumés pour le pleurer convenablement. Mais le capitaine Henry Takahe répétait que Barney n'était pas apte à rester, qu'il devait retourner chez lui où il était sûr que sa chère famille l'aiderait à se rétablir. Ses camarades ont dû retenir Barney pour qu'il n'agresse pas le capitaine ; une infraction très grave, même pour un homme qui n'a plus la capacité de parler et qui, en plus, vient de perdre un frère qu'il aimait énormément – et même si cet homme est par ailleurs parent du capitaine.

Henry a donc ramené Barney sur la colline et l'a laissé hurler pendant deux bonnes heures. Ils se sont mis d'accord pour passer sous silence la blessure de Barney, ce qui lui permettrait de satisfaire son souhait de finir la guerre comme un homme et d'honorer ainsi la mémoire de son frère.

Aujourd'hui, pour la troisième fois, Henry demande à Barney si tout va bien. Barney finit par lever les yeux ; l'eau coule de ses cheveux emmêlés, mais, à l'ombre du parapluie d'Henry, il secoue la tête et pointe son doigt vers Henry tandis que les mots tentent de se former. Tout ce qu'il réussit à dire, c'est : t… t… t'as tort, 'enry.

Tort à propos de quoi ? Et pourquoi Barney pleure-t-il ? A moins que ce ne soit de l'eau de pluie qui lui coule du cuir chevelu.

Henry s'assoit près de Barney. Dis-le-moi par signes, je reconstituerai. Il ne sait pas qu'en posant sa main sur l'épaule de Barney il l'accable de sentiments de culpabilité, et Barney se soustrait à cette main comme s'il avait été pris en train de manger la ration d'un autre. Ils appelaient ça le rata, pendant la guerre, et on le partageait jusqu'à la dernière miette. De la même façon qu'on était prêt à mourir pour un camarade.

Le-na, finit par articuler Barney. Et Henry se raidit à la seule mention du nom de sa femme dans ce contexte, qui, à en juger par l'expression de Barney, est loin d'être brillant. Car ce ne peut quand même pas être de la haine que son vieux camarade y voit.

Barney, c'est quoi cet air ? Tu me mets mal à l'aise, tout d'un coup.

Le vétéran invalide se hérisse à son tour. Il se lance des petits coups sur la poitrine : Tu me parles sur ce ton-là ? Je suis sûr de savoir un truc sur toi.

Et, par gestes, Barney montre qu'Henry a battu sa femme – une fois de plus. Henry essaie de s'en tirer par un haussement d'épaules et dit : Les femmes.

Mais Barney fait catégoriquement non de la tête, ce n'est pas comme ça qu'on traite une femme. Faut du respect, tente-t-il de dire, mais de toute façon Henry comprend.

Notre mariage n'a jamais été pareil après la guerre, Barney. Tu sais pourquoi. En plus, on avait changé tous les deux. Cinq ans de séparation quand on est jeune, c'est simplement trop long.

Bon, mais quand même faut pas la frapper, Henry.

J'essaierai. C'est dur, quand on a jamais su faire autrement.

Henry se lève. Je vais faire l'inventaire, tu veux venir avec moi ? Je te dirai les quantités et tu les noteras. Et puis on ira se taper quelques bières, rien que toi et moi, et on discutera. Qu'est-ce que t'en dis ?

Elle regarde les deux vieux amis passer sous la voûte du mémorial, devant les plaques en métal où sont gravés les noms de leurs camarades tombés au combat. Chacun des deux hommes pose la main sur ces plaques, et c'est comme s'il caressait un compagnon en train de mourir. Elle couche avec ces deux hommes.

De l'autre côté de la voûte, au centre, la statue d'un guerrier maori garde ce lieu saint avec sa lance et son expression redoutable : il tire la langue et met tout étranger au défi de venir ici avec des intentions qui ne seraient pas les meilleures.

Une femme sourit sous la pluie, et elle a les meilleures intentions pour ce drôle de petit monde qui, parfois, pourrait être n'importe où mais, aujourd'hui, est bien Waiwera et seulement lui. Henry n'est pas encore au courant de son secret. Elle-même n'est pas bien sûre de connaître son propre secret, celui qui est profondément enfoui en elle et que seul un homme qu'elle a connu jadis a laissé s'exprimer.

CHAPITRE VINGT-CINQ

UN TIERS DE SON ARGENT est parti pour la voiture. Une Vauxhall Velox verte – la seule couleur disponible dans le parc du concessionnaire. Le prix de la liberté, un jeune homme libéré. Un tiers de plus est passé dans le paiement échelonné de la guitare électrique, de l'ampli et des baffles.

Il a laissé tomber les cours depuis deux trimestres. Il occupe, au bureau de poste, un emploi de cadre stagiaire que lui a obtenu Mme Mac. Ce n'est pas vraiment son truc, mais le boulot lui permet de payer la location d'un appartement en ville et ses dépenses courantes. Sa vie est bien remplie, étant donné que le groupe répète tous les soirs et tout le week-end. Dans leur répertoire, les morceaux d'Elvis dominent. Et leur look en fait des clones d'Elvis. Yank, pourtant, a commencé à s'en éloigner : il a découvert la musique noire grâce à un paquet de disques, des quarante-cinq et trente-trois tours que lui a envoyés son père.

Tu me dis que tu voudrais devenir musicien. Eh bien, écoute ces artistes, je crois qu'ils te plairont. Ne te laisse pas trop impressionner par leur niveau : ce sont des gens exceptionnels sélectionnés dans tous les Etats-Unis – on peut choisir parmi deux cents millions de gens. Les Noirs ont un sens inné de la musique. Et tu as sans doute appris à l'école que leur longue histoire de grandes souffrances a produit une grande musique. Le Mississippi est une pépinière de musiciens noirs. Même les bouseux blancs apprécient leur musique. J'espère que ça te plaira. Ecris-moi pour me dire ce que tu en penses. Bien cordialement, Jess.

Maintenant, ce sont des chansons de Sam Cooke et de Ray Charles qui s'ajoutent au répertoire, mais leur son s'avère très difficile à imiter. Yank s'y exerce pendant le trajet de trois heures en voiture.

Maison de redressement. C'est un mot qu'il a toujours entendu, dans son enfance, mais auquel il n'a accordé aucune attention parce que ce n'était pas un endroit où il s'attendait à aller. Mais quand Chud a été condamné, Mme Mac a appris à Yank qu'il s'agissait d'une institution pénitentiaire anglaise destinée aux jeunes – notre pays, en effet, repose sur des principes politiques britanniques, y compris pour ce qui est du maintien de l'ordre.

Il se demande comment on en arrive à mettre des garçons de quinze à dix-neuf ans dans des endroits pareils. Une sinistre prolifération de bâtiments en brique, des rouleaux de fil de fer barbelé sur de hauts murs, plusieurs tours de surveillance où il distingue la silhouette de gardiens derrière une paroi de verre, ce n'est pas différent d'une prison. Il a déjà vu ça au cinéma. Mais comme lieu de résidence pour son meilleur ami ?

Il est arrivé après trois heures d'un vent printanier qui lui soufflait au visage. Trois heures où il a chanté des chansons apprises sur les disques envoyés par son père, et il se sentait bien. Sam Cooke reste la référence vocale, et Yank est contrarié parce qu'il peut discerner la perfection de chaque note et le phrasé subtil de Cooke mais reste loin de pouvoir l'imiter. *Ne te laisse pas trop impressionner.*

Cet endroit l'impressionne bien trop, au moment où il passe le contrôle de sécurité de gardiens blasés. Il lui faut montrer son permis de conduire, puis on le dirige vers une porte qui s'ouvre sur toute une série d'autres portes jusqu'à une grande pièce, le parloir.

Il prend place à une table si large que trois personnes pourraient s'asseoir de son côté. La pièce se remplit d'autres visiteurs – mères et petites amies, dont certaines tirant derrière elles un jeune enfant qui ne soupçonne rien. Chaque adulte a son style. Mais pas le style de Yank, non, aucun d'entre eux.

Il entend des grilles claquer quand on les ouvre et les referme au passage des détenus. Puis un cliquètement de clés : plusieurs jeunes hommes apparaissent de l'autre côté et un garde déverrouille la porte.

Entrent cinq jeunes, l'air de rouler des mécaniques, en uniforme – jean bleu et veste grise. D'abord, Yank a du mal à reconnaître Chud, tellement il a grandi. Et puis il a une expression très différente. Mais pas quand il se fend d'un sourire à la vue de Yank.

Soulagé de voir Chud arborer le sourire en biais à la Elvis auquel ils se sont exercés – comme, d'ailleurs, la posture d'Elvis, jambes écartées –, Yank se lève. Chud s'approche et ils se serrent la main.

Plus tard, Yank aura oublié les premières minutes de conversation gênée, les yeux de Chud qui se détournent constamment en direction de ses copains détenus, à moins qu'il n'ait été incapable de soutenir le regard de Yank. Il explique qu'il n'y a pas ici un seul garçon de Waiwera, et que ça lui manque, de ne pas être chez lui, mais ça va, on s'y fait. Et il ne me reste qu'à battre deux mecs pour être top boss.

Une expression qu'il lui faut expliquer. Normal, car Chud est un athlète hors pair et il a toujours eu plus que sa part de rage pour lui donner un avantage dans les bagarres – si c'est ça l'important. Manifestement, ça l'est. (Yank n'a jamais aimé la violence.)

Chud se penche en avant, avec le regard d'un de ces fervents chrétiens marginaux qui font du porte-à-porte en quête de quelqu'un à convertir. Et il dit : Tu sais comme c'est dur, d'être top boss à dix-huit ans ? Il y a des mecs, ici, qui vont en avoir vingt et qu'on va bientôt envoyer dans une taule pour adultes. Yank, moi je me paie une baston tous les deux ou trois jours. Avec des connards qui veulent m'affronter, me faire redescendre sur l'échelle. Mais je les bats tous. Tu devrais voir le respect qu'on a pour moi, ici.

A un ami qui ne sait que dire. Qui pense : se battre pour rien ?

Puis Chud déclare : Je parie que tu t'es trouvé une jolie fille, maintenant.

Non.

Allez, t'as toujours plu aux filles.

Ouais, et, à moi aussi, elles me plaisent. Mais je suis pas pressé d'avoir une petite amie.

Chud a alors un drôle de sourire. Ah bon ? Ce qui te plaît, alors, c'est de te faire un tas de nanas ? Comme s'il voulait entendre Yank lui répondre non. Comme si c'était vital pour lui que Yank dise non.

J'ai trop de boulot. J'ai formé un groupe de musique. Comme je t'ai dit dans ma lettre, j'ai acheté une bagnole avec l'argent que mon père m'a envoyé.

T'as de la chance. Il s'étouffe de jalousie et son visage le trahit.

Ils parlent des diverses chansons que joue le groupe de Yank, et Chud fait celui qui s'y connaît, même si son ami de toujours n'est pas dupe. Yank passe alors au rugby pour dire à Chud comment son équipe se débrouille sans lui (pas très bien). Chud tente de réprimer un sourire de fierté. Ils ont besoin de moi.

Et tu les as laissés en plan, voudrait dire Yank.

Ils finissent par être à court de paroles tous les deux. Pourquoi Chud se montre-t-il soudain très animé au moment de se dire au revoir ? Il en fait presque trop. C'est parce qu'il est soulagé par la fin de la visite. Il fait promettre à Yank de revenir le voir, mais rien ne presse. T'as des choses à faire. Moi aussi. Même ici. En riant. En déplaçant le poids de son corps d'un pied sur l'autre, comme il en a l'habitude pour masquer une souffrance ou une gêne.

Yank repart dans sa voiture en pensant que la vie de son copain vient pour ainsi dire de s'arrêter. Comme si son premier voyage n'était pas assez moche, voilà qu'il s'est embarqué dans un autre encore pire. Ce qui attriste Yank et lui fait peur pour son ami.

CHAPITRE VINGT-SIX

LA FOULE QUI NOUS PARAISSAIT si intimidante au début n'est plus qu'une assemblée de sujets, de marionnettes actionnées par nos fils musicaux, par ma voix, ma guitare rythmique, le batteur, le bassiste, le saxophoniste et Nigel Blake, la première guitare. Devant nous, des centaines de têtes qui changent de couleur avec l'éclairage ondoient dans la salle bondée. Nous, c'est les Viscounts – nom que Nigel a trouvé dans un livre d'histoire sur l'Angleterre d'autrefois.

Nous. Le groupe de musiciens, le centre d'attention, les manipulateurs de ces jeunes gens, leur bonheur. Nous nous sourions : ils sont à nous.

Nous avons commencé par Elvis et puis nous les avons surpris : nous étions sûrs qu'ils s'arrêteraient de danser, ne sauraient comment prendre cette chanson, un morceau d'un trente-trois tours de mon père (il a un goût étonnant). Je suis perché au sommet de ma tessiture : on a discuté pour savoir si on devait baisser la mélodie pour la rendre plus facile à chanter. J'ai dit non, parce que j'avais essayé et que la chanson perdait tout. Il fallait qu'elle sorte naturellement, avec le grain de voix râpeux des chanteurs noirs.

Nos sujets sont comme ça : d'abord bouche bée quand ils entendent quelque chose qui ne leur est pas du tout familier. En plus, ce quelque chose n'est pas dansant alors que les jeunes aiment danser. Puis ils lèvent les yeux vers moi, le leader, pour me dire que j'ai intérêt à bien chanter, que le groupe a intérêt à être parfait, sinon c'est terminé pour nous.

Alors je ferme simplement les yeux et j'imite une des chansons d'un des disques que mon père a envoyés. Depuis le Mississippi, en Amérique, jusqu'ici, une salle de danse de Two Lakes, en Nouvelle-Zélande.

Je dois absolument atteindre le pic d'émotion à la fin de la chanson, faute de quoi nos sujets se révolteront ; ils lanceront une émeute contre le prince qui les a déçus, qui n'aurait pas dû les pousser à ce degré d'excitation s'il n'était pas sûr de pouvoir assurer. Il le faut. Nous devons faire de ces gens nos esclaves.

Il faudrait une bombe pour surpasser le bruit qui a éclaté dans la salle. Un imitateur à moitié maori, à moitié américain blanc, vient de faire sensation – évidemment avec l'aide de ses amis. Ce que le prince et sa petite cour viennent de produire n'est rien moins qu'un miracle : ils ont emmené le public en un lieu d'où il ne pourra jamais revenir, et il y est, à présent, là-bas, là où l'attendent des géants de la musique. Il dit : On a marché ! Ce qui signifie que nous, qui leur servons l'originalité musicale de quelqu'un d'autre, avons eu beaucoup de chance.

Pendant le reste de la soirée, c'est de l'adulation qui récompense notre glorieuse prestation : nous pouvons avoir n'importe quelle jeune femme. Nous, jeunes hommes, atteignons des sommets dans la certitude d'être désirés.

Du haut de notre estrade, je peux voir, si je le souhaite, les grandes portes coulissantes de l'entrée.

Elles ont été ouvertes pour laisser pénétrer de l'air plus frais, mais, ce que je vois entrer, c'est quelqu'un de la même tranche d'âge qu'elle. Elle se tient dans l'embrasure de la porte. Comme la lumière vient de derrière, je n'arrive pas à distinguer ses traits.

Ce n'est pas nécessaire. Je reconnaîtrais n'importe où la forme de son corps et sa présence.

Nous sommes en train de jouer un pot-pourri de chansons de divers artistes ; et un bon nombre de nos sujets reprennent les paroles du refrain dans lequel on supplie une fille de répondre au téléphone. Paroles angoissées habituelles sur les affres et la splendeur de l'amour. Et, sur le même thème, le besoin infini des êtres humains. Mais voilà que l'amour est arrivé, et que, par-dessus la tête de mes sujets, il me jette un sourire, à moi, rien que pour moi.

Où étiez-vous passée, madame Blake ? Dans ma tête, je peux l'entendre répondre : Appelle-moi Isobel. Pourtant elle ne prononcera pas mon prénom. Ce n'est pas comme si les noms avaient de l'importance.

Dans ses bras de danseur, il tient Isobel et il chante pour elle, là, dans la minuscule salle de séjour de son appartement aux rideaux tirés et au plancher parsemé des vêtements qu'ils ont ôtés. Cent fois, deux cents fois, il a joué ce morceau qui pourtant lui déchire toujours le cœur, et, chantant avec le disque, il adresse les paroles de la chanson à cette femme sans âge, à l'amour qu'elle lui a enseigné – elle qui a rendu les femmes sacrées pour lui, elle qui lui a appris la femme.

Elle est revenue vers le jeune homme qui, plus vieux de deux ans, est plus réceptif, plus ouvert à l'enseignement qu'elle peut lui prodiguer.

Embrasse-moi, embrasse-moi, supplient les paroles, en mettant l'accent sur *embrasse*. Comme si c'était l'acte même. Il le chante à présent directement dans sa bouche à elle. Embrasse-moi. Embrasse-moi.

CHAPITRE VINGT-SEPT

MAMAN, WIKI ET MANU sont passés me dire bonjour. Je ne les ai pas entendus frapper à cause de la musique de mon nouveau tourne-disque. Merci, Jess. J'avais oublié combien ma mère était belle avec ses longs cheveux épais et droits, avec aussi ses traits altiers qui, m'a dit Merita, traduisent son ascendance noble.

J'ai cherché à savoir s'il ne subsistait pas quelque trace de la visite que m'avait rendue ma maîtresse la nuit précédente, par exemple son parfum ou autre chose susceptible de révéler le passage d'une femme à peu près du même âge que ma mère. Naturellement, ma sœur et mon frère jetaient partout des yeux de gamins curieux.

Maman avait une nouvelle coiffure ; je n'étais pas sûre qu'elle lui allait. Ça faisait villageoise qui veut avoir l'air citadine. Pourtant, je pouvais voir à présent l'attrait qu'elle avait pu avoir pour mon père américain. Mon esprit s'abstenait de tout détail vraiment explicite, mais je trouvais des parallèles. Maintenant, je les trouvais.

Wiki avait été très impressionnée par l'ampli et le micro quand je baladais mon équipement entre le garage des parents de Nigel et mon appartement pour pouvoir m'exercer encore plus. Comme ma petite sœur et mon petit frère constituaient mon public ce jour-là, je me suis vanté des succès de notre groupe, mais ma mère m'a remis à ma place en ajoutant : grâce à de l'argent venu d'Amérique. Maman était de mauvaise humeur, et je me suis soudain senti irrité parce qu'ils avaient débarqué sans s'annoncer. Je me suis demandé pourquoi elle avait pris la peine de venir. Et si je m'étais trouvé dans une situation d'intimité ? Comment aurais-je expliqué l'âge de ma partenaire ?

Bon, une certaine avarice s'était développée en moi : j'aurais dû penser à ma mère dont les revenus irréguliers venaient toujours de ses remplacements en tant que guide touristique et de quelques périodes d'emploi à la réception de l'hôtel Waiwera.

Maman, je pense depuis un moment à te donner un peu d'argent. Mais, d'un geste, elle a balayé mes paroles. Si ça ne te vient pas naturellement, ne te force pas, mon fils. Ça changerait la nature du cadeau.

Alors je me suis senti coupable. Surtout quand elle a dit qu'ils n'avaient pas beaucoup de temps parce qu'il leur fallait prendre le car pour rentrer chez eux. Je vous ramènerai en voiture. Détendez-vous. Une tasse de thé ? Quelque chose de plus fort ?

Rien, merci. Wiki, Manu, allez vous acheter une glace ou autre chose dans la boutique devant laquelle nous sommes passés. Il faut que je parle en privé avec votre frère.

Dès que mon frère et ma sœur sont sortis, maman a tiré de son sac une enveloppe en papier kraft. Tiens. Je voudrais que tu regardes ça.

D'un ton sarcastique, j'ai demandé : Qui est mort ?

Elle a aussitôt répliqué : Ça pourrait être toi, dans une minute. Ouvre.

J'ai secoué l'enveloppe et en ai fait tomber le contenu sur mes genoux. Des photos. En noir et blanc. Une de ma mère dans l'uniforme de guide de Waiwera en compagnie d'un homme au teint plus foncé que le sien. La photo était sans doute ancienne. Un Noir, mais pas noir comme le charbon, comme dans les films. Peut-être métis. En civil. Je n'avais jamais vu de touriste noir à Waiwera. En fait, je n'avais tout simplement jamais vu de Noir. Juste au cinéma dans des rôles de serviteurs ou de pitre qui en fait des tonnes pour amuser son maître blanc.

L'autre photo m'a paru être du même homme, mais elle était beaucoup plus nette et prise de plus près. Un bel homme, avec un sourire langoureux, comme s'il posait. Dans un uniforme. Militaire.

C'est seulement quand j'ai levé la tête et que j'ai vu le visage de ma mère, ces yeux révélant ce que les lèvres entrouvertes n'avaient pas besoin de dire, que j'ai su.

C'est ton père.

Mais, c'est un Noir... ?

Je regarde mon bras d'un œil très différent. Je suis du même brun, mais maintenant j'y discerne quelque chose de sombre. J'ai une grande envie de me précipiter vers un miroir et d'y reconsidérer mon visage. Me vient une pensée inquiétante, celle de mon mépris pour les esclaves maoris d'autrefois : les Noirs étaient des esclaves.

Ce n'est pas possible. Mon père est *blanc*. Et ressemble étonnamment à Elvis. Ou bien il a les traits rudes et beaux de John Wayne. Quand j'étais plus jeune, mon père était cow-boy – et ils sont tous *blancs*, ceux-là – avec son revolver à six coups qui lançait des éclairs pour me sauver des Indiens. Je transporte dans ma tête ce choix d'images depuis des années. C'est *pas* lui.

Je pense à du charbon, à du cirage, au diable, au mal, à toutes les humeurs mauvaises et négatives qu'on décrit comme noires et sombres. Même la nuit est noire tandis que le jour est d'une clarté glorieuse. Une vierge ne se marie pas en noir. Rien de ce qui est noir n'est pur. Aucune nourriture n'est noire. Le noir est ce qu'on porte aux funérailles.

Maman, les Noirs sont pauvres.

Parce qu'on ne leur permet pas de devenir riches.

Ce sont des domestiques qui servent de riches Blancs – ils font même plutôt de la lèche.

Ils n'ont pas le choix. Ils doivent manger, eux aussi. Les riches Blancs, comme tu les appelles, fixent les règles. Où en serais-tu si la race blanche d'ici fixait les règles ? D'une certaine façon, elle le fait, mais au moins les gens à la peau brune ont la possibilité d'être tout ce qu'ils veulent. Il leur faut juste trimer un peu plus. Mais pas les Noirs d'Amérique. Jess me l'a bien dit. On appelle ça la discrimination raciale, mon fils. Ne regarde pas de haut ce qui représente la moitié de ton existence.

Maman, on est de haute naissance.

D'après qui ?

Merita.

Elle se met à secouer lentement la tête. Je crois qu'elle voulait te faire plaisir.

Merita ne ment pas. Elle m'a dit que ton arrière-grand-père était un très grand chef comme ses pères avant lui. Elle m'a dit que sa tête était si sacrée qu'une personne spéciale était chargée de le nourrir à la main. Il avait des centaines d'esclaves, comme un pharaon égyptien. C'était une sorte de roi. Pourquoi Merita me mentirait-elle ? Elle m'adore.

La voilà, ta réponse, mon fils. Crois-moi. Je ne suis pas de haute lignée. Si je l'étais, Henry aurait été obligé d'accepter ce que j'ai fait sans se plaindre. Le village aurait pris parti pour moi dans tous les cas. Ma famille des deux côtés est ordinaire. Il n'y a pas de mal à ça. On est ce qu'on est.

Eh bien, moi, je descends pas d'esclaves. Et merde, je suis pas un nègre.

Les yeux de maman se rétrécissent. C'est comme ça que tu parles de ton propre père ?

Toutes mes notions sur les Noirs sont en plein chaos. Je me rends compte que j'ai également des préjugés. Mon père m'a envoyé un trente-trois tours de Louis Armstrong ; j'étais certain d'avoir vu le même Armstrong dans un film où il jouait le nègre idiot qui roule de grands yeux. Jess m'a écrit que cet homme était un génie, un géant dont l'influence musicale domine non seulement les Etats-Unis, mais le monde entier. Pourquoi un tel colosse a-t-il permis qu'on le montre dans ce rôle ? Je ne m'y retrouve plus.

Dis, Yank, d'où est-ce que tu tires ces histoires d'esclaves ?

Elle va jusqu'à la porte. S'arrête.

Au fait, c'était une voix magnifique, que tu écoutais, tout à l'heure. C'est qui ?

Quel genre de question me pose là ma mère après m'avoir envoyé une telle bombe ?

Je réponds : Mel Carter. Et je reste perplexe. Est-ce qu'elle ne m'a pas donné assez de fil à retordre ?

Il faut qu'il soit noir, pour avoir une telle voix. Une sacrée voix, ce nègre. Je repasserai à la même heure demain. Au revoir, mon garçon spécial. N'oublie pas qu'on est seulement esclaves d'idées et d'attitudes.

Oh, bordel, je suis à moitié noir !

DEUXIÈME PARTIE

CHAPITRE VINGT-HUIT

LES POULES GRATTAIENT la poussière de notre sol à la recherche de nourriture, et elles y trouvaient des vers et les graines que le vent avait poussées sous les maisons surélevées. Elles furetaient dans les bois mais rentraient toujours pour nous offrir leurs œufs et parfois, aussi, leur fidèle tête à couper – un délire pour les gosses, de voir un corps d'où giclait le sang et qui courait partout comme s'il était devenu fou –, ce qui, deux ou trois heures plus tard, donnait un repas à la famille.

Je me souviens d'au moins deux cochons dans un enclos en bois : on jetait des restes de nourriture à l'intérieur, et les cochons venaient heurter lourdement les planches de l'enclos ; ils grognaient et engloutissaient tout comme s'ils n'avaient pas mangé de tout un mois ; ils auraient avalé n'importe quoi. Dans leurs petits yeux brillants, nous, les gamins, pouvions voir de la chaleur et même de l'intelligence. On leur parlait, on faisait un peu les mêmes bruits qu'eux pour qu'ils comprennent, et le plus incroyable c'est qu'ils répondaient.

En réalité, il y avait bien deux douzaines de cochons et chaque maisonnée, dans cette file de baraques mitoyennes, donnait ses restes divers : épluchures de chou vert, laitues pourries et trognons de chou frisé, navets, maïs en pâtée ou liquide, avec l'enveloppe de l'épi, pain non vendu et donc cédé pour une misère – à peine quelques cents la huche – par des boulangers de la ville. Nous volions du maïs dans les champs pour nous nourrir, nous et les cochons ; à nos yeux, ces champs, c'était la mer, une immensité continue que nous ne connaîtrions jamais dans sa version liquide et réelle – nous ne la verrions qu'en photo et dans notre imagination –, impossible à recréer en plein Mississippi autrement que par un champ qui lançait de grands soupirs et gémissait sous le vent, un champ où l'on pouvait se plonger et se perdre à jamais, nager mentalement, et, quand il redevenait terre, prélever mille épis si ça nous chantait, car personne ne s'apercevrait de ce vol parmi les millions d'épis sucrés, jaunes et rebondis sous leur enveloppe verte.

Ce n'est pas qu'on se languissait de la mer : on avait une rivière et des étangs, et puis quelques petits lacs. Presque rien ne nous manquait, sinon l'expérience d'avoir l'estomac plein une semaine entière et de nous gaver à chaque repas des sept jours que le Seigneur a créés, de nous empiffrer de porc frit, grillé, bouilli, rôti ou cuit sur des braises de charbon. Nous rêvions de festoyer avec de grands bols de couenne rissolée, de savourer des pieds de cochon croquants et même la pointe de leurs sabots, de nous repaître des couches de viande, de gras et de peau croustillante (ou parfois bouillie jusqu'à prendre la consistance du chewing-gum), de dîner du groin auquel on avait parlé et qui nous avait répondu – c'était triste, d'accord, mais ça n'en était pas moins bon –, de mâcher le lard maigre et les côtelettes grillées sur un feu de noyer blanc, de découper d'épaisses tranches dans la cuisse dont nous faisions aussi du bacon, de faire bouillir les jarrets pendant des heures avec des légumes verts, n'importe lesquels. Notre mère en salait des morceaux et de fines tranches, elle préparait du *chow mein* au porc, et tout le monde jurait que les Chinois n'en faisaient pas de meilleur. Elle connaissait des recettes de curry qui transformaient de vieux légumes et de la viande faisandée en festins où nous mastiquions jusqu'à transpirer. On sauçait les assiettes avec du pain de maïs et, même si on avait la langue et le gosier qui brûlaient, on en redemandait. C'est ça qui nous manquait, s'il nous manquait quelque chose. D'avoir le ventre plein de porc pendant une semaine.

On mangeait, bouillies, des oreilles de porc qui nous avaient entendus ramper vers elles, on détachait la viande autour d'orbites vides, les yeux ayant fondu à la cuisson – ces yeux qui autrefois avaient révélé un cerveau derrière l'énorme présence animale grognante et reniflante qui nous observait, nous les gosses, depuis les confins d'un esprit animal curieux. On recrachait les poils oubliés lors du raclage de la peau, et on commençait la dégustation par un côté de la tête, par la viande autour des rangées de dents – en disant que nous embrassions les lèvres du cochon et que nous lui sucions le visage. Nos dents mâchouillaient toute la queue avec la viande bouillie accrochée aux os, y compris le gras et la peau. C'est ça qui aurait pu nous manquer, à nous qui vivions entassés, toujours sous les yeux d'autres gens, au milieu de leur vie et de leurs humeurs et, comme nous nous en sommes aperçus en grandissant, empêtrés dans leurs appétits charnels et leurs amours : avoir la chance, rien que de temps en temps, de nous empiffrer toute une semaine de cochon, ce brave animal.

Les adultes partaient travailler en ville dans de vieilles camionnettes et des voitures déglinguées ;

certains allaient à pied jusqu'à des champs tout proches, d'autres restaient chez eux. Les enfants se rendaient à l'école – une classe unique où enseignait notre mère. C'était une institutrice Jeanes, c'est-à-dire qu'elle recevait des fonds d'un organisme, une fondation du nom d'Anna T. Jeanes qui voulait qu'on puisse instruire les enfants noirs, et pourtant Mlle Jeanes était blanche et riche et n'avait pas d'enfants – ou du moins c'est ce que disait notre mère. Mlle Jeanes, c'est grâce à elle que notre famille a été un peu différente.

Ce qui ne veut pas dire qu'elle nous ait mis sur une autre voie, car chacun est en grande partie comme ceux qui l'entourent. Mais elle nous a donné une autre forme de langage, structuré selon la grammaire et pas selon la psalmodie spontanée des Noirs ordinaires. De toute façon, on pouvait recourir à une langue nègre codée pour déguiser le sens de nos paroles et le cacher à des oreilles qui ne devaient pas comprendre, ou bien on pouvait parler franchement et directement, ce que notre mère préférait. Mais, bon, on n'était pas obligés de vivre la vie de notre mère : chacun se rattache à ses pairs, plus ou moins.

On nous a élevés dans la reconnaissance de Mlle Jeanes ; sans des gens comme elle, nous, les Noirs, aurions eu une existence bien pire. Mais, pour les enfants, la vie est comme elle est ; le mot pire ne vient pas à l'esprit, et "bien pire" encore moins. Puisque nous, les gosses, ne nous rendions presque jamais en ville, avec quoi aurions-nous pu comparer ? Nous entendions seulement des histoires, et, à intervalles réguliers, nous constations que les visages manquants étaient partis en prison ou au ciel, *via* la voie violente, à moins qu'ils ne soient allés au nord. Presque toujours à cause des Blancs qui ne nous aimaient pas, nous les nègres, parce qu'on voulait du travail mieux payé et moins de préjugés raciaux.

Mais, en réalité, les gosses ne font pas attention à la politique ni à ce dont souffre vraiment un peuple, même si c'est le sien. Je suppose que nous avions plus de chance que d'autres.

On avait l'impression de plutôt bien manger, la plupart du temps. Des pieds et des tripes de cochon, du poulet grillé ou au four avec du riz pilaf, du spermophile, quelquefois du tatou, de la tortue, du gruau de maïs, des pois à vache, des cacahouètes bouillies ou rôties, des noix pacanes qui poussaient à l'état sauvage près de la rivière, du pain d'épice et du babeurre, des gaufres au sirop de Géorgie, et, quand il fallait se serrer un peu la ceinture, de la graisse de viande et du lard salé sur du pain de maïs.

Nous, les gamins, on vivait surtout pour les beaux jours, pour nos endroits préférés des bois et de la rivière, pour les coins où on peut se rafraîchir dans l'eau, faire des explorations et parfois se cacher ; on jouait sous des maisons surélevées à cause des crues du grand vieux Mississippi qui faisaient déborder notre affluent, et là-dessous on se retrouvait avec les poules qui caquetaient, on dénichait leurs œufs et on écoutait au-dessus de nous les adultes qui se prenaient le bec ou s'envoyaient en l'air. Nous entendions, incrédules, des femmes gémir, pas d'être battues, non, mais pourquoi, nous n'en avions aucune idée ; nous entendions des hommes lancer des oh sur le même ton, haleter, grogner, et nous avions le fou rire en imitant ce que nous ne connaissions pas.

Nous entendions chanter, à une ou plusieurs voix, et ça ne voulait pas dire grand-chose – tout le monde chantait, même les gosses, sans vraiment avoir appris. C'était comme jouer : on le faisait et puis on oubliait tout de suite après. Pourtant, dans tout ça, c'est le chant et la musique qui ont dû se creuser un chemin dans nos jeunes esprits et s'y installer, attendre tranquillement là qu'on se souvienne d'eux, qu'on les en tire comme d'une source quand viendrait le moment où l'on en aurait besoin ou qu'on voudrait simplement s'exprimer.

En général, nous n'entendions rien d'autre que nous et ce que nous pouvions faire jaillir de notre imagination dans la fraîcheur et l'obscurité qui régnait sous ces planchers – effrayer les rats mais sursauter à cause d'un tatou qu'on avait dérangé, chercher à voir s'il n'y avait pas de serpents et finir couverts de toiles d'araignée, piqués par des moustiques et des tiques, puis rester là, allongés, à parler entre nous ou à une troupe de personnages imaginaires et tout aussi réels que si c'étaient nos plus vieux copains, là, sous les maisons.

Je crois que la plupart des hommes se soûlaient le samedi soir. Ils buvaient du tord-boyaux, ils pariaient en jouant aux dés ou aux cartes – au Florida-flip et au rami. Ils poussaient des cris de joie, hurlaient, se disputaient et parfois se battaient à coups de poing ou même de couteau, et les incidents impliquant des armes à feu entraient dans la légende avec certains de ces personnages. Presque tous se mettaient sur leur trente et un pour l'occasion ; ils rendaient visite à d'autres communautés, mais ce qu'ils aimaient par-dessus tout, c'étaient les juke-joints où l'on dansait. Ils achetaient des breuvages insensés à la distillerie de térébenthine, en buvaient à cœur joie et parfois à s'en rendre fous. Tout le monde dansait et chantait comme s'il ne devait pas y avoir de lendemain, ce qui était d'ailleurs le cas pour certains. Nous verrions leurs corps chargés à l'arrière d'un pick-up, ou alors nous en entendrions parler. La vie et la mort allaient main dans la main, on aurait dit qu'elles dansaient ensemble.

On partait dans les bois chasser pour de bon : des lapins, des tatous, des ratons laveurs, des écureuils, des dindons, des spermophiles, tout ce qui remuait par terre ou dans l'eau, du matin jusqu'au soir on se perdait là-dedans et on rentrait avec des bêtes à fourrure, des oiseaux ou des poissons, ou alors juste avec des excuses, des égratignures ou des écorchures qu'on montrait à nos mamans et à nos grands-mères pour qu'elles les soignent, les pansent et nous plaignent, nous, les jeunes chasseurs malheureux, et qu'elles nous disent que nous ferions mieux la prochaine fois. Ou bien on rentrait avec du gibier à mettre sur la table, parfois sur plusieurs tables, et on se vautrait de plaisir sous les félicitations des adultes. Les fusils, on a connu ça de bonne heure.

Quand il pleuvait, on s'amusait dans des cabanes et des abris qu'on avait construits, on faisait des pâtés de boue dans les flaques, on se laissait glisser le long de pentes d'argile boueuse, ou bien on se terrait quelque part à écouter le tambourinement de la pluie sur les toits comme des millions de feuilles et d'aiguilles, son roulement continu sur un sol reconnaissant qui la buvait avec avidité. Nous sortions la bouche ouverte pour laisser le ciel y tomber et étancher notre soif ou juste pour nous en donner la sensation, ça n'avait pas d'importance, rien n'a d'importance quand on est un enfant qui grandit interminablement.

Ce qu'il y avait de différent pour nous, c'était que notre mère nous faisait lire et s'assurait que nous n'étions pas en retard dans les devoirs prescrits par les brochures d'enseignement qu'elle gardait sous clé dans l'armoire de notre petite salle de classe, là où elle rangeait aussi les livres des enfants pour que des adultes ivres ou ignorants ne s'en servent pas comme papier hygiénique ou comme allume-feu.

On nous disait à nous, les enfants Hines, que nous avions une responsabilité supplémentaire du fait que notre mère était l'institutrice et qu'elle, à son tour, avait une dette envers la généreuse Anna T. Jeanes et sa fondation. Nous étions pourtant encore semblables aux autres enfants d'ici – impossible d'être autrement avant des années, avant que cet enseignement commence à nous diriger vers ce que seul l'écrit peut révéler.

Très peu de familles partageaient l'intérêt que nous devions montrer pour la chose écrite, et cela ne se traduisait pas alors par une grande différence dans notre manière de vivre : notre mère percevait un salaire modeste, elle travaillait par amour pour l'enseignement et parce qu'elle se sentait redevable à cette femme blanche dont la bienveillance lui permettait d'élever le niveau d'instruction de jeunes Noirs et lui donnerait aussi le moyen – elle l'espérait de tout cœur – de procurer un avantage à ses propres enfants abandonnés par leur père.

La vie est un rêve sans fin, et on n'a pas besoin de se souvenir puisqu'il suffit de la vivre à chaque moment. Les choses arrivent, c'est sûr, et parmi elles de mauvaises, parfois même de très mauvaises, mais on les met à distance, du moins quand on est enfant, parce que l'enfance n'est pas censée être douloureuse mais pleine de joie.

Et c'est ainsi que ça s'est passé. Bon sang, je ne me souviens pas que le fait de vivre dans l'Etat du Mississippi ait eu une signification particulière, ni même que j'aie remarqué que, dans le Sud, il y avait des choses qui nous affectaient directement, nous, les gens à la peau brune, les gens de couleur comme nous appelaient les Blancs, ou les Noirs ou les nègres. On était juste des gamins qui grandissaient là où ils étaient nés, et notre mère nous apprenait qu'un monde plus vaste nous accueillerait un jour, alors qu'il nous semblait que nous tenions déjà entre nos jeunes mains satisfaites ce monde promis.

Puis, de plus en plus, c'est la jeunesse même qui nous a emportés : nous nous sommes exercés à des pas de danse sur cette poussière et cette boue où nos poulets avaient picoré, et, en grandissant, tout ce que nous voulions c'était nous exprimer par la danse, le chant et les instruments de musique, traduire nos origines africaines avec des pieds pourtant fermement ancrés en Amérique depuis trois siècles. Nous avons donc appris nos pas et nos mouvements, trouvé des manières stylisées de bouger. Et nous avons aussi pris possession de cette souffrance unique qui était la nôtre.

On était des centaines, tous jeunes et exubérants, à parcourir des kilomètres à pied pour se rendre là où on rivaliserait dans une douzaine de danses et surtout dans les claquettes. Nous ne reculions devant aucun travail pour pouvoir nous payer les chaussures brillantes en cuir verni, à bout et talon d'acier, et les fringues qui allaient avec ; nous nous exercions à parader, à marcher avec la manière, à prendre les postures qu'il fallait. Puis, chaque samedi soir sans faute, on martelait le plancher, on se perdait dans la sueur d'une folie trépidante et dans la fluidité de toute cette compagnie.

On dansait jusqu'au lever du soleil, quand les cloches dominicales ordonnaient à nos mères et grands-mères de se rendre à l'église, et alors on se dépêchait de rentrer parce qu'on avait peur d'être punis – mais pas par nos pères, car les hommes n'avaient pas la même stature que les femmes, dans nos communautés : nous n'étions pas des jeunes de grandes villes, et c'étaient nos mères et nos grands-mères que nous craignions. Bien entendu, chaque année nous perdions un peu plus de considération, voire de respect, pour nos anciens, même si nous les aimions. Mieux valait danser que prier. Aller au lit avec une jolie fille plutôt que rester assis à l'église et écouter l'assemblée pousser ses hurlements, brailler en direction de ce Dieu qui ne répondait jamais, chanter comme des anges pour Ses oreilles qui restent sourdes depuis des lustres, L'implorer de donner ce qu'Il n'a manifestement aucune intention d'accorder.

CHAPITRE VINGT-NEUF

Les arbres du Sud portent un fruit étrange,
Du sang sur les feuilles et du sang aux racines,
Un corps noir se balance dans la brise du Sud,
Un fruit étrange pendu aux peupliers.

LES MOTS DE CE POÈME me sont revenus – comme à tout Noir qui les connaissait – peu après mon retour de la guerre, quand j'ai découvert que c'était comme si nous n'y avions jamais pris part, comme si nous avions servi du côté de l'ennemi.

Comme si nos soldats morts l'avaient été pour rien. Comme si les membres que nous avions perdus, nos yeux, nos oreilles et notre esprit avaient été détruits en vain, comme si chaque infirmité, chaque douleur qui nous harcèlera toujours, n'avait servi à rien.

De retour dans ce Sud haïssable que nous aimons ; de retour à la populace blanche qui nous domine – toujours les mêmes bouffeurs de nègres encore plus déterminés que jamais, pour la plupart, à nous montrer qui commande.

Nous sommes rentrés pour voir d'étranges fruits noirs se balancer encore aux branches des peupliers, pour voir des citoyens blancs de ce pays pour lequel nous nous étions battus pendre des Noirs, y compris des anciens combattants, y compris des femmes. Des hommes qui n'étaient pas allés à la guerre lynchaient de braves hommes qui, eux, y étaient allés.

Que nous étions bêtes, naïfs et idiots de nous attendre à un changement rien que parce que nous avions combattu aux côtés de nos camarades blancs. Et notre hymne national qui prétendait que nous étions au pays des hommes libres. Un mensonge, si on était d'ascendance noire dans cette nation où la moindre goutte de sang noir passait pour une tache.

J'aurais dû savoir, moi comme nous tous, que des attitudes forgées pendant trois siècles ne changeraient pas, même à l'occasion d'une guerre mondiale où nous nous étions engagés prétendument en égaux pour défendre notre patrie et nos croyances. Nous, les Noirs, n'aurions jamais dû nous leurrer, croire que cette guerre pouvait modifier la situation. Pas dans le Sud.

Il nous restait une autre guerre à mener contre un ennemi qui s'appelait la discrimination raciale.

On nous avait attribué les postes subalternes : nous devions nous occuper des sanitaires, nettoyer, faire la plonge, transporter toute la journée de lourdes munitions ; nous écopions de toutes les tâches inférieures dont une armée ne peut se passer mais qu'aucun soldat ne veut accomplir. Mais, bon, nous étions de jeunes Noirs du Sud trop contents d'avoir été appelés sous les drapeaux et de pouvoir ainsi sortir du Mississippi. Se rendre dans d'autres pays était impossible pour des Noirs, à l'exception d'une poignée d'entre eux. Et maintenant nous partions, même si cela allait bientôt être pour la guerre. Nous avions l'impression de vacances tombées du ciel qui nous mèneraient dans des contrées exotiques bien plus que de devoir combattre un autre peuple jusqu'à la mort.

Il aurait dû être très clair pour nous, puisque nous subissions une ségrégation raciale, que, guerre ou pas, le petit Blanc du Sud n'allait jamais, il s'en faudrait de beaucoup, nous considérer comme son égal. Mais nous étions si excités, et tellement habitués, de toute façon, à la seule compagnie d'autres Noirs, que nous n'avons pas réfléchi plus que ça à la ségrégation. Quand on nous a dit que nous partions pour un pays appelé Nouvelle-Zélande, tout en bas du Pacifique sud, aucun de nous n'en avait jamais entendu parler. Nous nous imaginions les Néo-Zélandais comme des indigènes bruns ou noirs avec des pagnes en herbe et des os en travers du nez – et probablement cannibales. Nous aurions supporté n'importe quoi, en fait, juste pour connaître la manière dont vivaient d'autres peuples.

Mais ce que nous avons trouvé, à notre arrivée, était une société moderne qui ressemblait beaucoup à la nôtre, sauf qu'elle avait pas mal d'années de retard. Et la majorité de la population était blanche. Quel pays, quel peuple merveilleux, quelle expérience, malgré ce qui nous paraissait arriéré même à nous, pauvres garçons de couleur venus du Sud : les bars qui fermaient à six heures de l'après-midi, pas une boutique ouverte au-delà de cette heure et absolument rien d'ouvert le weekend. Mais des gens sympathiques, cordiaux, hospitaliers, qui ont donné le plus chaleureux des accueils à leurs alliés.

Y compris, ce qui nous a stupéfiés, aux Noirs.

Cela, nous ne le comprenions pas, du moins au début : que des Blancs puissent nous traiter en égaux et que ceux qui, dans ce pays, étaient de race sombre – les Maoris – aient les mêmes droits que les Blancs, qu'ils pratiquent les sports ensemble, qu'ils se marient entre eux, que les Maoris soient représentés au plan politique, qu'ils aient le droit imprescriptible de devenir ce qu'ils voulaient. Comment pouvait-on permettre à des Noirs de boire dans les mêmes bars que des Blancs ? Chez nous, il y aurait eu une émeute, les flics nous auraient arrêtés, un juge blanc nous aurait jetés en prison.

Bien que nous ayons relevé une différence économique entre les deux races et entendu de temps à autre une remarque désobligeante sur l'infériorité des Maoris, la vaste majorité des Blancs était semblable à ce que nous avions entendu dire de certains Blancs du Nord des Etats-Unis : sans préjugés, insensibles à la couleur. Quelques-uns de ces Blancs étaient même de notre côté, nous avaient expliqué des Noirs vivant dans le Nord.

Nous avons trouvé les Maoris un peu comme nous, mais physiquement plus robustes et plus expressifs dans la musique et dans la danse. Leurs hommes avaient un petit faible pour la bagarre, ce qui a forcé notre admiration parce qu'ils n'avaient peur de personne. Et tous les hommes adorent les femmes. Leur peau est en général brune alors que la nôtre est plutôt noire, et leurs traits ressemblent assez à ceux des Mexicains.

Puis un petit groupe d'entre nous est allé dans ce paradis thermal appelé Waiwera, près de la ville de Two Lakes. Là, j'ai fait la connaissance d'une Maorie, Lena. Chez nous, on l'aurait dite mulâtre, car elle avait plus de sang blanc que noir. Qu'elle ait été mariée n'a pas compté pour moi : j'ai eu le coup de foudre, là, entre les deux yeux.

Deux semaines inoubliables ensemble, puis la guerre m'a appelé pour de bon. On nous a envoyés par milliers à Guadalcanal combattre un ennemi japonais dont la tactique, dans une jungle baignée de vapeur, consistait à agir furtivement, à ruser et à nous surprendre – parfois au moyen d'offensives quasi suicidaires. Nous avons perdu des dizaines de milliers d'hommes. Les Japonais aussi, mais on avait l'impression que ça n'avait pas d'effet sur eux. Ils continuaient à nous attaquer. Des milliers d'entre nous sont ensuite tombés, victimes de maladies tropicales, ou emportés par des blessures qui s'infectaient – même de toutes petites coupures et éraflures pouvaient tuer un homme.

Ce fut le contraire absolu de la guerre glorieuse à laquelle nous avions cru. L'ennemi surgissait de n'importe où avant de disparaître presque aussitôt dans une jungle impénétrable, et nous savions pourtant qu'il épiait nos moindres mouvements et qu'il manœuvrait pour nous frapper à partir d'une autre position que nous n'imaginions pas. Nous subissions ses tirs isolés jusqu'à la toute dernière seconde de couchers de soleil exceptionnellement brillants et, de nouveau, les balles des tireurs crépitaient pour signaler le début d'une aurore aux couleurs splendides. Nous scrutions l'épaisseur de la jungle, nous attendant sans cesse à la voir nous répondre par une balle marquée à notre nom. Les moustiques – l'autre ennemi – n'arrêtaient pas de nous infliger de fortes fièvres et de nous tuer. Des mois, des mois atroces, la réalité de la vraie guerre.

Et dire que j'ai été soulagé d'avoir été suffisamment blessé pour qu'on m'envoie me rétablir à la maison. Peut-être ne serais-je pas obligé de revenir ici. Mais je n'étais pas rentré depuis six mois qu'on m'a jugé apte au service actif, et, cette fois, l'arène serait en Europe. Je n'y voyais aucune objection : je voulais servir mon pays et fournir ma part d'effort pour forcer le respect de nos camarades blancs. Ce furent donc des contrées nouvelles, très différentes des jungles du Pacifique et sans grand-chose de commun avec le Mississippi. Je pensais quand même à Lena de temps à autre.

En Europe, la plupart des Noirs ont trouvé que l'attitude de nos concitoyens blancs s'était remarquablement adoucie. Ce qui venait, nous nous en sommes rendu compte, de l'influence des Blancs du Nord beaucoup plus tolérants, mais aussi du fait de combattre côte à côte et de s'apercevoir que les discriminations raciales étaient tout simplement idiotes. C'est à cause de cette expérience, me semble-t-il, que bon nombre d'entre nous, les Noirs, sommes rentrés en nous attendant à être accueillis en héros et même à connaître un petit changement dans la manière dont nous serions traités. Pourtant, sur le bateau qui nous ramenait, nul n'osait imaginer qu'il ne verrait plus partout les panneaux portant l'inscription "Gens de couleur" ou "Réservé aux Blancs", ou que l'intégration se réaliserait dans les écoles et d'autres institutions. Même si les Noirs les plus radicaux parlaient de choses carrément impossibles, entre autres de droits civiques et d'égalité pour les Noirs.

Nous n'avons pas été accueillis en héros. Nous, les Noirs, avons été autorisés à marcher en queue de parade dans notre petite ville de Whitecave, Mississippi, où la majorité des citoyens blancs a acclamé joyeusement ses gars et observé un silence remarquable quand ont défilé les couillons de troufions noirs qui venaient en queue.

Quelques semaines plus tard, avec un de mes copains de guerre du nom de Vernon Hill, je suis allé m'inscrire au bureau de vote local pour les élections de l'Etat et du comté. Etant les seuls Noirs dans une salle pleine de fonctionnaires blancs hostiles, il ne nous a pas fallu longtemps pour nous rendre compte que, pour ce qui était du racisme dans le Sud, rien n'avait bougé.

Contre le mur s'étalait un grand drapeau des Etats confédérés, derrière des tables où étaient assis des hommes qui fronçaient les sourcils et qui, pendant une bonne vingtaine de minutes, n'ont absolument pas tenu compte de notre présence. Mais, merde, nous étions déterminés à exercer notre droit de vote et nous étions portés par la conscience de l'avoir gagné à la dure.

Ils ont poussé vers nous deux formulaires. Il était demandé au requérant de lire ou d'interpréter une section de la constitution. Vernon et moi nous avions suivi un enseignement à ce sujet et j'ai écrit selon ce que j'avais appris. L'homme a recueilli nos formulaires, leur a jeté un bref coup d'œil avant de gribouiller dessus "test raté" et de tamponner deux fois : INAPTE À VOTER.

Etant toujours sous l'illusion que la guerre avait changé la donne, j'ai fait remarquer à ce fonctionnaire que nous connaissions par cœur le passage de la constitution qui nous avait été présenté. Comment, dans ces conditions, pouvions-nous être jugés inaptes à voter ? Je lui ai aussi rappelé que nous avions servi le pays dans la guerre.

Il nous a répondu que sa décision était irrévocable et que nous avions intérêt à tirer de là nos culs de nègres avant qu'il appelle le shérif.

Aussi longtemps que je vivrai, je n'oublierai jamais la lame de fond – une vague d'impuissance – qui m'a submergé en écoutant et en regardant cet homme, cet individu ventripotent et quelconque qui avait un tel pouvoir sur moi et sur Vernon. Maintenant, ici, on nous traitait comme des gosses et des vagabonds. J'étais assez fort pour casser cet individu en deux. Vernon, renommé dans notre division d'infanterie pour ses qualités de boxeur, aurait pu tenir tête à plusieurs de ces fonctionnaires. Nous étions des *hommes* auxquels on manquait totalement de respect et qui ne pouvaient absolument rien y faire.

Là naquit une colère qui, s'étant emparée de moi, me fit plonger dans un abîme pendant un bon nombre d'années.

Quand j'étais entré dans ce bureau de vote, j'étais fier de moi, estimant présenter une figure respectable, celle d'un homme grand et plutôt beau, j'ose le dire, qui se comportait dignement en compagnie de son ami Vernon, lequel avait aussi fière allure. Deux hommes qui s'étaient battus pour la nation, pour cet Etat, pour ce comté du Sud, et qui, estimions-nous, avaient mérité d'être traités comme des égaux. Et je connaissais ce fonctionnaire de vue, comme c'est généralement le cas quand on a grandi dans une petite ville. Je suis sûr qu'il nous connaissait aussi.

Mais le visage qui nous a répondu ne nous reconnaissait ni l'un ni l'autre, sauf comme des nègres indésirables qui avaient intérêt à vite entendre raison. J'étais sur le point de dire quelque chose d'insultant, voire de menacer cet homme de violence physique. Mais le fait d'avoir été entraîné toute ma vie à tenir ma langue de nègre m'a été fort utile, faute de quoi je me serais retrouvé pendant des années derrière les barreaux.

Dans notre humiliation, nous sommes partis et nous avons trouvé un bar – pour gens de couleur, évidemment – et nous nous sommes copieusement soûlés. Sans que je m'en rende compte, quelque chose venait de craquer en moi. En Vernon aussi, et ce fut pour lui encore pire, comme je l'ai découvert plus tard. Il a fini condamné à mort pour avoir tué un couple de Blancs qui l'avaient surpris en train de saccager leur maison. Il se trouve que je savais qu'il manifestait là son sens pervers de la vengeance.

Au cours de l'année suivante, un lynchage de Noirs a eu lieu dans mon comté. Les deux victimes étaient des anciens combattants du Pacifique. J'ai d'abord vu les photos, non pas dans un journal, mais reproduites sur une carte postale qui circulait dans la région, apparemment pour le divertissement de certains Blancs. Une *carte postale*.

On y voyait deux personnes noires pendues, les yeux fermés et le corps criblé de balles – comme si le lynchage n'avait pas suffi. Deux compagnons de guerre, deux Noirs, mes frères de race, pendillant à un arbre.

Au verso, il y avait l'espace habituel réservé à l'adresse et au message ainsi qu'un rectangle dessiné pour le timbre. La légende décrivant la scène disait simplement : Fruit noir pourri.

Nous n'étions pas des gens qui lisaient – notre poésie, c'était le scat –, mais nous savions qu'il y avait là un jeu de mots grossier sur le poème *Strange Fruit*.

Ce poème commençait par des vers sur cet étrange fruit du Sud et se poursuivait ainsi :

Scène pastorale du vaillant Sud,
Les yeux exorbités et la bouche tordue,
Parfum du magnolia doux et frais,
Et une odeur soudaine de chair brûlée !

Pour inspirer ces paroles, des nègres avaient dû être brûlés et pendus. Mais il avait fallu un Blanc pour les écrire, bien que Billie Holiday soit connue pour les avoir chantées ; les Noirs, trop près de leur douleur, ne pouvaient pas prendre assez de distance. C'est donc un enseignant juif, Abel Meeropol, qui les a composées – et il était d'une race qui avait connu la souffrance. A cause d'Hitler et à une échelle inimaginable, comme le monde le découvrit une fois la guerre finie. Six millions d'entre nous ont bien été exterminés, mais sur trois siècles et moins systématiquement.

Voici un fruit que les corbeaux picorent
Que la pluie recueille, que le vent aspire,
Que le soleil pourrit, que l'arbre enfin laisse choir,
Voici une étrange et amère récolte.

J'avais vu ce fruit étrange de mes propres yeux lors de ma quinzième année, quand j'avais été le témoin d'un lynchage que, depuis, j'avais relégué dans un sombre recoin de mon esprit.

J'ai rencontré une fille et me suis marié trop vite : nous avons aussitôt eu deux filles l'une après l'autre, à une époque où j'enchaînais les boulots mal payés. Dans notre petite ville, il n'y avait pas grand choix. Nous sommes donc partis pour Jackson. Là, j'ai vite obtenu un emploi dans une grosse imprimerie – du travail manuel, considéré comme le seul convenant à un Noir, mais j'ai réussi à gravir les échelons et à me retrouver aux commandes d'une machine complexe. J'étais bien parti pour apprendre un nouveau métier et être mieux payé. J'osais même m'imaginer que j'avais un avenir.

Jusqu'à ce que ma femme m'annonce qu'elle repartait avec les enfants pour Biloxi, sa ville natale : elle estimait que nous n'avions rien en commun, la grande ville ne lui plaisait pas, et je crois qu'elle voyait en moi les signes qui annoncent un alcoolique – un faible qui, un jour, succombera à la notion qu'il a de lui-même, à l'idée qu'il est né nègre et qu'il lui est interdit de s'élever, que tout autre destin lui est barré par des lois écrites ainsi que par la tradition, et qu'il est donc fondé à se tourner vers la boisson.

Trop immature pour beaucoup penser à mes filles, trop occupé à me débrouiller dans une ville étrangère où je ne connaissais pratiquement personne, il me semble que je suis resté dans le brouillard pendant plus d'années que je n'ai envie de l'admettre. Je me suis égaré dans la boisson et dans tout ce que je pouvais avaler ou fumer pour me sortir de là ; je prenais aussi le réconfort momentané de toute femme disponible. Je me haïssais d'être nègre. Je me disais que j'avais de bonnes raisons pour ça, des raisons bien trop puissantes pour qu'un nègre puisse les vaincre. Après tout ce que je lui avais donné, mon pays m'avait tourné le dos et m'avait dénié mes droits les plus élémentaires.

Pendant des années, je me suis apitoyé sur mon sort. Jusqu'à ce que je fasse un rêve tout aussi réel que mes doigts tâtonnant à la recherche de Lena – car c'était elle dont j'avais rêvé.

CHAPITRE TRENTE

IL M'A FALLU DU TEMPS pour accepter que j'avais été le jouet d'une illusion, que je n'étais pas le fils d'un héros américain blanc. Presque toutes les chansons des disques que Jess m'avait envoyés ont été éliminées de notre répertoire, et, bien entendu, mes potes se sont demandé pourquoi. J'ai menti et j'ai dit que la mode avait changé depuis l'arrivée des Beatles. Les groupes anglais faisaient fureur.

Mais, m'ont-ils répondu, ta voix ne va pas avec le style des groupes anglais. J'ai pensé qu'ils me faisaient un compliment, qu'ils voulaient dire que je chantais plutôt comme un Noir, que j'avais une disposition naturelle pour la musique noire – car c'était ce que j'aimais chanter et écouter, et cela jusqu'à l'obsession.

Au bout de quelques semaines de détresse, j'ai rectifié le tir, descendant de mon trône pour me mêler aux esclaves de ce monde. On aurait dit que ma mère avait tout concocté avec Jess, car il a envoyé un paquet de disques, et même si je l'ai boudé deux ou trois jours avant de l'ouvrir, j'ai découvert là un vrai trésor qui m'attendait. Et ma conscience d'être en partie noir m'a fourni une explication pour tout, y compris pour le fait que je sois tombé éperdument amoureux de la voix angélique de Mahalia Jackson, la chanteuse de gospels. Cette fournée d'artistes venait d'établir, me semblait-il, une nouvelle référence. Et chacun devrait reconnaître ceux qui lui ressemblent.

J'étais donc un descendant d'esclaves – ces gens qu'on mentionne à peine dans les manuels d'histoire, ces pauvres hères entassés dans des galères comme du bétail, transportés d'Afrique en Amérique du Nord et du Sud. Pour une vie d'esclavage.

Je n'étais pas de haute lignée, je ne descendais pas d'un grand chef maori et je n'étais pas le rejeton d'un héros américain bien blanc. Je n'étais pas John Wayne junior. Mais simplement Mark Hines, individu ordinaire de basse extraction, fruit d'un mélange de sangs qui, selon ce qu'auraient pu dire certains, faisait de moi un bâtard.

J'ai fini par présenter mes excuses à mon groupe, puis j'ai remis au programme toutes les chansons déchues. J'en ai même rajouté un bon nombre qui, sans exception, venaient de chanteurs noirs.

J'ai sorti les deux photos de mon père et j'ai dit : Devinez qui c'est.

Tous les trois ont répondu pratiquement en chœur : Ton père ?

Nigel, qui parlait surtout au moyen de son excellente guitare, n'a absolument pas paru surpris. C'est lui qui a dit d'une voix traînante : Ouais, bon, on s'était quand même dit que ta voix pouvait pas juste être une bonne imitation.

Le chef, le roi, le fils d'un cow-boy au flingue infaillible, la copie d'Elvis, le propriétaire d'esclaves, le pharaon, John Wayne junior, était mort. Vive M. Tout-le-monde, descendant d'un esclave noir.

Je retrouvais Isobel à mon appartement à peu près une fois par mois ; je m'étais mis d'accord avec mon patron pour commencer une heure plus tôt et prendre une coupure de deux heures au déjeuner. Comme il aimait la musique, il croyait que c'était pour un cours de guitare.

Depuis peu, Isobel se demandait si nous ne devrions pas arrêter, à cause de la différence d'âge et surtout de la présence de son fils dans le groupe.

Mais je ne voulais pas la lâcher. J'avais l'impression de grandir plus vite que la normale ; je me préparais à l'âge adulte en apprenant à comprendre les femmes – oui, au pluriel, parce que j'avais l'intention d'en connaître un bon nombre avant de me ranger et de me marier. Je voudrais aussi des enfants à un moment ou un autre. Quant à ce qu'Isobel retirait de notre relation, elle n'en disait rien. Je supposais que c'était en partie physique et puis il y avait toujours entre nous ce courant qui passait.

Isobel, en tout cas, a été étonnée de découvrir mon ascendance. Tu te rappelles que je croyais que tu avais du sang latin, m'a-t-elle dit. Eh bien, le fait que tu sois en partie noir rend les choses encore plus intéressantes. Et, en parlant de choses intéressantes, il est vrai que nos corps s'accordaient comme ceux de partenaires de danse bien rodés et que nous baisions jusqu'à complète satisfaction.

Je crois que je suis prêt à aller en Amérique pour le rencontrer, ai-je dit à Isobel. Elle a trouvé l'idée bonne et m'a demandé si j'avais assez d'argent. Oui, ai-je répondu, un nouveau mandat est arrivé avec les disques. Mon père doit vraiment avoir les moyens.

L'hiver approchait et nous n'avions pas de concerts prévus : j'aurais la possibilité de partir. J'ai donc décidé de m'informer sur l'endroit où mon père habitait, car les histoires que j'avais entendues sur le Mississippi – avec le Ku Klux Klan et les horreurs qu'il infligeait aux Noirs – n'étaient pas engageantes.

Je me demandais avec crainte comment je serais traité.

J'avais passé des heures devant la glace à essayer de voir quel air j'avais pour les autres. Si les musiciens de mon groupe avaient toujours supposé que j'avais du sang noir alors qu'Isobel, amie beaucoup plus intime, n'y avait pas pensé, à quoi est-ce que je ressemblais vraiment ? Si mon origine noire était trop visible, ma visite risquait de ne pas être très prometteuse et peut-être même devrais-je y renoncer.

Un samedi, j'ai fait les six heures de route jusqu'à Auckland pour aller trouver quelqu'un susceptible de me dire immédiatement dans quelle race on me rangerait en général. Mata. (Et aussi pour revoir mon neveu qui, la dernière fois que je l'avais vu, n'était encore qu'un bébé.)

J'avais délibérément omis de prévenir Mata. J'ai tout simplement débarqué : inutile de s'embêter avec les convenances, pas avec ma sœur. Par chance, son compagnon était au rugby.

Ma ? (Le petit nom que je lui donnais en privé.) De quelle race est mon père, à ton avis ?

C'est quoi, ce genre de question ? m'a demandé ma grande sœur. Tu veux vraiment savoir ? Est-ce que je ne te l'ai pas déjà dit quand nous étions gamins ? Je suis sûre de te l'avoir dit.

Pas que je me souvienne.

Si elle disait "noir", alors il fallait que je me prépare à manger dans des bouis-bouis pour gens de couleur et à endurer d'autres restrictions et préjugés raciaux.

Allez, Ma.

En fait, j'ai l'impression que tu ressembles un peu à papa. Et elle s'est fendue d'un grand sourire.

Je parle sérieusement.

Moi aussi. Tu lui ressembles pas mal, surtout quand il était plus mince.

Comment est-ce que je pourrais lui ressembler ?

Il se peut qu'il ait déteint sur toi. J'en sais rien. Tu as peut-être pris quelques-uns de ses traits. En tout cas, tu chantes comme lui.

La confusion était totale. Est-ce que j'ai l'air d'avoir du sang noir ?

Oui, un peu, aussi. Mata restait parfaitement cool. Mais si tu te mettais à côté d'Henry Takahe, les gens diraient que tu es son fils.

Douze heures de voiture, aller et retour, pour entendre ça. Je ne savais toujours pas avec certitude dans quelle catégorie me mettraient les Blancs du Mississippi. Peut-être n'irais-je pas.

CHAPITRE TRENTE ET UN

MÊME QUAND ON EST chez les clochards et qu'on se réveille sur le banc d'un jardin public, on a ses moments de lucidité. Je savais qu'on était en 1952. Dans ma tête, j'étais Jackie Robinson, le joueur des Dodgers, et je marquais des points contre les équipes entièrement blanches. Avant ma déchéance, avant la guerre, Joe Louis avait été le champion de boxe poids lourds qui mettait K.-O. les Blancs de ce monde. Et qui nous a assuré que nous pouvions en faire autant. Notre suprême athlète, Jesse Owens, avait complètement ridiculisé Hitler lors de ses propres Jeux olympiques, ceux de Berlin. Adolf avait cru que la race supérieure était la sienne jusqu'à ce qu'un Noir s'empare de quatre médailles d'or à la course – et il ne fut pas le seul Noir à remporter de l'or durant ces jeux.

J'ai pensé aux géants de la musique – Duke, Cab, Brownie, Dizzy, Oscar, Ella, Mahalia, Billie, Charlie, Ray, Nat –, à cette foule d'immenses musiciens qui n'ont besoin que de leur prénom et qui ont poursuivi le chemin frayé non seulement par Louis Armstrong mais aussi par chaque nègre de caractère qui a eu le courage de se mettre debout.

Et ce putain de nègre-ci, où en était-il ?

A essuyer le vomi qu'il avait sur la figure, à vouloir désespérément un autre verre, à larmoyer sur son sort au point d'en arriver à être complètement dégoûté de lui-même. Je me répétais les mêmes conneries sur le fait que j'avais servi mon pays et qu'en retour on m'avait encore plus mal traité qu'un chien. Je n'étais qu'un nègre écrasé de plus, persuadé que le système était trop énorme pour qu'on s'y attaque, que je n'avais plus aucune chance de me ressaisir, et mes yeux scrutaient les alentours à la recherche d'une pièce miraculeuse, d'un improbable dollar dans l'herbe du parc, de quelqu'un auprès de qui je pourrais mendier un peu de monnaie.

Et puis mon regard est tombé par hasard sur une page de journal qui tremblotait sur un banc, telle une main qui m'invitait à m'approcher. Sous la manchette BYE, BABY. ADIEU, EMMETT, j'ai lu qu'un garçon noir de quatorze ans, Emmett Till, était venu de Chicago pour rendre visite à une partie de sa famille à Money, dans le Mississippi. Il avait montré des photos de sa petite amie blanche à ses cousins noirs stupéfaits. Quelqu'un l'avait alors mis au défi de dire quelque chose d'insolent à une boutiquière.

Et donc, le gamin inconscient avait dit *Bye, baby*, à la Blanche en sortant de sa boutique. Deux jours plus tard, plusieurs hommes blancs étaient arrivés et avaient tiré Emmett hors de la cabane de ses cousins pour l'emmener en voiture. On l'avait retrouvé mort, un œil arraché et une balle dans son crâne défoncé.

A peine capable de reconnaître son fils aussi horriblement battu, la mère d'Emmett Till avait décidé de procéder à des funérailles cercueil ouvert *pour que le monde voie.*

A présent, je tenais cette page de journal dans ma main tremblante, sachant que je devais me réapproprier ma vie : je le devais à mes enfants et à tous les gosses de quatorze ans injustement tués.

Quand j'avais moi aussi quatorze ans, j'avais rêvé de me balader dans une voiture décapotable rouge sang, aux chromes éblouissants et à l'intérieur blanc, avec un coffre plein d'argent, le visage fendant le vent, tandis que l'air retentissait de propos admiratifs sur Jess Hines et son succès.

Dans mes cauchemars, cependant, la voiture ne démarrait pas ou tombait en panne au milieu d'une rue où la foule était sur le point de crier mon nom comme des fidèles lançant des alléluias à Dieu. La superbe garniture blanche pouvait être couverte de merde ou souillée par des traînées de sang qui, inexplicablement, venaient de ma main, de sorte que quand je voulais les essuyer je ne faisais qu'en rajouter.

Je sentais que le véhicule était ralenti par un poids qu'il traînait, et quand je regardais à l'arrière je voyais un cadavre de nègre attaché à ma voiture neuve, comme s'il y était relié par un cordon ombilical. Maintenant que j'étais parvenu depuis longtemps à l'âge adulte, mes yeux se dessillaient et je voyais que ce cadavre c'était moi et que j'étais attaché non pas à une voiture de rêve mais à une bouteille.

Deux ans plus tard, à Selma, Alabama. J'avais replongé, j'avais sauté dans un train de marchandises en marche, à nouveau sans le sou et sans ressort. Je parlais avec d'autres nègres paumés qui voyageaient là, et nous échangions tous les mêmes promesses illusoires selon lesquelles nous allions nous ressaisir, retomber sur nos pieds dès la prochaine ville ; et si nous étions au fond du trou c'était pour des raisons parfaitement valables – qui aurait pu faire autrement ? On est des nègres, pas vrai, avec tous les obstacles dressés contre nous ?

Et puis, une nuit, elle m'est revenue en rêve alors que j'avais trouvé refuge dans un bâtiment abandonné qu'infestaient des rats tant du genre animal que du genre humain.

Je voyais un petit chien qui se noyait dans un fleuve, et je sautais dans l'eau pour le sauver. Mais il restait juste hors de ma portée et n'arrêtait pas de disparaître en pleurant comme un bébé. Nous filions devant des paysages familiers venus de ma propre enfance, des mers infinies de maïs vert, des chiens qui haletaient sous des magnolias dans la chaleur estivale, il y avait toujours quelqu'un qui chantait, un ruisseau bien frais près de notre groupe de cabanes, des hommes soûlés par l'alcool ou par l'émotion qu'ils exprimaient en musique, des routes poussiéreuses, des mouches et de la viande avariée.

Puis, après un coude du fleuve, nous avons vu des montagnes couronnées de neige et des forêts qui ne ressemblaient à rien de ce que j'avais connu dans mon enfance. Des fougères et de grands arbres à la présence menaçante, des formations géologiques dessinées sur la terre par des forces immenses. Evidemment : la Nouvelle-Zélande. L'aller-retour en train jusqu'à Two Lakes, sur la ligne ferroviaire principale.

J'ai dit au chien : Nous sommes en Nouvelle-Zélande. Je pense qu'on va s'en tirer. C'était apparemment le cas parce que j'ai réussi à l'attraper et il s'est blotti contre moi comme un être humain ; notre voyage dans l'élément liquide m'est alors apparu comme une nouvelle façon de voler.

Ensuite, le chien a parlé pour me dire à quel point ces montagnes étaient stupéfiantes, et il m'a demandé si c'était de la neige qu'on voyait. Je lui ai dit que oui, bien sûr. C'est un autre pays, gamin, et on y est.

Lors du trajet qui a suivi, j'ai perdu le chien doué de parole et j'ai vu sa silhouette affolée emportée à toute vitesse vers les rapides. Une mort certaine. Mais en un rien de temps le fleuve s'est transformé : ce n'était plus le courant qui faisait bouillonner les eaux couvertes de vapeur, mais la chaleur. Waiwera, j'ai dit. Pour une raison peu claire, cette ébullition m'a ôté la peur que j'avais pour le chien. Tout ira bien pour toi, mon gars. Tu verras.

Et, en effet, le chien s'est changé en un enfant d'environ cinq ans, un mignon petit garçon ; nous étions à présent échoués sur un sol recouvert d'une croûte blanche parcourue de raies jaunes et qui sentait le soufre.

Le petit garçon m'a souri. Il avait l'air d'un quarteron. Je lui ai demandé : Comment tu t'appelles ? Il a dit un mot maori. Il m'a demandé si je connaissais Lena. Non, je ne connais pas de Lena. Attends – si, bien sûr, j'en connais une ! Ma mémoire, mon gars, tu vois ce que la boisson lui a fait.

J'ai regardé dans la direction qu'indiquait le garçon. Une femme complètement nue émergeait d'un étang chaud. Elle souriait – à moi ? Lena ?

Bonjour, Jess. Ça fait longtemps.

D'abord, j'ai voulu expliquer pourquoi j'étais tombé dans le puits sans fond de la boisson, lui parler de la colère venue de mon humiliation, de l'impossibilité de faire face à une vie où je serais toujours au bas de l'échelle, à peine en meilleure posture que mes ancêtres esclaves. Alors elle a porté un doigt à ses lèvres pour me dire de ne plus parler. Elle m'a attiré à elle, nous nous sommes embrassés et j'ai commencé à caresser très doucement ses épaules, son cou –

Je me suis réveillé. Un rat courait sur mes jambes.

Et je me suis dit : C'est vraiment la dernière fois, Jess, ou alors c'est la mort. Ou pire encore, un flic blanc viendra t'accuser de choses que tu n'auras pas faites et un juge blanc t'enverra au trou. Pour les nègres, le tarif commence à cinq ans. Vois si tu pourras survivre à ça, quand tu rumineras le fait que ces fumiers de Blancs t'ont eu même quand tu les fuyais.

Et ce rêve ne voulait plus me quitter. Il m'a fallu quelques efforts pour me souvenir du nom de famille de Lena – un nom maori, et en plus ça remontait à des années. Peut-être l'avais-je barré de ma conscience parce que c'était son nom de femme mariée. Takahe, c'est ça.

J'allais lui envoyer une lettre. Même si je devais la remplir de mensonges sur ce que j'avais fait de ma vie depuis la guerre.

Recevoir une réponse de Nouvelle-Zélande a été extraordinaire. Elle se souvenait de moi ! Dans l'enveloppe, deux lettres. La deuxième d'*un fils*. Sa photo – quel beau garçon c'était. Tout ce temps-là, j'avais eu un fils. Je me suis effondré en larmes. Avec un sentiment de culpabilité supplémentaire parce que, en désespérant de moi, j'avais perdu mes deux filles.

Lena avait une écriture très claire et un ton réservé.

Mon mariage, m'écrivait-elle, a survécu à la naissance de mon fils. Elle parlait surtout du garçon – mon fils aussi ! –, elle vantait son travail en classe, son don pour la musique, et elle disait qu'il avait quelque chose de spécial.

C'est à toi que je l'attribue. En fait, ma vie est restée très monotone depuis les deux semaines inoubliables que nous avons passées ensemble.

J'ai quand même eu de la joie à élever des enfants, en particulier notre – elle a bien dit : notre – *fils. Le village l'a surnommé Yank. Au début, ça voulait dire quelque chose et, bien sûr, pour Henry c'était comme un coup de poignard en plein cœur. Mais on s'y est habitué et c'est devenu un nom comme les autres.*

Ta lettre m'a fait l'effet de venir d'outre-tombe. Mon Dieu, Jess, je n'arrive toujours pas à croire que je t'écris.

Et moi je n'arrivais pas à croire que je lisais ses mots.

Mon fils m'a envoyé une lettre très bien tournée pour quelqu'un d'aussi jeune. Je me suis dit qu'il devait recevoir une bonne éducation. Je savais que beaucoup de Blancs et de Maoris fréquentaient les mêmes écoles, que la ségrégation, là-bas, était en grande partie d'ordre économique.

J'ai tellement lu et relu les deux lettres que j'aurais pu les réciter. J'ai examiné de près chaque détail des traits de mon fils sur les deux photos qu'il m'avait envoyées, et j'ai tenté de pénétrer dans l'esprit derrière ces yeux sombres. Mon cœur n'arrêtait pas de chanter. Mon cœur sans alcool : je n'avais pas touché à la boisson depuis mon départ de Selma.

Mon Dieu, j'ai un fils. Un fils néo-zélandais, en partie maori.

Lena ne m'a pas dit comment son mari avait réagi en découvrant l'affaire. Ce n'est évidemment pas une chose agréable pour un soldat. Mais si jamais il m'arrivait de faire la connaissance de cet homme, je lui dirais que ce n'est pas aussi dur que de voir les Blancs nier ce que nous avons fait pendant la guerre et humilier notre race. Je lui dirais que c'était la guerre, et y a-t-il un soldat qui n'ait pas couché avec des prostituées ou des femmes des divers pays d'Europe ? Ou de Nouvelle-Zélande, d'ailleurs ?

Mais il a dû trouver ça dur, cet homme marié, de rentrer chez lui et d'y trouver l'enfant d'un autre – je ne peux pas le nier. Et je suis sûr que je lui aurais présenté mes excuses, ne serait-ce que par respect pour sa virilité.

Elle m'a demandé de ne pas envoyer de photo de moi parce qu'elle n'avait jamais abordé, avec le garçon, la question de son vrai père. Elle ne lui en avait pas soufflé mot. On l'avait surnommé Yank, ce qui ne manquait pas d'ironie car, dans la guerre de Sécession, les Sudistes traitaient les Nordistes de foutus Yankees. (Pendant la Seconde Guerre mondiale, tous les Américains ont eu droit à la même étiquette, mais c'était un compliment, car on avait omis le *foutu*.) Lena m'a dit que Yank avait en tête une idée romanesque de qui était son père : il le voyait blanc, une sorte de John Wayne ou d'Elvis Presley. L'idée qu'il soit noir ne lui venait absolument pas à l'esprit. Laissons-le donc mûrir un peu, a demandé Lena.

John Wayne, la star d'Hollywood, nous faisait rire, nous les gens de couleur, tellement il incarnait au cinéma le stéréotype du héros blanc supérieur. Elvis, bon, c'était un gars du Sud et ses racines musicales se trouvaient en grande partie chez les musiciens noirs. On l'aimait. Mais ce qui est sûr, putain, c'est que je ressemble pas à M. Presley.

Je m'étais réinstallé à Piney Woods, village pour Noirs construit sur des terrains concédés à un esclave noir par son maître blanc qui l'admirait. Le titre de propriété avait été mis en sécurité, confié à un groupe d'administrateurs pour que personne ne puisse l'enlever à un Noir, quel qu'il soit, désireux de vivre là un jour en payant un loyer. J'y ai vécu aux côtés de ma mère qui, naturellement, était contente de voir que son fils semblait avoir vaincu le démon de l'alcool.

Travailler sur les chantiers routiers soulevait un des éternels problèmes du Sud : les nègres étaient tout simplement mal payés.

Mais je voulais envoyer de l'argent à mon fils. Peut-être parce que dans ce pays c'est l'argent qui parle le plus fort. Les nègres tuent pour du fric. Et, à coup sûr, ils meurent parce qu'ils en manquent. Je voulais impressionner le garçon pour qu'il pense à venir un jour rendre visite à – son papa ? Son papa.

Tant que j'y étais, j'ai décidé d'envoyer quelques dollars à mes filles à Biloxi… si j'arrivais à retrouver leur trace. Leur mère avait de plus en plus espacé ses contacts avec leur grand-mère – ma mère –, et il était certain qu'elle avait déménagé plusieurs fois. Pas le choix. Nous, on loue, en général. Et, pour dénicher des dollars, on est prêts à tout.

Comment pourrais-je trouver de l'argent ?

Ceux qui sont prêts à tout deviennent inventifs pour se procurer les tout-puissants billets verts. Et ces moyens ne sont pas forcément illégaux, juste un peu douteux. J'ai réuni assez de liquide pour en expédier à mes filles et à mon fils en Nouvelle-Zélande. Je me suis senti fier de moi en me rappelant celui qui, dans un passé pas si lointain, dépensait jusqu'à sa dernière pièce pour picoler.

CHAPITRE TRENTE-DEUX

TROIS ANS QUE JE L'AVAIS PAS VU, mais on m'avait dit qu'il avait été condamné à de la prison. Il a débarqué sur le pas de ma porte. Chud le taulard.

Chaque soir, en rentrant du travail, je le trouvais assis là comme une sorte de brute d'un autre monde, avec son énorme carrure, ses muscles gonflés dans un tee-shirt moulant même en automne. Des tatouages sur le visage, le cou, les bras. Le pire, c'était cette attitude qui paraissait inscrite en lui à l'encre indélébile : mon logement lui appartenait. Comme si on était liés pour la vie et qu'on ne se devait pas mutuellement un certain respect.

Il remplissait sa journée en commençant par se lever tard, faire des pompes et des exercices abdominaux, puis à boxer tout seul pendant une bonne heure. Faut rester en forme, Yank, sinon ils m'auront. Ce "ils" désignait les membres de son univers, certainement pas du mien. Il arpentait les rues pour renifler les occases de casse – son langage de taulard. Le Chud que j'avais connu n'avait jamais été un voleur. Parfois il avait été avide de bouffe pour avoir vécu dans des endroits où les gosses n'étaient jamais sûrs d'en avoir. Mais un voleur ? Jamais.

Alors que nous avions passé l'équivalent de toute une vie à nous connaître jusqu'au fond de l'âme, il s'est avéré que nous n'avions pratiquement rien à nous dire. Chud ne voulait pas saisir mes allusions quand je parlais de chercher un travail, et l'idée de payer un loyer ne lui venait pas à l'esprit. La manière dont il avait été élevé ne l'excusait pas – il me devait bien plus que ne le prétendait ce nouveau Chud, cet inconnu.

Quand il a commencé à faire l'imbécile avec ma guitare et l'équipement qui m'avait coûté si cher, il s'est hasardé sur un terrain risqué. Il était incapable de saisir même la plus claire de mes remarques. Et j'ai noté qu'il ressemblait de plus en plus à son père, qu'il prenait facilement les mêmes tics que Ted. Quelle ironie du sort, devenir semblable à celui qu'on déteste le plus.

Chud dépensait ses indemnités de chômage en bière et cigarettes, et il n'achetait pas le plus petit morceau de nourriture. Je commençais à trouver sa présence énervante et même à le prendre en grippe. Mais comment pouvais-je en être là avec mon meilleur ami ?

Un soir, c'est sa voix amplifiée, que j'ai entendue en rentrant, et des notes discordantes : Chud devant *mon* micro avec un inconnu qui faisait violence à *ma* guitare. Ils avaient bu.

Non, je veux rien boire. Et, si tu veux bien, ne te sers plus de cet équipement. Il m'a coûté plein de fric, et si tu sais pas ce que tu fais avec, tu risques de le bousiller.

T'es qui, toi ? a demandé l'inconnu au serpent tatoué qui ondulait autour de son cou. Le mec avait trois points bleus sous l'œil droit et un ricanement intimidant qu'il avait bien rodé.

Et toi, t'es qui, bordel ? ai-je lancé aussitôt.

Parle pas à mes potes comme ça.

C'était Chud. Qui haussait lui aussi le ton contre moi. Chud, c'est moi, Yank.

Ouais, a dit Chud, mais t'as pas à parler comme ça à mon pote.

J'ai dit : C'est mon appart. Et mon équipement de musique.

Il a dit : Yank ? T'as intérêt à t'excuser.

Mon meilleur ami devenu l'image même de la menace pure. Je sentais l'alcool dans son haleine. Il aurait pu être son père. Sa mère.

Et puis son copain s'est glissé vers moi en jouant les offensés. Il était même capable de me lancer le premier coup de poing.

Comme je manque de courage physique, je leur ai dit que mon père m'avait envoyé de l'argent. Et si je vous donnais cinquante livres pour que vous preniez un appart à vous ?

Chud : Il t'a donné combien ?

Cent.

Ils se sont regardés, peut-être en évaluant la bibine que représentait cette somme. Petites frappes de merde.

J'ai dû les supporter une nuit de plus pendant laquelle ils n'ont cessé de jouer les chefs dans mon petit logement, de picoler et de devenir de plus en plus incohérents. Exactement comme les parents de Chud, et sans aucun doute comme ceux de l'autre mec. Des heures sans dormir à les écouter ronfler, Chud écroulé tout habillé dans le fauteuil, avec son pote sur le bras du siège.

Je me suis arrangé pour les retrouver pendant mon heure de déjeuner après avoir retiré l'impôt que je payais pour ma couardise. A peine l'argent était-il dans la main de Chud qu'il m'a lancé : Tu peux t'estimer heureux ; ça se fait pas, d'insulter un mec qui sort de taule. Avec un air qui disait : Tu perds rien pour attendre.

Quand je suis rentré chez moi, j'ai découvert qu'il me manquait des disques et qu'ils avaient même vidé en partie le frigo, pris de la nourriture et deux bouteilles de bière. Mon meilleur ami devenait une figure onirique qui s'éloignait de plus en plus.

CHAPITRE TRENTE-TROIS

LE VOICI DE RETOUR, ce garçon à problèmes : il a maintenant un physique splendide et il est très grand, plus grand que mon Yank. Tout, sur lui, signale les ennuis. Que sont ces marques de tatouage bleues sous chaque œil ? Ça lui donne l'air ridicule, on dirait un gosse qui veut impressionner les gens. Une toile d'araignée tatouée autour de son cou. S'il croit qu'il s'agit de dessins guerriers maoris d'autrefois, il se trompe. Ils devaient *mériter* leurs tatouages et en *endurer* l'exécution.

Si l'on cherche à qui ressemble Chud, ce serait plutôt à un esclave qui s'est rendu – et pas rendu à d'autres, mais à l'éducation sans amour qu'il a reçue. Ce n'est pourtant pas une excuse, non, pas même pour lui, ce garçon que je connais aussi bien que mon propre fils. Nous devons tous nous élever au-dessus de l'adversité.

Il s'appuie contre le parapet du pont, le dos tourné aux cris des gosses en bas, dans la rivière. Il n'est plus, même pendant un bref moment, le gamin heureux que j'ai connu et qui plongeait pour un penny. C'est un adulte qui déborde de colère.

Bonjour Chud. Comment ça va, mon grand ?

Je m'avance pour l'embrasser, mais il se rétracte. Je transforme alors le salut en une poignée de main. Sa poigne est molle pour quelqu'un d'aussi fort ; il exprime là quelque chose, ou alors c'est que quelque chose s'est perdu. Que dire ? Je ne peux quand même pas lui demander : Depuis quand es-tu dehors ? Nous savons tous que, du lycée, il est allé directement en prison pour coups et blessures.

Tu es rentré quand ? Il hausse les épaules. Tu habites chez tes parents ? Il fait oui de la tête. Tu as déjà revu Yank ? Ses yeux répondent que oui, mais sans chaleur. Je parie qu'il a été content de te revoir.

C'est alors que son regard rencontre le mien.

Non, pas du tout.

J'en suis très choquée. Mon Yank… n'a pas été content de te revoir ? Est-ce que tu –

Non, il l'a pas été. Demande-lui.

Je le regarde partir, puis prendre le sentier de terre qui mène à la maison de ses parents. Il marche comme son abruti de père, les bras écartés pour se la jouer dur à cuire.

En mimant les mouvements, Barney m'explique que Chud était bon au rugby. Ce garçon avait tout ce qu'il faut, me montre-t-il : il plaquait fort, il était rapide, savait feinter, changer d'appui, et le plus important c'est que là-haut il avait un mental d'acier. Mais tout le monde était d'accord pour dire qu'il n'arriverait pas au plus haut niveau. On sait tous pourquoi.

Comme s'il agrippait des barreaux de prison, Barney indique ce qui sera désormais à coup sûr la destinée de Chud. Il fait claquer sa langue pour signifier un talent gaspillé. Un geste de gorge tranchée pour dire que Chud est bien capable de se venger – et, là, il désigne les parents. Il montre une mare d'eau chaude et imite un cadavre puis lève les doigts pour en indiquer deux. Je hoche la tête en signe d'assentiment : c'est très possible. Un sort mérité, en plus.

Où vas-tu, Lena ?

A la poste, payer des factures. Tu veux faire un peu de chemin avec moi ?

Je lui offre mon bras, comme je le fais maintenant depuis quelques années, tout en sachant qu'il n'en a pas besoin. C'est juste pour lui montrer qu'il est aimé et qu'il mérite le respect. J'ai toujours peur qu'un jour il ne vende la mèche, qu'il ne me prenne dans ses bras et là, au vu de tous, ne m'embrasse comme un amant. Mais l'idée que nous formons un couple doit paraître trop invraisemblable pour qu'on nous soupçonne.

Curieusement, je ne crains plus autant qu'autrefois d'être démasquée. Je sais pourtant que ce n'est pas avec Barney que j'ai envie de vivre. Je suis coincée avec Henry et il se peut qu'il le soit avec moi. Il est possible que j'aie cette liaison avec Barney pour mettre un peu de piment dans mon existence, pour me montrer que je ne suis pas une femme ennuyeuse condamnée à une vie terne.

Que se passe-t-il quand vous voulez vous émanciper de choses auxquelles vous avez été habituée toute votre vie ? Je l'ai fait un jour, et regardez le résultat. Mais qui est la personne que j'ai découverte alors, la femme que Jess a libérée ? Une fille qui adorait s'amuser mais qui est rentrée dans sa coquille et qu'on n'a jamais revue depuis ? (Car coucher avec un homme psychologiquement handicapé comme Barney ne compte guère.) Qu'est-ce qu'on est, dans cette vie, sinon le produit de l'endroit où l'on est né et de ceux dont on est né ?

Lena, tu sais que t'appesantir sur ces questions ne fait que t'embrouiller l'esprit.

J'ai téléphoné à Yank sur son lieu de travail pour lui demander ce qui s'était passé entre lui et son meilleur copain. Il me l'a dit et j'ai compris. Mais je comprenais aussi Chud. J'allais bientôt tomber sur lui et j'étais déterminée à voir si nous ne pouvions pas nous parler à cœur ouvert.

Quand ils étaient petits, Yank et Chud jouaient à être bébés, à pousser des cris de bébé, à ne prononcer que des mots rudimentaires, à ramper, à pleurnicher. C'est Chud qui avait commencé pour retrouver, me semble-t-il, l'innocence qu'on lui avait volée.

Chud jouait si bien les bébés que ça me gênait. J'ai trouvé plus d'une fois des prétextes pour l'arrêter parce qu'il allait au-delà du jeu.

Lena t'écoutera jusqu'au bout, Chud. Elle te serrera dans ses bras et arrangera les choses avec Yank, t'aidera à trouver une place à toi. Avant que tu n'en viennes un jour à assassiner tes parents.

CHAPITRE TRENTE-QUATRE

L'EXPLOSION DE L'OBUS de mortier n'avait pas seulement ôté la vie à son frère mais aussi éradiqué tous les souvenirs qui précédaient l'événement. De temps à autre, son esprit lui renvoyait des images qui semblaient lancer une séquence capable de remettre en ordre sa vieille mémoire. Mais les images se brisaient toujours et s'évanouissaient vite, comme un rêve au moment où il commence à signifier quelque chose.

Lors de ces vingt dernières années, Barney n'avait jamais su comment il avait perdu la faculté de parler. Il se rappelait l'escalade terriblement difficile de l'escarpement – elle avait pris la plus grande partie de la journée. Une unité de cinq combattants commandée par le capitaine Henry Takahe (c'était aussi lui qui en avait eu l'idée) était montée pour réduire au silence un groupe de mitrailleuses et de mortiers qui infligeaient de lourdes pertes à leur division. Il avait fallu sept heures éreintantes pour grimper sur l'escarpement ; la moindre faute, et ce serait la mort assurée.

Les hommes du raid voyaient maintenant le dos de l'ennemi à moins de cent mètres. Arrivés encore plus près, ils comptèrent huit mitrailleuses et cinq mortiers. Henry indiqua le rapport des forces – vingt hommes d'un côté, cinq de l'autre – en brandissant deux fois ses mains aux doigts écartés.

Il réussit même à faire passer dans un sourire l'idée que le petit nombre aurait l'avantage de la surprise. Ce minuscule commando de Maoris qui brûlait d'en découdre.

Les Allemands devisaient et riaient, se passant des bouteilles d'alcool, tandis que cinq hommes à la peau brune, loin de leur sol natal, rampaient vers eux comme des serpents.

Puis Henry indiqua que tout était prêt : suivez-moi. Sans parler, il leur dit : dans quelques instants, les gars. Dans quelques instants, ils seront à nous.

Le soleil disparaît derrière nous et transforme les ennemis en silhouettes. Leurs rires et leurs propos semblent alors tellement hors contexte que l'idée me vient : c'est ce que fait un assassin dans la vie civile. Il ne veut qu'une seule et unique chose, commettre ce meurtre. Aucun sentiment ne pourrait être plus voluptueux.

Mon cœur bat à tout rompre après l'effort de ces cent derniers mètres – ils ont été encore plus dangereux que l'escarpement, parce que ce serait une honte de mourir aux mains de l'ennemi après avoir eu sur eux l'avantage de la surprise.

Henry nous ordonne de nous déployer en éventail ; il mène, mais depuis l'arrière pour couvrir la situation au plan tactique. On l'aime en tant qu'homme et en tant que chef : on le suivrait jusqu'en enfer.

Ils cessent d'être humains – c'est inévitable, avec leur langue gutturale dans laquelle ils continuent de parler, leurs rires et leurs formes casquées qui font circuler de la gnôle. Tout ce que je veux, c'est en arriver au corps à corps, me battre jusqu'à la mort, d'homme à homme, et pas les faucher sous nos mitraillages croisés. Pourtant, c'est sûr, on compte bien finir leur eau-de-vie et danser le haka autour de leurs cadavres pour montrer notre mépris de guerriers à toute leur nation de va-t-en-guerre.

Je suis mon ancêtre, le combattant Kereama Heretaunga, qui veut sentir les derniers instants de la vie d'un ennemi. Lui couper la tête, cracher son mépris sur son visage mort, le faire cuire et le manger.

Ma haine se transforme en transpiration, comme si j'étais un barrage fêlé.

Nous sommes habitués à leurs mitraillages qui ratissent la pente ; à leurs mortiers qui lancent les obus en chandelle pour qu'ils retombent partout où un homme peut se nicher ; à leur façon de bloquer le seul col à des kilomètres à la ronde dans ce pays de montagnes. Tandis que notre petit commando s'approche d'eux, ils lancent une de leurs fusillades régulières contre la position occupée par nos troupes. Nous mettons le bruit à profit pour avancer plus vite et avec moins de précautions : nous réduisons l'écart à moins de cinquante mètres. Je sens l'odeur du sang comme si c'était de l'eau de rose.

Le vent vient dans notre direction, et il est plus fort, ici, sur ce lieu exposé. Quand nous avons gravi la paroi, il n'y avait pas le moindre souffle d'air. Nous pouvons humer l'alcool, les effluves de tabac, la cordite et l'odeur de métal chaud.

L'un d'entre eux se retourne pour pisser.

Et là debout, juste en face de nous, il doit percevoir les masses inégales tassées contre un sol qu'il connaît bien. D'ailleurs il se met à hurler. Le connard nous a vus !

Nous ouvrons le feu. Nous sommes un peu trop près, et certains d'entre eux trouvent le moyen de s'accroupir, alors même que nous en voyons tomber qui battent des bras vers un ciel mourant et que disparaît brusquement une silhouette assise sur des sacs de sable. Nous ne les avons pas tous eus.

A notre tour pris par surprise, notre groupe se défait.

Je vois le bras d'Henry qui nous ordonne frénétiquement d'aller de l'avant. Il se lève. Du coup, mon frère et moi nous mettons aussi debout et nous courons courbés tout en tirant. La nuit s'embrase sous les mitrailleuses qui crépitent dans notre direction. Je me dresse de toute ma hauteur et je fais feu contre les flammes crachées vers nous. Je vois une des sources s'arrêter, éteinte. Je plonge à terre. Sans accorder la moindre pensée à mon frère ou à qui que ce soit d'autre.

Une grenade explose au milieu des ennemis, des corps brièvement illuminés, des bras écartés qui griffent l'air au moment où la vie les quitte. Ils sont si près qu'on pourrait voir le blanc de leurs yeux s'il y avait assez de lumière. Le bras de mon frère bouge, il me rabat à plat sur le sol, et presque aussitôt c'est l'explosion de la deuxième grenade, la sienne. Nous entendons des hurlements en allemand, le tonnerre des mitrailleuses ; nous voyons les flammes rouge orangé et les rayures de feu tracées par des centaines de balles.

Puis le bruit lourd et distinct d'un objet en métal qui atterrit tout près. Un truc gluant et mouillé partout sur moi. Mon frère a disparu, il n'est tout simplement pas là. J'essuie sur moi des bouts de chair et, comme je m'en rends vite compte, de la cervelle éclatée.

Je tourne la tête et je vois Charlie Raimona sauter dans la tranchée et tirer tout en tournoyant. Des Allemands tombent. Une autre silhouette – il me semble que c'est celle d'Henry – fait feu sur les Allemands depuis un côté. Charlie tombe. La silhouette n'était pas celle d'Henry mais de Tom Daniels ; il vient d'arrêter de tirer. Maintenant, il se sert de son pistolet-mitrailleur comme d'une massue, il crie en maori. Hurlements.

J'arrive pas à me débarrasser de ce sang. Mon esprit est envahi par une panique aveugle qui lui fait fuir l'intolérable. Pas Harold. Pas mon petit frère. J'étais censé le protéger.

Mais on se bat pour sa vie, à présent, et j'ai donc lancé mes deux grenades. Je me presse contre le sol tandis qu'un souffle puissant, un appel d'air et une détonation assourdissante partent de la grenade. Les tirs contre nous ont cessé.

J'arrive au bord de la tranchée et je n'y vois que des cadavres. Deux d'entre eux portent notre uniforme. Si je décompte mon frère, nous ne sommes que deux survivants.

Une silhouette émerge sur le côté et je me retourne pour tirer –

C'est Henry ! hurle-t-il.

Quelque chose dans son aspect me gêne. Mais pas tant que tout ce liquide qui imprègne mon blouson et ma chemise : un sang qui n'est pas le mien, je le sais.

Comme si mon esprit venait enfin de saisir ce qui s'est passé, une seule chose compte désormais, c'est ce dont je suis couvert. Il faut que j'ôte jusqu'au dernier bout de chair et de cerveau ensanglantés avant que ça ne m'emporte moi aussi. Quelque chose se dérègle dans ma tête : tout mon corps se met à trembler. Un homme adulte sur le point de sangloter comme un bébé.

Ma dernière pensée est pour Henry qui me semblait s'être terré à côté de la tranchée ennemie. Puis, le jour suivant, on me ramène en jeep, gravement blessé et muet. Déconnecté. Tout ce que j'arrive à faire, c'est pleurer mon frère bien-aimé.

Et la chose que je sais, c'est que je ne peux pas, que je ne veux pas rentrer chez moi avant que cette guerre soit finie ; je croule sous la culpabilité et la honte : j'ai échoué dans ma mission de protéger mon petit frère.

Ça fait vingt ans que c'est là, dans ces caveaux sans lumière. J'ai fait l'amour avec Lena chez moi, puis nous nous sommes promenés, ma main dans le creux de son bras, jusqu'à mon banc près du pont. Quelque chose se passe dans ma tête.

D'abord, j'ai l'impression d'un nouveau geyser qui fait surface : un grondement, comme si la terre frissonnait. Je me retourne vers Lena et je constate qu'elle ne remarque rien de plus que cet après-midi nuageux et qu'elle exprime, du moins je l'espère, la satisfaction tranquille qui suit nos rapports amoureux.

Puis j'ai l'impression que mon oreille a éclaté, comme si je venais enfin d'atteindre la surface après deux décennies au fond des ténèbres de l'esprit. Car je m'entends articuler très clairement : Lena ? Tu as entendu quelque chose ? Alors que depuis cette époque je n'ai jamais pu prononcer son nom en entier, pas plus que bien d'autres mots.

Sa stupéfaction quand elle s'est tournée vers moi était compréhensible. J'étais moi-même ébahi. Et, en un rien de temps, les souvenirs se sont mis à couler comme des sacs de sable crevés.

Qu'est-ce que tu as dit, Barn ?

N'osant pas essayer de le répéter, de peur qu'il ne se soit agi que d'un hasard, j'ai utilisé les bons vieux gestes pour lui demander si elle avait entendu, près de nous, un grondement semblable à celui de geysers.

Non, a-t-elle fait en secouant la tête. Mais, Barney ? Tu as dit une phrase entière.

Oui, j'avais articulé quelque chose en entier pour la première fois depuis ce soir-là en Italie. Le soir où Henry Takahe s'était caché jusqu'à ce que le danger soit passé.

CHAPITRE TRENTE-CINQ

NOUS SOMMES DANS MON APPARTEMENT, et nous faisons une sacrée fête avec notre dernier arrivage de filles – des groupies. Les membres du groupe se disent en ricanant que, s'il n'y a pas d'autre récompense à être des musicos, ils seront quand même satisfaits.

Je lorgne une femme d'à peu près mon âge, d'une beauté si sombre et si exotique qu'elle ne peut absolument pas être de ce pays, mais je joue les hommes difficiles à conquérir parce que c'est un des privilèges des musiciens. Le bourbon descend bien, lui aussi. Un alcool parfait, je l'ai découvert, pour lever les inhibitions, ce qui me permet de larguer totalement les amarres sur scène.

Les filles nous tannent pour que nous leur jouions de la musique, mais nous préférons passer des disques, ce qui nous permettra d'essayer notre magie verbale sur elles. Ce soir, on a encore joué à guichets fermés. Et un promoteur nous a proposé des concerts dans de grandes villes. On est lancés.

Pourtant, je rêve de me rendre avec Jess, mon père, dans des boîtes à la lumière tamisée, des endroits menaçants où des clients portent sans doute des armes, où la clientèle est toute de couleur, mais je me sentirai bien avec ces gens qui me ressemblent. Nous boirons ensemble, nous parlerons entre hommes, baignés par une musique dont nous discuterons chaque détail technique et émotionnel, nous, le père accompagné de son fils si longtemps perdu.

Cette femme que je guette refuse de croiser mon regard. Je demande autour de moi : qui est-ce ? Mais personne ne sait ; elle est venue avec une autre femme qui se pend aux basques de Nigel et laisse donc sa copine seule. (Je ne peux jamais regarder Nigel sans penser à ce que nous faisons, sa mère et moi. Mais est-ce que je me sens coupable ? Non. Juste un peu bizarre, et je ne crois pas qu'il ait le moindre soupçon. Il a même proposé d'emménager dans l'appart avec moi, et j'ai dû inventer une excuse, dire que je ne savais pas combien de temps je voulais y rester.)

J'y vais, je me présente. Je lui demande qui elle est – tu n'as pas l'air d'une Néo-Zélandaise.

Je suis du Brésil. Et toi ?

Moi ? Tu sais pas ? Je suis le chanteur.

De quoi ?

Du groupe. Je me sens un peu piqué dans ma vanité.

Oh, dit-elle. Je voulais dire : de quel pays viens-tu ?

De Nouvelle-Zélande, bien sûr.

Ma copine m'a invitée il y a juste une heure. J'arrive d'Auckland où j'étudie à l'université. Ma dernière année. J'espère que ça ne te gêne pas ?

Sûrement pas. Parce que Giselle – c'est son nom – est vraiment la femme la plus belle et la plus exotique que j'aie jamais vue.

Nous parlons un peu, et en un rien de temps je suis complètement sous son charme alors que, d'habitude, c'est l'inverse qui se passe. C'est un des avantages de jouer dans un groupe : on n'est pas obligé de se donner trop de mal à leur courir après. L'accent de Giselle, son coup d'œil direct et aguichant, les plaisanteries bien à elle qui dansent dans son regard, tout cela me montre à quel point nos femmes sont limitées dans leur manière de s'exprimer. Et si ma position de chanteur l'impressionne, elle ne semble pas en tomber à la renverse.

En lui parlant me vient l'idée que peut-être ma mère lui ressemblait quand elle avait vingt-deux ans : même couleur de peau cuivrée, mêmes pommettes haut placées, et ces yeux verts… hou là là, est-ce que je suis en train de tomber amoureux de ma mère ? Absurde. J'adore maman, c'est tout, et il est naturel que je sois attiré par quelqu'un qui a des traits analogues.

Elle étudie l'anglais, et elle est venue en visite à Two Lakes parce que, dit-elle en souriant lentement, tout le monde le fait. Une destination recherchée par les touristes du monde entier, pas vrai ?

Je lui demande si elle a déjà vu Waiwera.

Oui. Hier. C'était fabuleux.

C'est de là que je suis. Je pourrais te montrer des choses encore plus spectaculaires si ça te dit.

Oui, pourquoi pas la prochaine fois que je viendrai ? Ça vaudrait peut-être la peine de faire le voyage exprès ? Qu'est-ce que tu en penses ? Elle me fait son grand sourire de drague. Je suis à elle.

Il faut voir Waiwera plus d'une fois pour l'apprécier à sa juste valeur.

C'est comme les gens, alors ?

Elle a tout pour elle, la beauté, le style et des choses à dire. Est-ce que tu es venue en voiture depuis Auckland ? Par le car ? Le train ? Elle est venue en train. Nous continuons à bavarder, je tombe amoureux d'elle. Le bourbon aidant.

Nous parlons de nos goûts : elle a été élevée dans la musique latino, mais elle aime le blues et cette nouvelle tendance qu'on appelle la soul. Vraiment ? Oui, beaucoup. Je passe en revue quelques noms de chanteurs célèbres, et elle les connaît – évidemment.

Tous les Brésiliens adorent la musique noire ; nous sommes un mélange de races, dont la noire.

Je vois alors quelque chose dans ses traits, son teint, et la question sort toute seule :

Tu as du Noir, en toi ?

Elle sourit et dit : Et toi ?

Euh... Ma première réaction est de nier. Je vis avec ce fantasme du père depuis trop longtemps. Mais je me retrouve à hocher la tête en signe d'assentiment, elle hoche la tête à son tour et nous voilà avec de grands sourires en miroir.

En Nouvelle-Zélande, je n'ai rencontré qu'un seul Noir, un Nigérian qui étudie dans la même université que moi. J'étais sûre qu'il y avait de l'Africain en toi, même si je me disais que c'était impossible. Tu sais que tu pourrais passer pour un Brésilien ?

Je lui raconte mon histoire. Et elle me dit la sienne : une mère moitié noire, moitié portugaise ; un père français. Comme si nous étions des cousins qui s'étaient perdus de vue depuis longtemps.

Je te montrerai la samba, la rumba. Si tu es ce que tu dis, ce sera facile. Sinon... L'expression sur son visage en dit autant qu'un haussement d'épaules.

Un morceau latino-américain, Nigel ? C'est comme commander un cocktail : il peut produire n'importe quelle sorte de musique. S'emparant de ma guitare acoustique, il lance un rythme latino. Giselle est si contente qu'elle l'embrasse – sur les lèvres. Et je suis jaloux. Nigel est devenu un bel animal, il a la beauté de sa mère. Du regard, je l'avertis – elle est pour moi, mon pote. Je suis le mec qui couche avec sa mère. Mais qui a dit que la vie était rationnelle ?

Maintenant que cette étrangère exotique m'apprend des pas de danse, je lui appartiens, je suis suspendu au bout d'un fil. Elle est comme ma mère. Il ne me faut pas longtemps pour saisir les pas qu'elle montre, et elle sait bouger d'une façon magnifique. Elle élève mon niveau de quelques crans, et toute la pièce nous encourage. Ça pourrait être les années de guerre, et moi je serais ma mère, remplie de désir, qui exprime ce qu'elle a toujours voulu.

Je n'ai encore jamais vu de femme si peu inhibée, en tout cas sur une piste de danse. Au lit, Isobel se donne complètement. Mais danser de cette façon, c'est du sexe à l'état pur. Tous ceux qui sont là s'en rendent compte ; ils frappent des mains en cadence et dansent, mus par leurs propres désirs sexuels. Nigel est perdu dans un rythme de samba sur la guitare acoustique et nous pénétrons aussitôt dans l'ambiance qu'il crée. Le temps s'arrête.

Du moins, jusqu'à ce que j'aperçoive une femme bien trop vieille pour cette compagnie.

Isobel.

Y a-t-il en moi quelque chose qui cloche vraiment pour que, après avoir été désespérément amoureux de cette femme bien plus âgée que moi et, il y a seulement quelques semaines, m'être perdu avec joie dans la nudité de son intimité, je la regarde à présent comme si c'était une inconnue importune ?

D'ailleurs, que fait-elle ici à cette heure, à notre fête, sans s'être annoncée, cette femme mariée de plus de quarante ans ?

La nuit des miroirs. La mère de Nigel me lance les mêmes regards jaloux que je lui ai adressés à lui. Giselle ressemble trop à ma mère. Et je suis une pute-née. Ce n'est pas comme si j'agissais ainsi pour me rassurer. Je ne suis qu'une pute. Comme ma mère qui couche avec Barney et croit que je ne le sais pas. Henry avait raison : il a épousé une pute. Qui a donné naissance à une autre.

Elle a prétendu que sa visite n'avait pas été programmée. Nigel et moi étions les seuls à nous soucier de sa présence, et cela pour des raisons différentes. Les miennes, il fallait que je fasse absolument tout pour qu'elles ne se voient pas. Comme elle n'arrivait pas à dormir, disait-elle, elle était partie faire un tour en voiture et avait vu la lumière dans mon appartement. Elle espérait que nous ne verrions pas d'objection à ce qu'elle s'arrête juste un petit moment, et, d'ailleurs, il y avait plusieurs semaines qu'elle n'avait pas vu Nigel.

J'ai fait les présentations. Pourquoi pas ? Isobel a bavardé aimablement avec Giselle tandis que Nigel et moi chuchotions aux autres femmes présentes de calmer un peu le jeu jusqu'à ce que sa mère soit partie.

Il n'a pas fallu plus d'une minute pour que Giselle s'avance vers moi et me dise : Merci, je crois que tu feras un bon danseur. Au revoir.

Isobel s'est approchée nonchalamment ; elle sirotait son verre avec l'air de s'y intéresser.

Une beauté absolument classique, a-t-elle dit. Une chose qui manque à notre patrimoine génétique, dans ce pays isolé : une plus grande variété de géniteurs. Elle est en partie africaine, elle aussi.

Je me demandais ce qui se passait. Isobel s'est approchée encore pour que personne d'autre que moi ne puisse l'entendre.

J'ai dit à cette jeune femme que je couchais avec toi et que je comptais bien recommencer sous peu.

Je ne me sens absolument pas flatté.

Je regardais cette femme assez âgée pour être ma mère. Je demanderais le numéro de Giselle à sa copine. Mais, quand je l'ai cherchée des yeux, l'amie de Giselle avait disparu elle aussi. Et ma vieille amante lançait des regards qui me paraissaient trop explicites.

Elle m'a dit : Ecoute, jeune homme. Notre relation marche dans les deux sens. Tu m'as dit qu'elle t'avait amené à comprendre plein de choses. Bon, tu aurais peut-être intérêt à te demander ce que je veux en retirer, moi.

Elle me faisait sentir mon âge. Quelle plaie !

CHAPITRE TRENTE-SIX

IL ARRIVE TARD dans la soirée à Falls Bath et il trouve quelqu'un dans le bassin. Il ne peut pas voir de qui il s'agit, mais on prononce son nom : Chud ? C'est toi ? Il reconnaît la voix. Dans la famille de cette fille, toutes les voix lui sont familières, après tant d'années où ces gens-là lui ont apporté du réconfort et de l'amour. A l'exception d'Henry.

Wiki ?

Ouais, c'est moi. Qu'est-ce que tu fais là si tard, Chud ?

J'sais pas. Et toi ?

J'arrivais pas à dormir. Me baigner ici me donne envie de dormir. Mon père ronfle comme toujours, on dirait un lion ou va savoir.

Ou va savoir, marmonne Chud, conscient d'être mal à l'aise parce qu'il a été surpris. On a pas de lions, ici.

Essaie de dormir chez nous quand papa a bu.

Il distingue la silhouette de Wiki, mais il n'y a pas de visage. Pourtant, cette présence féminine suffit à éveiller quelque chose en lui.

Ça lui a fait l'effet d'une tumeur cancéreuse, de se dire, quand il était ado et maintenant qu'il est adulte : *aucune femme n'a couché avec moi*. Pour signifier qu'il est toujours sans amour. La proximité de femmes suscite plus que de l'inconfort en lui.

Quand c'étaient les filles, il se sentait simplement mal à l'aise. Maintenant, il s'agit de femmes.

Que dire ? D'où viennent les mots pour leur parler ? Comment pourrais-je me sentir à l'aise près d'une femme ? Il se dit que l'apprentissage vient des parents, qu'on suit leur exemple, qu'on apprend l'art et la manière de s'entendre ou simplement d'être ensemble. Que la proximité avec une femme, c'est une conversation qui se répète cent fois, mille fois, et se noue pour former un tout. Il sait qu'il leur communique sa gêne, ce qui ajoute à son fardeau comme s'il criait du haut des montagnes son insuffisance à l'égard du sexe féminin. Putain, il ne sait même pas dire salut, tu veux bien danser, ou qu'on se donne rendez-vous, ou qu'on discute ?

L'ampoule a sauté juste après mon arrivée, dit Wiki. Elle est obligée d'élever la voix pour se faire entendre par-dessus le martèlement de la chute d'eau.

Pour Chud, c'est une aubaine : au moins, il peut parler dans l'obscurité. T'as pas peur des fantômes ?

Non, c'est pour les gosses. Et toi ?

Eh bien, ça m'arrive. Je me balade par ici et on croirait que des gens se font assassiner, quand on entend la vapeur qui veut sortir par une fente.

Je crois pas aux fantômes. Comment tu vas, Chuddy ? Ça fait un bout de temps que je t'ai pas vu. Tu pourras dire à mon frère que ça fait un bout de temps qu'on l'a pas vu chez nous, lui non plus.

Maintenant, Chud a un élément auquel se raccrocher émotionnellement ; jusqu'alors, il avait peur de perdre l'équilibre.

Je crois que tu ferais bien de lui dire. Il a pris la grosse tête, d'après moi.

Ouais. Je suis passée chez lui avec une copine, il y a deux week-ends de ça, et il m'a pas laissée entrer. Il a dit qu'il faisait la grasse matinée.

Il avait peut-être quelqu'un avec lui.

Et alors ? Je suis sa sœur. Il n'avait qu'à me le dire.

Ça lui est peut-être monté à la tête, d'être le chanteur d'un groupe qu'on connaît dans toute la ville.

Il a peut-être oublié qui était sa famille.

Et ses amis.

Quand Chud voit une femme qu'il désire, il devient muet. C'est tout juste s'il peut la regarder, interprète dans le sens du pire chaque signe venant d'elle et ne perçoit jamais le moindre encouragement, sans parler de désir réciproque. Dans sa tête, une femme est un mystère impossible. Il craint le rejet comme un coup mortel au cœur. Tel le garçon innocent sans cesse puni.

Quand même, mon frangin c'est quelqu'un de sympa. La voix de Wiki provient d'un endroit qui n'est pas le noir absolu : Chud peut discerner sa tête et le contour de ses épaules, un peu de clair de lune, là-haut, quelques étoiles… Et c'est ton meilleur ami.

Plus maintenant.

Il ne voit pas de bretelle indiquant qu'elle porte quoi que ce soit. Les mots *femme nue* jaillissent dans sa tête comme une odeur de nourriture dans le nez d'un chien. Mais l'être humain en lui le retient en lui disant : c'est pratiquement ta propre sœur.

Il ravale – ou plus exactement, il engloutit – son envie pécheresse.

Vous vous êtes disputés ? Ça arrive, entre amis. Il y aura une réconciliation. Vous deux, je vous ai toujours vus comme une seule personne. Tu le savais ?

Ouais. *Femme nue.*

Tu viens dans l'eau ?

Va-t-il y aller ? Avec une jeune femme nue, même s'il la connaît comme sa sœur ? De nouveau cette envie, mais encore plus forte, et les paroles d'avertissement semblent noyées par ce bruit perpétuel d'eau tombant sur de l'eau et qui l'oblige, elle, la femme nue, à élever la voix. *T'as jamais couché avec une femme. Jamais su comment ça fait de toucher une femme de façon intime... sa peau, sa bouche, son sexe.*

J'allais le faire.

Il n'ajoute pas qu'à présent il ne peut pas entrer dans le bassin. *T'as jamais couché avec une femme.* Pas moi. Toi. Comme quand il fait tapisserie au bal, assis là, bouillant de rage, se sentant de trop. Furieux.

Mais quand il voit un homme, Chud a les idées claires et il calcule comment le combattre. Il sait lire tous les signaux, conscients ou cachés, comme si le mec était un des livres que prête à Yank Mme Mac la postière. L'*amie* de Yank. Qui a appris plein de choses à Yank, mais n'a jamais été proche de lui, Chud.

Si les autres hommes étaient des livres, Chud serait la personne la plus savante du coin. Il peut lire la lâcheté à une distance de cinquante pas et sentir la peur à vingt. Il peut regarder un homme dans les yeux et mesurer avec précision le courage et les doutes qu'il porte en lui. Il sait en quelques secondes si un individu est droitier ou gaucher. Il sait d'où viendront les coups les plus forts et pour le contrer il a préparé des coups écrits comme des mots sur une page.

Et comment un homme de vingt et un ans peut-il admettre qu'il est encore puceau alors que pour d'autres hommes c'est le top boss des taulards, un être redoutable aux poings d'acier ? Il devrait s'ensuivre que, dès qu'il serait hors de prison, sans ces barreaux de fer partout où il porte ses regards, les femmes seraient attirées par lui, par sa puissance physique, son effrayante réputation. Mais ce n'est pas le cas.

Il ne peut ni pleurer, ni montrer son chagrin. Il est simplement tout seul, dans un lieu isolé, ce gamin que Lena Takahe appelait Boyboy.

Allez, saute dedans. On peut pas voir qu'on est tout nus, il fait trop sombre. De toute façon, t'es comme mon frère.

La vie n'a jamais arrêté de lui faire mal. *Mal.* Mais il ne peut le dire à personne. Il se serait bien confié à Yank qui, avant, était un frère, mais Yank l'a rejeté, même si ça pouvait se comprendre.

Viens, tu dois geler, dehors.

J'ai pas envie.

Bon, je vais sortir, et tu veux pas me voir sans vêtements.

Non. Alors qu'il voudrait bien. Non, il ne veut pas. Si, il veut.

Je parie que ton vieux ronfle comme un cochon, dit-elle.

C'en est un, de cochon.

Tu l'as dit.

Tu sais bien.

Comment est-ce qu'on appelle ta vieille ?

Tu peux commencer par salope.

Ma mère est une sainte.

Y a des gens qui disent pas ça.

On s'en fout, de ce qu'ils disent. C'est la meilleure des mères, et elle a été pas mal avec toi aussi, Chuddy. Tu voulais parler du nom qu'ils lui donnent ?

Il y en a qui l'appellent comme ça. Pas moi. Elle a été bien avec moi.

Ma mère était une très belle femme et elle l'est toujours.

Comme toi.

Merci, Chud.

A part la chute d'eau, c'est le silence.

T'as quel âge maintenant, Wik' ?

Dix-sept ans.

Ça fait d'elle une femme. Un an de plus que l'âge légal. T'as jamais couché avec une fille, t'es là-bas debout dans un coin comme le cancre de la classe, le garçon dont on veut pas, qu'on aime pas. *C'est ta chance. T'en auras jamais d'autre comme celle-là, jamais.*

L'amour n'est qu'à quelques pas dans l'eau, déshabillé. Pas plus loin que ça.

Pas plus loin que ça, Chud : tu peux tendre le bras et la toucher. Faire ce que tu veux avec elle. D'elle. Ce que tu veux, toi le grand et puissant mec que ton propre village n'a jamais compris, toi avec ta colère et ce que tes parents merdiques t'ont fait.

Eh bien, maintenant, Boyboy, tu peux vivre une de ces expériences. Saisis-la, étends-la sur le ciment chauffé par l'eau thermale et *prends* ce qu'on t'a refusé.

Il entend le frottement de la serviette contre le corps de Wiki à peine visible, juste quelques mouvements d'une forme vague, et puis le martèlement incessant de l'eau.

Ils ont arrêté de parler. La cascade devient assourdissante dans la zone où l'on se change : elle résonne contre un mur en fer surmonté d'un auvent. Ce qui signifie qu'aucun geste de Chud, si doux soit-il, ne pourra être éclairci par des paroles affectueuses ; même une main sur l'épaule de Wiki ne pourrait pas être suivie par une invitation à peut-être se connaître autrement. L'obscurité libère Chud de sa poltronnerie devant les femmes, mais le bruit le coince : aucun geste ne peut être innocent s'il n'est pas accompagné de paroles.

Chud se lève, quittant le long banc de bois sans intention bien claire. Il est tout instinct, à présent. Il se sent trembler ; peut-être est-il conscient d'avoir peur – pour lui-même, à cause de ce qu'il pourrait faire, de ce dont il est capable –, et il entreprend de passer devant elle.

Wiki ? Il faut que je passe, dit-il d'une voix aiguë. Car il y a peu de place entre elle et le bassin.

Quoi ? dit-elle. Quel boucan, ici. Il devrait y avoir un endroit où mettre des ampoules en réserve, pour qu'au moins on puisse y voir. Imagine que je me trouve là avec un taré.

Il s'arrête en entendant ce mot. Est-ce qu'elle m'a traité de taré ? Ou bien c'est l'écho ? Il est assez près pour l'embrasser, pour caresser ces seins de femme si pleins, pour la baiser. Assez près pour ça.

Bizarrement, il distingue le sourire de Wiki dans cette obscurité à peine entrecoupée d'un peu de clair de lune. Bizarrement, il perçoit les paroles qu'elle n'a pas criées et qui lui disent que s'il s'approche encore, bon…

Bon.

Bon, quoi ? T'es habillée, Wik' ?

Pas encore, non. Pourquoi tu demandes ?

J'sais pas. Comme ça.

Et je t'ai dit non. Pas encore.

Assez près pour ça, pense-t-il. Je pourrais faire tout ce que je veux.

Tu dois avoir froid, Chud, après être resté assis tout ce temps. Pourquoi t'es pas venu dans l'eau ?

Chuck se demande comment il arrive à comprendre les paroles de Wiki qui, jusqu'alors, étaient embrouillées ou avalées par le tonnerre de l'eau.

J'ai pas porté de serviette.

Ah, et pourquoi t'es venu ici, dans un bassin où on se baigne, sans serviette ? Hein, Chuddy ?

Il se pose la question : pourquoi suis-je descendu ici ? Je suppose que c'est pour la même raison que j'erre partout, pas seulement dans le village, mais dans toute l'agglomération et dans les rues de banlieue, que je marche encore et toujours, sans jamais trouver de but parce que je ne m'avoue jamais ce que je cherche.

Il déclare d'une voix plus que normale : J'étais sorti marcher.

Elle dit : Ah bon ? Juste marcher, c'est chiant.

Ouais, mais comme je sais pas voler. Il se fend d'un grand sourire, sachant bien qu'elle ne peut pas le voir. Et il n'a pas avancé pour passer devant elle, non, pas d'un centimètre. Elle ne s'est pas non plus reculée pour lui céder le passage. Elle est si proche qu'il lui suffirait de lever un doigt pour toucher sa peau nue. Une peau qu'il sent comme un danger, comme l'amour, enfin, dans sa proximité la plus immédiate.

Chud ?

Ouais ?

C'est quoi, ton vrai prénom ?

Et celui de ton frère ?

Tu sais bien que c'est Mark. Maintenant, dis-le-moi.

Le souffle de ses paroles touche le visage de Chud. Le martèlement de l'eau. Le battement de son cœur. S'il te plaît – telle est la prière qu'il s'adresse à lui-même, à ce qui est peut-être la meilleure partie de son être –, ne me laisse pas faire du mal.

C'est un nom stupide. Je veux pas te le dire.

La version pakéha de mon nom, c'est Victoria. Tu sais qui c'était ?

Nan.

C'était une reine d'Angleterre. Tu vois, celle qui a sa statue au parc Marsden. Toute couverte de merdes d'oiseaux. Wiki glousse. Mon père dit que peu importe ce que tu fais, tu as beau être important, un jour on te chie dessus.

Elle rit, et c'est un souffle d'air que Chud sent sur son cou.

Et puis, debout, la tête sous le menton de Chud, elle lance : Dis donc, comme t'es devenu grand ! Il lui suffirait de baisser la tête et il se retrouverait en train de l'embrasser. Il lui suffirait de tendre le bras et il la caresserait.

Allez. Dis-moi le prénom qu'on t'a donné.

Michael.

C'est joli. Ça fait classe.

Ça fait dégueulasse, oui. Un nom de tapette. Et puis ça colle pas.

Avec quoi ? Cet endroit ?

Avec chez moi. Cette saloperie de maison.

Hou ! Ça te travaille vraiment, pas vrai ?

Ça te ferait pas pareil ?

Si. Des parents comme t'as eu, c'est un cauchemar. Mais quand même.

Quand même quoi ? C'est toujours un cauchemar.

Qui se transforme en beau rêve, Chud. Quelquefois. Si tu le veux vraiment.

Ah ouais ? Mais il le dit sans conviction. En fait, avec de la supplication dans la voix, pour se rassurer. Comme un gamin effrayé qui demanderait à un copain de siffler dans le noir qui les entoure tous les deux.

Ouais, répond-elle. Et quand elle le touche, c'est comme avec une baguette magique ; elle ne lui touche que le poignet, mais ça illumine le monde, l'univers tout entier.

Il tend le bras – il n'a pratiquement pas à bouger – et trouve de la peau nue, chaude, vivante, aussi douce qu'un beau rêve, comme quand on flotte sur le dos dans ce bassin d'eau chaude, là.

Wiki ?

Ouais ?

Wiki.

Wiki, oui, le fait taire, lève le bras et l'attire à elle. Réunit leurs bouches. Réunit les bouts brisés de la vie de Chud. Répare son cœur. Sauve son âme.

Terminé, le refrain dans son esprit blessé répétant qu'il n'est jamais allé avec une femme. Terminé.

CHAPITRE TRENTE-SEPT

LA GUÉRISON DE BARNEY ne fut pas tout à fait aussi miraculeuse qu'on l'avait d'abord cru. Lena le disait en voie de récupération, ce qui semblait irriter Barney – peut-être y voyait-il une connotation de faiblesse.

Le banc sur lequel ils s'asseyaient était bordé à sa droite par un grand bassin d'eau extrêmement chaude qui avait creusé son propre canal sur plus de quatre-vingts mètres et serpentait jusqu'à la rivière, formant une tranchée profonde, d'un mètre de large, dont le courant bouillait furieusement. Le soufre qui sortait de terre un peu plus haut répandait une puanteur permanente. Ce n'était pas un lieu pour touristes. Et pourtant, comme le remarquait Lena, une forme de vie – des algues vertes – s'épanouissait par endroits, juste au bord des mares, là où l'eau peu profonde n'atteignait pas tout à fait le degré d'ébullition. Elle voyait ces algues comme les espoirs qui survivent à toutes les déceptions de la vie. Comme des rêves qui ont encore une chance de se réaliser.

Etre capable de mener une conversation complète fut en effet un miracle. Dans un premier temps. Et, du coup, leur façon de faire l'amour prit une dimension plus verbale, car Barney pouvait s'exprimer par des mots, amener leur rencontre au-delà de la relation physique, articuler ce qui n'était que supposé. Dire à Lena qu'il l'aimait et combien il admirait sa force.

Dans ce domaine privé gardé par des arbres, c'était maintenant lui qui parlait le plus. Elle le taquinait en disant qu'on ne pouvait plus le faire taire. Ils en riaient. Il se remettait à parler rugby (les matchs dans lesquels il avait joué et dont il se souvenait), ce qui devenait un peu lassant, mais Lena écoutait patiemment. Pour ne pas froisser l'ego de Barney, pour satisfaire aussi sa fierté de sportif et par respect pour un vieux soldat. Du moins le croyait-elle.

Tu m'écoutes ? Barney arracha brusquement Lena à ses pensées, au regard vide avec lequel elle contemplait le cours d'eau furieux et un coin d'algues émeraude.

Désolée. J'ai oublié où j'étais. Tu sais comment c'est. Et maintenant, toi aussi tu peux me dire comment c'est, pas vrai ? Elle savait qu'elle était un peu condescendante, mais le rugby l'ennuyait et la guerre, eh bien, la vision qu'elle en avait serait toujours affectée par ce qu'elle avait vécu à cette époque : la naissance de Yank ; la femme que Jess avait réussi, à force de douceur, à faire sortir d'elle et qu'elle n'avait jamais pu retrouver.

Barney se remit à décrire une grande finale dans laquelle il avait joué l'année où la guerre mondiale avait éclaté. Sa voix retrouvée lui avait rendu son allure et, c'était évident, avait réinjecté de la vie dans ses traits déjà beaux. Sauf que la voix n'est qu'un écho de ce qui se passe à l'intérieur, estimait Lena. Elle reflète le caractère de la personne.

Plusieurs jours auparavant, il avait parlé pendant deux bonnes heures de ses expériences de guerre. Par bonheur, il avait perdu le fil et s'était mis à chercher ses mots. Elle lui avait dit de laisser reposer – autrement dit, de la laisser respirer. Elle souhaitait qu'il s'arrête tout simplement de parler, qu'il essaie la méditation ou qu'il lui fasse l'amour – n'importe quoi mais pas ce bavardage.

Barney saisit l'allusion et s'en alla tandis que Lena, se mettant à flâner sans but, se retrouva devant la boîte à lettres de Merita où s'entassaient trois journaux. Très bizarre.

Mais, contrairement à ce que Lena avait imaginé, Merita n'était pas souffrante. Simplement, les gamins n'avaient plus l'habitude de lui porter chaque jour son courrier et le journal. Elle grommela : Cette nouvelle génération de jeunes n'a pas beaucoup de respect pour les anciens. Autrefois, nos paroles, c'étaient des ordres. Elle parut contente de voir Lena et de recevoir ses journaux.

L'odeur d'urine était forte. La brave vieille, pourtant, tenait impeccablement sa maison, y compris le sol en terre. Lena ne lui rendait qu'une ou deux visites par an ; elle savait que son fils et Merita entretenaient une relation particulière. Lena aimait bien ôter ses chaussures et éprouver sous ses pieds la sensation de chaleur thermale et de légère humidité plutôt incongrue dans un logement en dur.

Il faisait trop froid pour s'asseoir dehors. Merita prépara du thé et demanda comment allait Yank. Elle ajouta que c'était vraiment un brave garçon – et je sais qui en est responsable. Puis elle jeta un regard curieux à Lena.

Tu me fais penser à elle. Margaret. On l'appelait Maggie.

Maggie le guide ?

Ouais. C'est à elle que tu me fais penser.

Mais Maggie était une légende. Pour Lena, il ne pouvait pas y avoir de comparaison. La photo de Maggie se trouvait dans la maison de la plupart des anciens, y compris dans celle de Merita : un portrait standard de ce célèbre guide de Waiwera debout devant la maison communale superbement sculptée, aux côtés de sa sœur Bella, tout aussi belle. Je crois que tu compares une rose à une marguerite – tu veux me taquiner, c'est ça ?

La marguerite qui aurait pu être une rose ? Qui pourrait encore le devenir ?

La vieille femme plissa fortement les yeux en regardant Lena, et elle contracta la bouche, ce qui comprima les rides du tatouage en forme de spirale sur son menton et réduisit à de minces traits sombres ses lèvres colorées à l'encre.

Peut-être. Mais les enfants sont passés en premier.

Comme il se doit… mais pas à chaque moment de ta vie, ma fille.

Il n'y avait personne d'autre pour s'en occuper. Et ils s'en sont plutôt bien sortis, pas vrai ?

Oh oui. Surtout lui. Merita n'avait même pas besoin de dire son nom. Mais toi ? Qu'est-ce que tu es devenue, toi ?

Comment ça ?

Eh bien, tu n'es pas heureuse.

Non. Pas triste non plus.

S'il y a quelqu'un qui mérite d'être heureux, c'est bien toi.

La seule fois où j'ai essayé, regarde ce qui m'est arrivé.

Je crois que tu es en train d'essayer de nouveau. Pas vrai ?

Elle était donc au courant. Lena haussa les épaules. Elle n'allait pas se donner la peine de nier. Les yeux de Merita disaient non, Barney n'est pas ton genre.

Va là-bas et regarde dans la glace, ma fille, dit Merita en tendant le doigt.

Mais Lena n'avait pas envie d'une confirmation idiote et ne souhaitait pas davantage faire ce plaisir à Merita, tout personnage vénéré qu'elle soit.

Maggie, c'était notre femme la plus belle. Métisse. Si nous fermions les yeux quand elle parlait anglais, nous aurions pu jurer que c'était une Pakéha de la haute société. Son maori était tout aussi beau ; elle le parlait sous sa forme classique, poétique, pleine de métaphores. Tu sais ce que sont les métaphores, ma fille ?

Maintenant je le sais. Mon fils m'a passé un peu de ce qu'il a appris en classe. Comme tu sais, on n'essayait pas de nous apprendre grand-chose, à l'école locale indigène. On estimait que nous étions tous bêtes.

Oui, bêtes, et on supposait que les filles n'avaient pas de personnalité. C'est pourquoi je me suis mariée avec un homme ennuyeux – pour pouvoir briller ! Le rire de Merita résonna comme un caquètement.

Quant à Maggie, elle avait épousé un aristocrate anglais. Pendant quelque temps, elle était partie vivre dans un grand domaine en Angleterre. Parfois les journaux publiaient des articles sur cette belle Maorie qui s'était si bien adaptée à la vie de la haute société anglaise. Lena s'approcha alors du portrait accroché au mur de Merita. Elle le regarda.

C'est toi, lui dit la vieille dame.

Lena se retourna, mais pas pour le nier. Elle était fascinée de voir qu'à cette époque lointaine une habitante de ce village avait été capable d'aller si loin au-delà de son univers.

Sauf que tu es toujours ici, ma chère.

Avec un mari qui est une version très rustique de l'aristocrate anglais de Maggie, ajouta Lena. Un mari doté de beaucoup de *mana*, très respecté par ici et même ailleurs.

Mais son *mana* ne t'a pas empêchée de – d'être toi-même. Est-ce que je me trompe ?

Tu parles de mon Américain ? Etre moi-même ? Avec lui, je pense que je l'étais. Je ne suis pas sûre de ce que j'étais, à l'époque.

Rien d'autre que ce que tu es encore aujourd'hui, ma chère. J'ai des yeux, toute vieille que je suis. Et maintenant, fais ce que je t'ai demandé : va te regarder dans ce miroir. Je t'en prie. Pour ta vieille tatie M.

Et donc elle se regarde dans le miroir. Merita, qui était déjà de très petite taille et a encore rapetissé, arrive en traînant les pieds et brandit près du visage de Lena la photo décrochée du mur.

Tu vois ce que je veux dire ?

Lena a du mal avec cette comparaison.

Mêmes cheveux. Mêmes traits fiers. J'ai dit à ton fils que ce genre de traits signait une ascendance noble, mais c'était juste pour qu'il ait une meilleure opinion de lui-même. Regarde les yeux de Maggie. Est-ce que ce ne sont pas les tiens, avec leur forme en amande et leur rêve d'ailleurs ? Ce grand désir d'être autre chose que le produit de l'endroit où elle est née et où elle est censée rester ?

Il y a une ressemblance, on ne peut le nier. Le regard de Lena va et vient entre la photo en noir et blanc et le reflet.

Tu ne vas quand même pas me dire que c'est ma vraie mère, plaisante Lena.

Non, mais tu pourrais être sa fille. Lena, ce village peut encore être ton chez-toi sans que tu y habites. J'ai toujours dit à mes enfants de ne pas rester à Waiwera, même si c'est un endroit unique et agréable. Et je l'ai vu en toi quand tu avais seize, dix-sept ans, peut-être moins.

Tu as vu quoi ?

La faim. Le désir. Que tu étais née avec un esprit, une personnalité qui ne pourra jamais être satisfaite avant que tu aies tenté plusieurs choses, que tu aies vu par toi-même. Née sous une étoile qui maintient l'agitation en toi. Il faut que tu partes à sa recherche.

Je croyais avoir essayé, il y a longtemps. Elle se détourne du miroir. Et si je ne trouve jamais ce que je cherche ? Et si tout ça n'a aucun sens en fin de compte ? Qu'est-ce qui me restera, alors ?

Ce n'est pas à moi de répondre à ces questions, ma chère. C'est à toi. Mais il n'y a pas de réponses ici, dans ce village, Lena. Et puis tu auras toujours tes enfants. Maintenant, où as-tu mis mes journaux ?

CHAPITRE TRENTE-HUIT

À LA RÉCEPTION, l'homme demanda à réserver quatre chambres doubles ; il était de la région, mais ses invités étaient des amis étrangers, des hommes d'affaires. Bien qu'habillé de manière décontractée, il portait des vêtements qui paraissaient chers. Il paya d'avance avec un chèque de société et déclara qu'il attendait avec impatience le moment où ses invités visiteraient les sites de Waiwera.

Lena lui répondit qu'elle servait de guide remplaçant et qu'elle ne se lassait pas de conduire les visiteurs dans son village où elle découvrait toujours, elle aussi, quelque chose de neuf.

Le chèque portait le nom Welsford Enterprises, Ltd, et l'homme se présenta comme Ralph, directeur général. Savait-elle qu'après tous ses voyages à l'étranger il continuait à estimer que les paysages thermaux de Waiwera étaient les plus beaux qu'il eût vus ?

Henry survint juste à ce moment-là. En passant, il salua d'un hochement de tête de routine – il voulait que son rôle de directeur soit pris au sérieux même par sa femme. Il ne s'attardait jamais ; il était même très étonnant qu'il emploie Lena ici, dans son domaine.

Ce matin-là, Henry s'était réveillé de bonne heure et il avait eu un rapport sexuel avec elle avant d'aller prendre un bain. Deux semaines auparavant, il l'avait giflée de manière répétée à propos d'un incident si insignifiant qu'elle n'arrivait plus à s'en souvenir. Et donc, la bête avait eu beau se radoucir au fil des ans, elle n'avait pas perdu ses griffes.

Ralph déclara que ses invités venaient des Etats-Unis, et un sourire ironique avait dû apparaître sur le visage de Lena, car il en demanda la raison : avait-il dit quelque chose qu'il ne fallait pas, ou n'aimait-elle pas les Américains ?

Elle leva les yeux vers lui, essayant de juger d'instinct si elle pouvait lui faire confiance. Elle se surprit à glousser.

Oh, j'aime les Américains, pas de problème. Certains diraient même que je les aime trop. En tout cas, que ça m'est arrivé.

Il essaya de déchiffrer l'expression de Lena tandis qu'un sourire se dessinait sur son propre visage. Il avait tellement l'air de connaître le monde. Agé de quelques années de plus qu'elle.

Je ne vois pas très bien ce que vous voulez dire, déclara-t-il. Et, d'ailleurs, je ne connais pas votre nom. Vous êtes madame… ? en jetant un coup d'œil à l'alliance de Lena qui, depuis longtemps pour elle, ne signait qu'une mascarade.

Lena Takahe. Mon mari vient juste de passer. C'est le directeur.

Ralph Welsford fit une grimace. Henry Takahe, c'est ça ? J'en ai entendu parler. Un homme bien. Désolé, votre commentaire sur les Américains a dû m'embrouiller les idées, parce que je pensais –

Lena l'arrêta en levant un doigt. Je parlais d'un seul Américain. Pendant la guerre.

Elle se demanda pourquoi elle avait dit une chose pareille à un parfait inconnu. Il avait l'air distingué, mais il n'était pas beau. Grisonnant, sans doute prématurément. Très sûr de lui, ce qui lui donnait une certaine présence. La sorte d'homme qui pouvait, sans ciller, posséder plusieurs hôtels comme celui-ci et encore d'autres commerces. Elle ne connaissait personne d'aussi riche.

Et vous le regrettez ? La question arriva tout en douceur, comme si elle n'était destinée qu'aux oreilles de Lena.

Elle fit non de la tête et eut un petit sourire ferme sans détourner le regard. Non.

Ralph haussa les épaules et dit : C'est très intéressant. Tous ceux qui ont nos âges se souviennent de leur présence ici, pendant la guerre. Je n'ai pas pu faire mon service militaire parce que j'avais –

Les pieds plats ? Tous les hommes disent cela. Surtout par ici, parce que les Maoris ont honte s'ils n'ont pas combattu pendant la guerre. Y a-t-il autant de pieds plats que ça ?

Vous ne m'avez pas laissé finir. J'avais deux enfants et, bien sûr, une femme.

Lena répondit qu'elle avait seulement voulu plaisanter. Elle ajouta qu'elle était enceinte quand Henry s'était porté volontaire et qu'il n'en avait rien dit aux autorités chargées du recrutement. Elle ne mentionna pas l'enfant qu'elle avait eu avec l'Américain. Pas encore, il ne fallait pas aller trop loin. Ça pouvait le rebuter.

Ralph s'attarda alors même que Lena s'occupait d'un autre client de l'hôtel. Quand ils reprirent leur conversation, il dit que s'il aimait tellement Waiwera, c'était à cause d'un camarade d'école, quelqu'un dont Lena avait déjà entendu le nom.

Lorsqu'ils étaient au lycée, Ralph et son copain de Waiwera avaient souvent écumé le village dont ils connaissaient le moindre recoin et tous les endroits où le sol bouillait. Mais il m'empêchait d'aller à la rivière. C'est peut-être de là que m'est venue ma soif d'argent, de voir toute votre bande gagner si facilement son argent de poche auprès des touristes. Mes parents n'aimaient pas que j'aie pour ami quelqu'un d'une autre race, et ils ont voulu m'envoyer dans une école privée. C'étaient des gens de la vieille école, nés avec un peu d'argent et un gros paquet de snobisme bien bête – snobisme de classe et de race. Ce copain, au fait, gère ma succursale de Wellington, maintenant. Et j'ai dit à mes parents, pour mettre les points sur les *i* : On doit traiter les gens sans préjugés, comme on les trouve.

Lena de se dire alors : Et tu me trouves, monsieur, de plus en plus intéressée.

Estimant que le trajet que suivait Henry pour exercer sa surveillance directoriale allait le ramener par là, elle répondit qu'elle ferait bien de se remettre au travail.

Mais Ralph ne bougeait pas. Il ne la lâchait pas des yeux tout en faisant comme s'il regardait ailleurs.

Il lança soudain : Je vais passer pour un idiot si j'ai mal interprété la situation, mais accepteriez-vous de me revoir dans un cadre un peu plus intime ?

La Lena qui répondit ne fut plus celle des vingt dernières années. Cette Lena, prise de frayeur mais aussi d'excitation, laissa sortir l'autre Lena qui, en commençant à trier des papiers, déclara : Je ne crois pas que vous ayez mal interprété les choses. Sans le moindre tremblement dans la voix.

Levant les yeux vers lui, elle ajouta d'un ton normal : Merci monsieur Welsford. Ces chambres sont réservées et voici votre reçu. Quand elle le lui tendit, elle demanda où pourrait se trouver ce cadre plus intime. En laissant cependant son regard parler pour elle.

Mais elle avait à présent le cœur qui cognait. Cognait. Entre autres parce qu'Henry se dirigeait vers eux.

Ralph tendit une carte de visite. Appelez le numéro personnel après dix-huit heures, n'importe quel soir.

Et votre femme ?

Partie depuis longtemps.

A bientôt, monsieur. Bonne soirée.

Ralph était déjà sur le seuil de la porte quand Henry parvint silencieusement au comptoir d'accueil. Bavard, ce bonhomme, pas vrai ?

Oui, dit Lena. Il en vient des comme ça. Un proche de Tip Taiaroa.

Oh, ça doit être Ralph j'sais plus comment –

Welsford, dit Lena. Tout en songeant : Tu étais en moi ce matin et pourtant tu ne me regardes pratiquement pas. Tu ne proposes même pas un petit contact intime qui dirait que nous sommes mari et femme. Tu me frappes. Tu me baises. C'est la même chose pour toi.

J'ai entendu dire que Tip se débrouille très bien, que c'est devenu un des gérants de ce Welsford. Bravo à lui. Je voudrais qu'on ait davantage de Maoris à des postes de direction. Il repartit sans penser à l'état de sa femme, sans savoir qu'elle souhaitait le voir se retourner et, pour une fois, l'entendre dire qu'il l'aimait. Et pourtant elle voulait qu'il sorte totalement de sa vie pour qu'elle puisse être à nouveau quelqu'un d'autre.

Des signaux électriques et des lumières s'allumaient dans sa tête tandis qu'elle suivait son mari des yeux. Et un picotement sexuel extrêmement fort – le genre de sensation qu'elle ne connaissait plus depuis… à quoi bon compter ? – était de retour.

Il se peut que ce soit son excitation qui la pousse à apprécier plus que d'habitude les étoiles là-haut pendant qu'elle marche, qu'elle se rend à une adresse qui lui fait traverser deux villages de banlieue. A moins qu'elle ne se soit emparée des étoiles pour se distraire. Ses ancêtres maoris utilisaient ces points lumineux pour se guider quand, naviguant à la voile, ils traversaient le vaste océan Pacifique sur leurs pirogues ouvertes. La nuit, dans un noir d'encre et des tempêtes mugissantes, ils ne savaient pas où ils étaient, mais, sur le dos de cette gigantesque force qui les soulevait, ils devaient avoir la sensation de traverser l'univers même. Leur esprit reflétait certainement leur isolement et leur perspective limitée, se disait Lena, et pourtant c'était sans doute ce même esprit qui leur avait donné l'immense courage de quitter les îles dont ils étaient originaires et, les yeux fixés sur ces guides célestes, de chercher d'autres terres, meilleures.

Mais comment savaient-ils que, dans le vide de l'océan Pacifique, ils trouveraient une terre ? Qui prenait l'incroyable décision de se lancer sur des bateaux ? Et, assurément, certains d'entre eux n'ont pas rencontré de terres et ont continué à naviguer jusqu'aux eaux glaciales de l'Antarctique. Combien sont-ils à avoir péri ? De quelle île les premiers voyageurs sont-ils partis ? Dans quel état d'esprit altéré ont-ils débarqué sur ces rivages vierges ? Pourquoi ont-ils adopté la guerre comme la marque particulière de leur culture, ce qui les a privés de progrès ? Un grand leader avait bien dû percevoir ce problème : pourquoi n'a-t-il pas pu imposer de changement ?

Elle songe à sa propre navigation dans des eaux inconnues. Ou au courage qu'il lui faudrait pour tourner le dos à cette île minuscule qui lui sert de foyer. A son mari qui, en réalité, n'en a jamais été un. A ce que les gens pensent d'elle.

Comme on est samedi, Henry a son travail tout tracé pour lui – il va faire tourner l'hôtel. Wiki a l'âge légal de se marier, et il se peut qu'il y ait quelque chose entre elle et Chud. Voilà qui va en ébahir plus d'un, de voir ma fille avec un garçon qu'on pense voué à une vie de délinquant. Henry ne sera pas d'accord, il a toujours voulu ce qu'il y avait de mieux pour ses filles, mais moi j'ai toujours estimé que Chud avait beaucoup de potentiel. Quant à Mata, elle vit à Auckland avec un homme des plus ordinaires, bien qu'elle écrive pour dire que c'est un mari et un père merveilleux. Manu a treize ans, à présent, et il tient plutôt de son père. Il reste tard dehors avec ses copains, il est paresseux et déjà, à son âge, trop gros à cause des aliments gras que lui donne Henry. De l'agneau rôti au petit-déjeuner, entre autres. Je n'ai jamais eu mon mot à dire sur ce que mangeaient mes enfants, sauf pour Yank. Et maintenant, regardez-le : grand, mince et beau – ce garçon que je disais spécial parce que je redoutais qu'il ait des problèmes par manque de père –, oui, regardez-le maintenant.

Pour ce qui est de Barney, il boit avec ses vieux camarades de guerre et leur rebat les oreilles de ses histoires depuis que la parole lui est revenue. Maintenant, tout ce qu'il dit ennuie Lena. Bon sang, elle veut un homme capable de parler de tout ce qui existe sous le soleil. Quelqu'un avec qui elle puisse exprimer qui elle est vraiment, à qui elle puisse poser des questions sur la marche du vaste monde. Quelqu'un avec qui elle puisse discuter de ses émotions profondes, de ses rêves et de ses peurs réelles ou irrationnelles. La vie pour laquelle tu étais née, Lena, avant de devenir Mme Takahe.

Des lumières dans presque toutes ces maisons – habitées, elle le sait bien, par des Blancs. Ils vivent dans un autre monde que celui des Maoris, même si la classe ouvrière dans les deux cas est au même niveau : en général, ce sont des locataires. Les

Pakéhas comprennent l'argent, vivent dedans, le respirent – selon Mme Mac qui, en amicale informatrice de l'autre bord, l'a expliqué à Lena. Et voilà que je suis en chemin pour rencontrer un autre homme.

Maintenant survient la culpabilité, pas pour ce qui est sur le point de se passer, ni à l'égard d'Henry. Mais de Barney. Je l'ai utilisé. Je lui ai prêté une voix qu'il ne possédait pas réellement, je me suis laissée aller à croire que c'était lui, et cette illusion m'a attirée. N'ai-je pas construit un autre Barney dans ma propre imagination en lui attribuant une personnalité plus vivante ? Même le rire était davantage le mien que le sien, puisque si je riais il riait aussi.

Et qu'aime-t-il en moi, sinon ma beauté sur laquelle il s'extasie comme si tous les autres traits que je peux posséder ne comptaient pas ? Pourtant il me faisait l'amour au lieu de simplement épancher son désir, et c'est un brave homme.

Mais Lena veut plus qu'un brave homme. Elle veut un homme plus complet.

Elle en vient à se demander dans quel genre de maison habite Ralph, de quelle façon il vit et quelles sont les règles de la société des riches. Elle a peur qu'il ne la trouve pas assez raffinée, mais elle se dit : Sois fière de qui tu es, de ce que tu es. Il doit avoir perçu quelque chose en moi. Souviens-toi, on t'a comparée à une beauté légendaire. Il n'a encore rien vu.

Elle passe devant des maisons où on fait la fête, mais on la fait de façon beaucoup moins bruyante que dans les soirées exubérantes et souvent explosives qui ont lieu dans son village et qui, trop souvent, se terminent en bagarres. Ce n'est pas pareil chez les gens d'ici : ils gardent la maîtrise des choses. Comme de leur vie bien ordonnée.

Soudain, oh, regarde, une étoile filante : fais un vœu pour Yank, pour sa musique, son père. La star musicale qu'un jour Yank pourrait devenir. J'espère que Yank décidera d'aller en Amérique. Je crois qu'ils s'entendront bien.

Elle arrive au panneau indiquant la rue où habite Ralph. Son esprit se vide aussitôt, et pourtant, d'une autre manière, son intention et ses buts sont aussi clairs que ces étoiles dans le ciel. Elle rougit. Une femme qu'elle ne connaissait plus depuis longtemps sourit à ces étoiles en se demandant vers quoi elles la guident. Ou si même la direction compte.

CHAPITRE TRENTE-NEUF

J'AI PLUS D'UN QUART DE NOIR EN MOI. Certes, on est surtout le produit de son éducation. Mais on ne peut pas non plus nier les gènes. Grâce aux treize photos que je possède désormais, je connais son visage comme le mien ; et si on nous examine de très près, nous nous ressemblons vraiment. Il a la peau plus sombre et les cheveux crépus tandis que les miens sont bouclés et épais.

Je suis une version diluée de Jess Hines, résident noir de Whitecave, Mississippi, Etats-Unis d'Amérique. Je n'ai pas hérité de la plupart des traits physiques de ma mère.

Quand je joue de la musique, je me jette dedans, mais je le fais moins pour le public que pour rendre hommage à la musique. Et ça incite le public à nous aimer encore plus. Il arrive souvent que je ne m'aperçoive pas de l'admiration de la salle tellement je me laisse absorber par ce que je joue. Nigel, mon âme sœur en musique, est parvenu avant moi à ce stade.

Je commence à me dire que ma carrière musicale pourrait plus facilement occuper tout mon temps si j'habitais en Amérique. Et ça tourne assez vite à l'obsession : je me dis que si je ne pars pas, si je ne vais pas faire la connaissance de mon père, je passerai le restant de ma vie à le regretter. De toute façon, j'éprouve le besoin émotionnel de le voir, de rencontrer mon père en chair et en os. Tout le monde a besoin d'un père, et Henry a refusé de m'en donner ne serait-ce qu'un avant-goût. Ce n'est pas comme si j'allais retrouver un père qui croupit dans la misère comme pratiquement tous les Noirs du Sud. Mon père à moi a de l'argent. Et plein d'autres qualités en plus.

CHAPITRE QUARANTE

UN MATIN, alors que j'avais autour de trente-cinq ans, je me suis réveillé enfin capable de faire face à ce que mon frère et moi avions vu. Une vision que nous avions enfouie dans notre jeunesse vulnérable et noyée tous les deux dans l'alcool. Dans notre peur, il nous semblait que, si nous osions seulement reconnaître ce dont nous avions été témoins, ils reviendraient nous chercher.

Nous avions tranquillement remonté à pied le cours de la rivière sur plusieurs kilomètres, cherchant du poisson dans une eau de crue qui charriait de la boue. J'avais quinze ans, mon frère dix-huit, mais il était un peu mon père, celui-ci nous ayant quitté dans notre petite enfance. Nous étions les fils qui n'ont pas besoin de père : qu'il pourrisse en enfer.

Nous sommes arrivés dans un coin où il y avait un bois d'un côté et, de l'autre, un pont qui partait d'une petite agglomération. Le crépuscule tombait. En rentrant, nous traverserions plusieurs hameaux noirs. On pourrait s'amuser en chemin, plaisantait Josh, on te "con-joindra" avec une femme –

Soudain, nous avons entendu une sorte de clameur. Instantanément, nous avons reconnu les voix des Blancs et leur façon de parler, même si nous avions peu eu l'occasion d'en fréquenter. Par instinct, nous avons compris qu'il valait mieux nous glisser dans le bois.

Deux garçons noirs à la couleur de peau parfaite pour se fondre dans les ombres, nous étions brusquement devenus nos ancêtres déracinés, des esclaves fugitifs sur le point d'assister à un événement. Car il était clair que la foule qui se dirigeait vers le pont était en furie.

Des écureuils remontaient et descendaient à toute vitesse le long de troncs d'arbre. Les oiseaux et les insectes offraient leur dernière cacophonie au jour mourant. On entendait bourdonner autour d'un nid de frelons. Un tatou passa tout près en trottinant, suivant la piste qu'il flairait sans s'occuper de nous. Notre mère savait très bien cuisiner le tatou. Il a un goût de poulet. Il faut le laisser bouillir pendant des heures avant de le faire frire avec des oignons et de la sauce.

Les hurlements se sont amplifiés et nous avons vu que les gens poussaient quelqu'un devant eux. Impossible de distinguer si c'était un homme ou une femme, mais la couleur – noire – se détachait nettement parmi les peaux blanches. Plus noire que la teinte diluée de notre peau.

Le soleil mourant ensanglantait les nuages, étendant un voile doré sur cette scène pastorale. Une scène à laquelle, par contraste, le groupe beuglant faisait violence.

Arrivés à toute allure sur le pont, les gens se sont arrêtés. J'ai regardé mon frère pour qu'il me renseigne, mais il restait là à regarder fixement ; il avait un drôle d'air, les paupières à moitié baissées et les yeux vitreux. Il a dit : Bon Dieu, je crois que c'est un lynchage. Allons plus près.

Assez près pour voir que c'était une femme.

J'ai demandé à mon frère pourquoi ils lynchaient une femme.

Josh a dit : J'sais pas. Notre couleur, je suppose.

Notre grand-mère avait vu bien assez de lynchages de Noirs et nous avait expliqué pourquoi ils choisissent un pont : comme l'arbre, le pont représente la croix du Christ. Et pendre des gens au-dessus de l'eau est aussi un symbole – on utilise de l'eau pour les baptêmes et le pont signifie le rite de passage vers la mort. La grande traversée, nous disait grand-mère qui, lorsqu'elle s'en souvenait, ouvrait de grands yeux apeurés. C'était exactement ce qui se déroulait ici.

J'entendais encore grand-mère dire avec sa vieille façon de parler : le passage vers leur salut à eux, le rituel du meurtre.

Elle voulait dire vers un lieu où le mal et le péché n'existent plus, car ceux-ci sont incarnés par la victime que Dieu a créée sous la forme de ce coupable-né que Ses sujets blancs doivent punir.

Dans leur tête, disait grand-mère, ils font la volonté de Dieu en éteignant une vie au-dessus de Son eau pure. C'est ça qu'ils pensent, les Blancs du Sud, que Dieu leur a donné le droit de nous assassiner.

Elle continue à affluer sur le pont, cette lie humaine excitée, apparemment sans meneur. Mais il y a bien des chefs quelque part à l'avant, ou juste derrière la victime, qui font monter la fureur jusqu'à ce qu'elle prenne et se fige comme de la crème fouettée au soleil. Ça, on le sait bien.

Il y a une sorte de mêlée, devant ; ce n'est pas une masse mouvante de corps qui battent des bras, il n'y a pas de tollé général, pas de coups de feu non plus pour mettre la foule en garde ou la calmer. Non, juste des gens qui vocifèrent et poussent des cris aigus en tournant autour de quelques individus silencieux et déterminés qui attachent les mains de la femme derrière son dos et lui passent une corde autour du cou.

Le cou de la non-humaine.

Debout, immobile, elle est assez proche de nous pour que nous distinguions son regard fixe, presque serein. Mais pas assez pour que nous puissions savoir si elle est en proie à une peur atroce ou si elle a atteint la résignation du nègre : un état imperméable au mal physique et à l'outrage à la dignité. Tout nègre connaît cet état, avant même que vienne son tour d'en faire l'expérience. Il l'a hérité des nègres qui l'ont précédé. On le connaît en rêve avant même de l'éprouver, l'état de nègre.

En regardant vers l'arrière, nous voyons les Blancs d'assez près pour discerner une chose qu'ils ont en commun. Elle s'étale comme un seul grand coup de pinceau sur toute la largeur d'une toile. Et n'efface pas leur expression, non. C'est le portrait de l'Indifférence. L'indifférence totale à la douleur nègre, les cœurs vides de toute compassion. Nous pouvons même voir de la joie sur leurs visages.

Des rustres, des bouffons, des idiots de village, des gros débiles, des individus diminués par leur bigoterie, soudain plongés dans un état où ils écument – l'étape juste avant la frénésie. Des bouches grimaçantes où manquent des dents, des yeux rapprochés sous des sourcils froncés qui traduisent le travail de leur esprit vulgaire, simpliste et vénal. Des sourires aussi larges que la rivière au-dessous d'eux et qui, pourtant, ne montent jamais jusqu'au regard.

PENDEZ LA-A-A SALO-O-PE DE NÉGRESSE !

Voilà ce que nous voyons et entendons, comme des esclaves fugitifs qui regarderaient une de leurs sœurs sur le point d'être exécutée. Notre sœur africaine porte une longue robe. Avec un motif à minuscules fleurs serrées, le genre de tissu que tous les bazars offrent à bas prix, mais que les marchands ambulants proposent pour moins et les voleurs pour encore moins.

Nous, les deux frères, nous nous regardons en pensant la même chose : que va devenir son dernier petit bout de dignité quand elle tombera du pont avec sa robe relevée ? Il se peut qu'elle ne porte rien dessous, et alors, que diront-ils ? Quels hurlements moqueurs sortiront de leurs bouches ricanantes ? A coup sûr, il sera question de sexe, car un de leurs sujets de prédilection, c'est les parties génitales des nègres, notre sexualité dangereuse, notre réputation d'animaux incapables de se contrôler.

Qu'est-ce que Dieu pense de Ses sujets quand ils agissent de cette manière à l'égard d'une femme ?

Nous ne nous disons pas que ça pourrait être nous. C'est nous, tout simplement.

Soudain, de fortes mains d'homme, certaines pâles et d'autres hâlées par le soleil, soulèvent la femme au-dessus du parapet. La corde fait une boucle et passe à travers un interstice dans le ciment. Dans une seconde, la femme se mettra à crier, à appeler Dieu en vain, encore une fois, pour qu'Il vienne la sauver. Le soleil se dépêche de mourir, il saigne tout le long de la ligne que le pont dessine sur le ciel.

Et je pense, avant même qu'elle ne L'appelle : Il viendra pas, ma sœur ; cet enculé de Dieu ne vient jamais.

Puis on la pousse.

Des mains surgies de derrière appuient sur les pieds de la femme et sur ses mollets. Elle glisse brusquement et fait une chute courte mais si rapide que ce n'est pas avant que la silhouette ne s'arrête dans un soubresaut – la foule est alors devenue absolument silencieuse – et ne rebondisse deux fois (oui, je crois qu'elle rebondit), qu'une prise de conscience vient tout éclairer bien mieux que le soleil couchant. Les visages sont cachés par leur ombre même, et pourtant nous les distinguons avec une netteté parfaite : le mal dans sa masse charnelle.

Je ne pense pas qu'elle ait crié ni émis un son. Mais je ne suis pas certain non plus que mes oreilles aient alors perçu quoi que ce soit. J'étais en train de me murer pour que la douleur ne m'atteigne pas.

Maintenant, comme si elle sortait de l'obscurité au bout d'un siècle, je vois qu'elle a la tête inclinée et que sa robe n'est pas remontée sur son corps, ce qui aurait exposé les dernières convulsions de ses cuisses, les ultimes tremblements de ses pieds et l'urine éjectée avec force qui coule à présent le long de ses minces jambes nues. Elle s'est seulement gonflée un instant pendant le court passage de l'air que son poids avait déplacé sous elle. Mais sa dignité est intacte, là où, en s'habillant ce matin, la femme voulait la conserver.

On dirait juste qu'elle est sortie se promener et qu'elle s'est arrêtée pour pencher la tête avec curiosité vers quelque chose qui a attiré son attention. Elle ne remarque pas les têtes qui se tendent au-dessus d'elle et regardent en contrebas, les visages aux yeux de fouine et aux dents brisées, ces portraits grimaçants, avec leurs grands sourires, leurs gloussements, leurs doux gémissements de bonheur et leurs soupirs de satisfaction. Ils regardent comme s'ils avaient repéré un gros poisson au-dessous d'eux et se précipitaient tous pour le voir, pour le tuer. Ou pour s'assurer qu'il est déjà bien mort.

Elle oscille, c'est vrai, comme le balancier d'une horloge qui ralentit dans ses derniers mouvements. La rivière coule comme le font toujours les rivières, et celle-ci a reçu une justification symbolique de

Dieu au ciel, rien de moins, par laquelle Il se dit vraiment content de Ses sujets blancs et de ce qu'ils viennent d'accomplir sur le pont qui franchit Sa bonne eau.

Une croix de bois élève sa sombre silhouette contre le ciel qui s'obscurcit de plus en plus, et voilà qu'elle s'enflamme soudain comme un symbole du soleil dont on aurait ordonné le retour. Des capuches blanches apparaissent, portées par des hommes qui affichent leur appartenance à une étrange tribu. Des bras innombrables se dressent pour saluer l'objet en feu qui symbolise le dernier endroit où le Christ ait vécu. Alors que ce sont sans doute des gens de leur acabit qui ont tué le Christ.

Nos esprits de nègres sont abasourdis, nos cerveaux brûlent. Nous sommes si jeunes que nous n'avons rien à quoi cela puisse nous renvoyer, rien à quoi nous raccrocher et nous retenir pour ne pas sombrer – c'est du vide que nous tentons d'agripper. Je me dis : Je ne peux pas supporter ça, ma tête va éclater.

Nous regardons la scène jusqu'à ce que tout le monde se soit dispersé et puis nous restons encore là, juste en cas. En tremblant comme des petites chouettes. Le corps pendu demeure tellement immobile.

Comme on pouvait s'y attendre, les phares d'une voiture de police montent lentement sur le pont. Une autre voiture de police arrive de l'autre côté : son gyrophare lance des éclairs, mais elle aussi avance sans se presser, à l'allure d'un convoi funèbre.

Les portières s'ouvrent et se ferment, deux torches s'identifient par un petit tremblement de leurs rayons lumineux. Puis les faisceaux balaient la partie inférieure du pont et s'arrêtent.

Ils illuminent une apparition. Celle d'un fruit étrange qui pendille au bout d'une travée en béton.

TROISIÈME PARTIE

CHAPITRE QUARANTE ET UN

J'AI TROUVÉ UN DE MES PATRONS très abattu dans l'abri de chantier qui servait de bureau. J'étais venu lui demander quel travail je devais maintenant effectuer avec le bulldozer que je conduisais. Ce n'était pas l'Albert B. Romney que je connaissais.

Je me suis mis en mode nègre dès que j'ai vu qu'il avait pleuré. J'ai demandé au sol sous ses pieds où il voulait que j'aille. Je m'attendais à n'importe quoi, à des hurlements ou même des coups de poing ou de pied, parce que ça marchait comme ça.

A mesure que mon implication dans le mouvement des droits civiques allait croissant – même si je n'étais qu'un clandestin qui aidait à distribuer des pamphlets et à organiser des manifestations –, je trouvais ce genre de traitement de plus en plus insultant pour la virilité des Noirs. J'aurais dû être content de voir que quelque chose rendait Albert B. Romney malheureux, et pourtant je ne l'étais pas. Quelle sorte d'homme aurait-il fallu être pour s'en réjouir ?

Romney et son associé, Jake McRory, étaient des individus d'une intelligence très moyenne. Pourtant, ils comprenaient les règles fondamentales de ce jeu consistant à déplacer de la terre : il fallait pousser les hommes et les machines jusqu'à leur limite à chaque heure de chaque jour, faire travailler les ouvriers au-delà des heures payées et les machines au-delà de l'utilisation optimum recommandée par les fabricants. Et lorsque, inévitablement, se produisaient des arrêts soudains dus à des moteurs cassés ou à des mécanismes forcés, on accusait les hommes. Les machines restaient muettes et inertes, tandis que la plupart des opérateurs étaient des Noirs qu'on pouvait facilement agresser et insulter, dont on pouvait réduire la paie et frapper la famille en refusant de verser les arriérés de salaire – ou qu'on virait sur-le-champ pour négligence. On pouvait aussi mettre ce Noir sur la première machine disponible et faire marner les deux à bloc. Et si un des hommes congédiés revenait réclamer sa paie, lui coller un flingue sous le nez et lui demander s'il pouvait dire combien on lui devait exactement.

Nous avions un contrat pour construire une levée sur la rive orientale du Mississippi. Un autre entrepreneur se chargeait de la rive opposée, et nous travaillions pendant le printemps et l'été – les meilleurs mois, car, ensuite, le risque de crues augmentait. Avec une équipe de seulement trente personnes, nous accomplissions parfois l'impossible sans recevoir même un remerciement de nos impitoyables patrons.

Dont l'un appartenait, disait-on, au Ku Klux Klan. Et il pleurait ?

Quelque chose m'a poussé à demander : Y a quelque chose qui va pas, chef ? Alors que, normalement, je n'aurais jamais été aussi impertinent. Il m'a dit d'entrer dans le bureau. Il avait du café en train de passer.

Jess, a-t-il commencé en versant le breuvage noir dans mon gobelet en métal puis dans le sien. T'as des gens de ta famille que t'aimes vraiment, à part les plus proches ?

Oui, m'sieu. Je suppose qu'on en a tous. Vous voulez dire des cousins, des neveux, des oncles et des tantes ?

Ouais, et des nièces aussi. Bon, j'ai perdu la mienne samedi. La fille de mon frère Elmer. Elle s'est suicidée. Dix-neuf ans, et elle veut pas vivre ? C'était comme ma propre fille.

Les larmes ont commencé à rouler sur ses joues. Je savais par habitude qu'il fallait lui montrer que je détournais le regard, mais j'ai décidé que j'en avais rien à foutre ; j'ai ramené mes yeux sur lui et je les ai laissés là, aussi fixes qu'une machine qui suit une ligne précise, étant donné la grande confiance qu'il m'accordait en pleurant sans se cacher.

T'es un bon travailleur, Jess Hines. Tu restes jamais là à te plaindre et à déblatérer. Tu fais ton boulot, point barre. Et t'as vu la mort pendant la guerre. Tu crois que je sais pas que t'es un ancien combattant ? Tu dois avoir vu des potes mourir sous tes yeux. Pas vrai ?

Oui, bien sûr.

Est-ce qu'on s'en remet ?

Chef, ça dépend de qui c'est qui meurt. Si c'est un proche…

On était proches. En fait, Jenny-May disait qu'elle m'aimait plus que son propre père. Je suppose que c'est parce que son père était méchamment porté sur la bouteille, deux fois plus que moi, et pourtant mon ex-femme trouvait déjà mon cas assez grave.

Mon chef a alors esquissé un drôle de sourire. Je suppose que c'était parce qu'il n'avait pas l'habitude de parler à un nègre comme à un égal.

Je tiens à vous présenter mes sincères condoléances, chef. Je vous admire d'être quand même ici, au boulot. Oui, c'est vrai.

J'apprécie tes paroles, Jess. La dernière fois que je me suis senti comme ça, c'est quand j'ai perdu mon meilleur chien de chasse : il s'est fait déchirer par un sanglier dans les collines derrière chez toi. Il est mort dans mes bras pendant que je le portais à la camionnette. T'es déjà allé chasser dans les collines de Pushaw ?

Oui, m'sieu. Quand j'étais tout jeune, avant que je découvre que la danse et les filles c'était encore mieux.

Y a rien de mieux que quand ton chien traque un sanglier. Quand il repousse la bête velue dans un coin d'où elle peut pas s'échapper. Je suis pas sûr qu'il y ait beaucoup de Blancs qui aiment autant danser que vous, les nègres. Les filles, bon, oui. C'est des bêtes poilues d'un autre genre, les filles. On est des hommes, même vous, les gars. Avec un grand sourire de connivence, comme deux mecs qui parlent nanas. Vous, bande d'enfoirés, vous êtes montés comme des ânes. T'es né monté comme ça, jeune homme ?

Je suis né avec ce qui m'a été donné à la naissance, chef. J'sais pas si je suis favorisé ou juste ordinaire. J'ai jamais été un coureur de femmes.

Il a tendu son doigt vers moi. Je le savais. Mais tu picolais, pas vrai ?

Oui, m'sieu, un truc affreux.

C'est pas affreux si t'as pu le maîtriser. La boisson, c'est le trip le moins cher quand on a l'âme vraiment en peine. Ma nièce ne supportait pas ça, de voir mon frère boire. Et c'était une beauté, elle était hypersensible. Si t'avais pas remarqué quand elle mettait une nouvelle robe ou des chaussures neuves, elle courait dans sa chambre et elle faisait la gueule. Le brave oncle Albert – c'est moi – avait appris à aller la rattraper quand j'avais négligé sa vanité de femme. Je lui disais que je m'excusais et qu'est-ce que je pourrais bien acheter à ma petite nièce préférée pour me faire pardonner ? C'était moi qui allais payer son mariage. Et maintenant, elle est partie. Partie, voilà.

Ses larmes débordèrent, il ne se cachait pas, il ne faisait plus semblant de jouer les durs aux yeux secs, il pleurait, c'est tout.

Bon, naturellement, je me suis levé et j'ai fait le tour de la table, je l'ai soulevé et je l'ai serré dans mes bras, mon chef. Après tout, comme il l'avait dit, il y a des trucs pour lesquels on est pareils, juste des hommes, pas vrai ?

Mon geste, il l'a pris pour ce que c'était. Un simple geste d'un être humain envers un autre. Dans quelques minutes, au plus dans quelques heures, les choses seraient revenues à la normale : il me hurlerait dessus, et soit je ferais semblant de ne pas l'entendre à cause du bruit de ma machine, soit je me crèverais pour lui plaire.

Il mesurait quinze centimètres de moins que moi, l'homme que je serrais dans mes bras, et pourtant c'était quelqu'un de fort au plan physique. Ce qu'il était au plan mental, cet insondable bouseux qui normalement bouffait du nègre, j'en sais rien. Et de me trouver à réconforter quelqu'un n'avait rien de neuf : nos femmes noires ont été les nounous de leurs enfants depuis que nous sommes arrivés ici d'Afrique, nos hommes employés comme domestiques ont été les confidents qui ont écouté tous les secrets de leurs maîtres, y compris les plus horribles. Ça faisait un sacré bout de temps que nous prenions ces gens dans nos bras. Que nous essuyions leur derrière quand ils étaient bébés et leurs yeux quand ils étaient adultes, que nous fermions bien nos yeux quand ils commettaient un meurtre, sans même ciller quand la victime était l'un des nôtres. Et pourtant, l'inverse n'a jamais existé : ils n'ont jamais eu pour nous des gestes de réconfort, ils n'ont jamais fermé les yeux pour nous pardonner.

Comment est-ce qu'elle est morte, chef ?

Elle s'est pendue. Mon frère l'a trouvée dans le garage. Il braillait quand il m'a téléphoné. J'ai foncé comme un fou jusque là-bas et j'ai dû couper la corde pour la faire descendre. Tout juste dix-neuf ans. J'ai dû frapper mon frère pour l'empêcher d'aller chercher une autre bouteille de whisky : pas cette fois, grand frère. On lui doit de rester sans boire, de donner à cette âme innocente un adieu convenable. Toute la journée d'hier au salon funéraire à la préparer pour l'enterrement de demain. Et si je découvre que mon frère a osé ne serait-ce que renifler un verre d'alcool, c'est lui qu'on enterrera après.

Je suis vraiment désolé, chef. J'ai failli l'appeler Albert.

Il faut que je fasse un discours à l'église. Pourtant je crains pas vraiment Dieu, même si toute mon enfance on m'a bassiné avec les tourments de l'enfer. J'ai connu trop de prêcheurs qui cherchaient à tâter de la cuisse et trop d'escrocs qui se remplissaient les poches pour rester croyant. Qu'est-ce que tu verrais comme discours, Jess ? Pour lui dire au revoir comme il faut.

Je lui ai suggéré de parler de ce qui nous trouble tous, hommes et femmes. De dire que la bête sommeille dans notre cœur à tous. Et qui, parmi nous, peut savoir ce qui s'empare de notre esprit quand nous sommes pris au dépourvu dans un moment de grande vulnérabilité ? Ou quand nous succombons à la faiblesse qui est en chaque personne, même la plus forte ?

Merci pour tes conseils. Je te le dis, voir un corps pendu, c'est pas beau. Tu sais, le cou distendu, les yeux qui sortent de la tête, et cette couleur atroce.

D'un ton presque indifférent, j'ai dit que c'était bien vrai, que c'était pas beau à voir. Dans ma tête, je voyais cette sœur noire lynchée. Je regardais en même temps mon patron malheureux qui évoquait ce qu'il avait vu de cette nièce qu'il aimait tant. Devant l'œil de mon esprit passait un interminable défilé de Noirs pendus, tels des fruits étranges dans une vaste plantation de peupliers.

Mais bon, vous, les négros, vous êtes plus habitués à la mort que nous. Je suppose que vous êtes un peu immunisés contre elle, c'est ça ?

Ouais, chef, parfois on a l'impression d'être immunisés. Oui. Voilà que je me rabaisse à des propos de négro servile pour pouvoir tolérer ce truc sublimement ridicule.

C'est bien ce que je pensais. Cette fille, je l'aimais sacrément, c'est vrai.

Est-ce qu'elle a laissé un mot, chef ? Ça nous aide à comprendre quand ils disent pourquoi. Mais c'est encore plus triste quand le pourquoi n'est que des pensées foireuses.

Hines, t'as lu exactement dans mes pensées. Elle a pas laissé de mot, pas même pour dire au revoir à son oncle préféré ou pour accuser son père de lui avoir ôté la vie en picolant parce qu'il était trop soûl pour voir les difficultés de sa fille. T'as des enfants ?

Je me suis demandé pendant une fraction de seconde si j'allais mentionner mon fils en Nouvelle-Zélande, ce fils assez réel dans ma tête pour que je le revendique avec fierté. Mais la règle est la suivante : il ne faut jamais être trop proche d'un Blanc, ça fait moins mal quand les choses tournent au vinaigre – ce qui arrive toujours. Ce fleuve de différence est plus large que le Mississippi.

J'ai deux filles, et elles vivaient à Biloxi la dernière fois que j'ai eu des nouvelles.

Ah bon ? Ça fait un bout de temps que tu les as pas vues ?

Un bon bout de temps, oui.

Ça, c'est une des malédictions des nègres. Vous avez du mal à être pères parce que vous savez pas être des maris.

J'ai entendu dire ça. Ouais. Ce que l'esclavage nous a fait. Vous savez, d'être vendus et échangés, envoyés partout, se trouver éclatés, comme ma mamma disait de mon papa et du sien, de ses grands-pères aussi.

C'est possible, Jess Hines. C'est possible. Albert se frottait le menton. Pas très attirant, comme spécimen : en général mal rasé, il avait du bide à cause de la bière que son associé et lui buvaient pour étancher leur soif diurne. Le soir, ils passaient à des breuvages plus forts.

Et puis peut-être que ta race est juste comme ça.

Regardant alors sa montre, Albert a dit : Je te remercie d'avoir partagé ce moment avec moi, mais on peut pas arrêter la musique. Tu n'as qu'à aller aider Larry. Mais écoute-moi, combien de fois je dois te répéter qu'il faut faire hurler cette machine en marche arrière ? Tu perds trop de temps à reculer lentement. Allez, on y va, maintenant.

Bien sûr, chef.

CHAPITRE QUARANTE-DEUX

CE N'EST PAS UN VILLAGE, c'est un dépotoir. Je viens de passer de la route asphaltée à un chemin de terre rendu boueux par la pluie. Devant moi, le soleil de l'aube révèle un groupe de cabanes dans une clairière au milieu des pins. Des gens vont et viennent, mais ils ne m'ont pas encore remarqué.

J'ai déjà été dans un endroit un peu semblable. J'avais autour de dix ans et j'étais allé avec maman et son amie à des funérailles dans une communauté maorie éloignée, tout au fond de la forêt. La cousine germaine de ma mère avait été battue à mort par son mari ivre. Nous sommes arrivés dans ce hameau délabré, nous avons trouvé la maison commune au bout d'un chemin criblé de nids-de-poule – c'était un bâtiment mal entretenu alors qu'il est censé être au cœur de toute communauté maorie et doit être maintenu avec fierté dans un état impeccable.

Nous n'avons pas été reçus selon la tradition, avec les formules consacrées et avec respect. Au lieu de cela, nous avons dû nous frayer un chemin entre des groupes d'hommes qui buvaient et lançaient des commentaires obscènes sur la beauté de maman et ce qu'ils lui feraient si on leur en donnait la possibilité. Des gamins de mon âge et d'autres plus âgés m'ont jeté le mauvais œil et montré les poings. Pour une fois, j'ai entendu maman dire qu'elle aurait bien voulu qu'Henry soit là ; il se serait occupé de ces sordides individus qui profanaient la culture maorie et la dignité humaine. Mais elle était déterminée à rendre un dernier hommage à sa cousine.

L'aspect du cadavre révélait ce qui lui était arrivé : battue à mort. Une femme près du cercueil a dit à ma mère qu'elle avait intérêt à pas s'incruster, sinon on allait lui lacérer son joli visage. Alors, sans trop baisser la voix, maman a déclaré à son amie : Je crois que ces gens-là sont le résultat d'incestes.

Dans la salle à manger communale, nous avons remarqué qu'ils étaient plus nombreux à boire qu'à préparer à manger pour les invités. Maman a payé la contribution traditionnelle et nous a tout de suite emmenés. Nous sommes repartis en voiture sur un chemin de terre plein d'ornières qui passait devant des maisons dont les terrains étaient pratiquement envahis par la forêt, jonchés de détritus et de carcasses de voitures. Des chiens dangereux y rôdaient à côté de tout jeunes enfants qui marchaient à peine mais dont personne ne s'occupait. Maman a pleuré pour sa cousine qui devait souffrir dans la mort comme elle avait souffert dans la vie.

Eh bien, ce hameau-ci me semble encore pire, malgré les rayons de soleil brisés dix mille fois par les pins, les oiseaux qui s'égosillent et une femme qui chante comme à l'église.

Des poules errent partout, des chiens méchants qui grondent dans ma direction s'entendent rappeler à l'ordre, et il me semble que les cochons qui grognent dans des enclos rudimentaires sont à l'origine d'une terrible puanteur. Il est un peu plus de six heures du matin, et des gosses, pour la plupart noirs comme la nuit, sont déjà levés et courent au milieu des flaques laissées par la forte pluie de la nuit –

Du moins jusqu'à ce qu'ils me voient. Car alors tout mouvement cesse et, avec lui, tout bruit de provenance humaine.

Je dois faire piètre figure, en mal de douche ou de bain, portant des vêtements dans lesquels j'ai dormi, couvert des brins de paille de la grange où j'ai passé la nuit. Et je suis abasourdi en comprenant soudain que ces gens voient en moi un Blanc. Moi, un *Blanc* !

Des hommes qui étaient restés là à se gratter les parties génitales, à se curer le nez, à se racler la gorge, à cracher, à fumer des cigarettes, sont maintenant cloués sur place à me regarder. Moi, cette figure spectrale débarquée avec sa valise. Ma totale confusion doit sans doute être aussi visible que les panneaux au néon dans les villes que notre car a traversées.

De plus en plus désorienté à mesure que j'allais de ville en ville, j'avais raté le car Greyhound qui devait arriver ici avant la tombée de la nuit. Je me doutais dès le départ que les quatre kilomètres entre Whitecave et ce hameau seraient les plus difficiles, car il n'y aurait certainement pas de taxis dans un village de mille sept cents habitants. J'avais prévu de faire du stop ou tout simplement d'aller à pied. Le car que j'avais pris était arrivé juste avant minuit et m'avait laissé seul avec ma valise dans un village inconnu où je ne voyais aucun hôtel qui aurait affiché une chambre libre et pas même de lumière trahissant la moindre vie. J'avais déconné. J'ai arpenté les quelques rues en me demandant ce que j'allais faire, et puis, au bout d'un certain temps, un pick-up s'est arrêté et deux hommes ont voulu savoir qui j'étais.

J'avais préparé mon mensonge. Je viens de Nouvelle-Zélande. Où c'est ? Eh bien, pas loin de l'Australie.

Ce pays-là, ils en avaient entendu parler. Je leur ai dit que mon père mourant m'avait envoyé en mission pour dire au revoir à un homme qui était devenu son ami intime durant la Seconde Guerre mondiale. Il habite dans un bled du nom de Piney Woods. J'ai attendu l'explosion.

Qui a failli venir – littéralement. Un flingue est apparu à la portière du conducteur. C'était le passager qui me mettait en joue avec une carabine. C'est chez les nègres, a-t-il dit.

Mon père me l'a bien dit. Mais il va mourir et ils étaient comme frères.

Avec un négro ?

Oui, m'sieu.

Après m'avoir inspecté à l'aide de leur torche électrique et s'être assurés que j'étais bien ce que je prétendais être, grâce à mon accent et au fait que je passais pour blanc à leurs yeux, ils m'ont emmené dans une grange qui se trouvait dans les alentours pour que je puisse retarder mon arrivée jusqu'à une heure décente. Ils m'ont averti : Va pas te vanter de nègres qui seraient potes avec ton vieux, pas ici. D'autres risqueraient d'être moins compréhensifs.

Un homme plus âgé retire la cigarette qu'il avait à la bouche pour demander : Peu'z aider, m'sieu ? Zégaré vous ?

Curieusement, je comprends sa façon de parler, je sais qu'il me demande s'il peut m'aider et si je suis perdu. Des gosses crient devant moi qu'*un Blanc est là* ! Des gens sortent nombreux des maisons haut perchées sur des fondations en rondins ; ils dévalent des escaliers en bois, sautent des vérandas et m'entourent en un clin d'œil. Dans la foule, une grosse femme s'écrie : *Seigneur Dieu !* Ils sont tous bouche bée, n'en croyant pas leurs yeux. Un gamin s'exclame : *Un fantôme !* Pourtant, je ne ressens pas d'hostilité.

J'ai programmé et répété des centaines de fois ce moment où je me présenterais à la communauté noire de mon père, dans son village. J'avais eu l'intention de dire avec une grande fierté : Je suis venu pour voir mon père. Il s'appelle Jess Hines. Je croyais que j'arriverais dans un joli quartier de banlieue réservé aux gens de couleur, avec des chênes, des ormes et des magnolias comme dans les livres sur le Sud dans lesquels je m'étais plongé à la bibliothèque. J'avais pensé que la maison de mon père se distinguerait comme une des plus belles, sinon *la* plus belle. Je ne m'attendais évidemment pas à un manoir, mes lectures m'avaient averti des vastes écarts économiques entre Blancs et Noirs, et je savais qu'ici, dans le Sud, ils vivaient dans des quartiers séparés. Mais je m'étais imaginé un logement digne d'un Noir qui avait sa fierté et, je l'avais également supposé, de l'ambition ; digne d'un homme qui faisait encore son chemin malgré les obstacles raciaux.

Au lieu de quoi je reste sans voix. Les arbres sont des pins affreux. Le mot "maison" ne convient à aucune de ces cabanes surélevées. J'essaie de ne pas laisser voir mon incrédulité et j'espère que mon dégoût ne va pas trahir mes efforts pour sourire. Les odeurs sont si mauvaises que je crains un violent haut-le-cœur ou même de vomir. Quelque part, je perçois une puanteur de viande en train de pourrir. Et une centaine de personnes à la peau d'ébène me fixent, muettes de stupéfaction.

C'est Piney Woods, ici ?

Mais oui. Ils font plus que me dévisager ; chaque paire d'yeux tente de me situer.

Je crois que vous vous êtes trompé de Piney, jeune homme.

Il y a un autre Piney Woods à Whitecave ?

Non, y a que celui-là. Mais vous êtes sûr d'être dans l'Etat qu'il faut ? Ou peut-être c'est un autre comté ? Y a plein d'endroits qui s'appellent Piney Woods, comme il y a trois villes qui s'appellent Le Caire. Qui est-ce que vous cherchez ? C'est une communauté de gens de couleur, ici.

Un homme du nom de –

Je suis soudain tellement submergé par l'émotion que je ne peux plus prononcer le nom de mon père. Tout le monde attend ce que je vais dire. Je voudrais que mon père arrive. C'est ridicule, c'est fou. Qu'est-ce qui m'est passé par la tête pour avoir entrepris un voyage aussi épuisant et aussi déroutant – qui bouleverse ma vie, en plus – sans même en avoir averti mon père ?

Une femme s'avance. Son sourire m'enlève toute voix.

Bon, si vous êtes sûr que c'est le bon Piney, alors nous vous souhaitons la bienvenue. Je crois savoir qui vous cherchez. Elle regarde à ma droite une silhouette qui arrive à toute allure, mais je n'ose pas manifester la moindre anxiété ni prendre une attitude défensive, même s'il s'agit de quelqu'un qui a l'intention de m'attaquer. Ça n'irait pas du tout, je donnerais l'impression d'avoir peur. Je connais les règles de la virilité.

La femme m'adresse un sourire rayonnant. Mais je ne peux pas lui rendre la pareille, je suis trop déstabilisé. Pas un gamin ne bouge, pas un autre adulte non plus. La femme a joint ses mains, et elle penche la tête à un angle bizarre comme si j'étais une apparition, un esprit. Je ne me suis jamais senti aussi seul. La silhouette qui approche entre maintenant dans ma vision périphérique.

Puis j'entends mon nom – il ne m'est pourtant pas très familier.

Vous n'êtes pas Mark… Si ?

D'instinct, j'ai envie de répondre : Je m'appelle Yank.

Je me retourne, et voilà l'homme, le visage que je connais si bien grâce aux photos. C'est lui. La reconnaissance est instantanée, et pourtant il fait lui aussi figure d'apparition : comme si sa place n'était pas non plus ici. Comme si ce n'était qu'une étape sur le chemin de sa réussite, un instant de repos dans le grand voyage de sa vie. Il faut qu'il en soit ainsi.

Car il s'impose par sa pure présence. Grand, beau, sombre sans être tout à fait couleur d'ébène.

C'est toi Mark ?

La voix est profonde – je ne m'attendais pas à ce qu'elle le soit autant. J'ai dû, soit hocher la tête, soit dire oui. Car son visage s'ouvre en un sourire qui pourrait illuminer l'obscurité ambiante, une obscurité qui n'est pas celle de la couleur de peau ni celle de la nuit, mais bien de l'endroit où l'on a mis ces gens : tout au bas de la pyramide.

Jess ?

Mark ? C'est toi Mark ? Oh, bon Dieu, c'est impossible. J'arrive pas à le croire.

Tu as bien dit Mark… ? Le fils de Lena… ? De Nouvelle-Zélande ?

Je ne peux que hocher la tête, répondre oui à sa liste de questions. Un soulagement me gagne comme si j'étais sur le point de m'évanouir. Je viens d'être sauvé par cette figure imposante, plus belle que sur les photos, familière et pourtant totalement étrangère. J'entends en moi les années se précipiter pour se rencontrer ici, sur cette terre à l'ombre de la forêt. Je remarque pourtant le trouble de cet homme et même un brin de colère devant la bêtise de mon arrivée-surprise.

Je m'excuse. J'aurais dû te prévenir.

Non. Non, s'écrie-t-il avec un sanglot. Et il me prend dans ses bras.

Père, ô père, on m'a dit que tu étais mort, que tu avais été tué à la guerre. Tu étais celui qu'il était interdit de mentionner dans la maison où j'ai grandi ; j'ai dû t'inventer dans ma tête. Jusqu'au jour où des mots écrits t'ont soudain donné vie. Tu n'étais pas le héros américain blanc que j'avais supposé : tu étais celui qui aujourd'hui se tient devant moi. Grand, sombre et beau. Ces années où nous avons communiqué par courrier n'ont jamais été réelles. Pas de chair, pas de véritable sens.

Tout cela en valait la peine, tous ces moments de doute, de confusion et de peur pour venir ici : dans les bras de mon père pour la première fois.

Tout le monde applaudit et nous acclame, tout le monde lance des cris de joie. Le visage rayonnant de cette femme. Un fils est de retour.

CHAPITRE QUARANTE-TROIS

C'EST PAS MOI, il faut que tu le comprennes. Il n'est pas loin de me supplier, mais je le comprends. Mon père est encore en voyage, cette demeure n'est que temporaire, et maintenant que je suis ici nous pouvons poursuivre le voyage à deux. Ça m'est égal qu'il vive ici pour l'instant. Nous ne formons qu'un dans notre incroyable joie – le père et le fils unis. Et l'excitation qui a saisi toute la communauté transforme ma perception des choses.

Certes, il y a là une pauvreté comme je n'en ai jamais vu. Mais il y a aussi des sourires qui valent de l'or et tout le monde veut me toucher et faire des commentaires drôles dont je ne saisis pas l'humour – ce qui, moi, ne m'étonne pas. Leur rire me suffit : il les tord, les plie en deux, les fait balancer sur leurs talons, battre des mains, s'envoyer des claques sur les cuisses, lancer leurs paumes roses vers le ciel ; il fait briller sur leur visage noir la pellicule de sueur due à la chaleur humide qui s'intensifie déjà. Les enfants me touchent avec précaution comme s'ils craignaient une explosion, et à peine m'ont-ils effleuré qu'ils s'enfuient en gloussant. Sous la direction de la femme, plusieurs adultes se mettent à chanter et d'autres, aussitôt, battent des mains selon un rythme complexe. En se tordant et se contorsionnant, les gosses dansent et leurs pieds glissent et dérapent dans la boue. J'ai envie de bouger et de chanter avec eux.

Ils louent le Seigneur et le remercient de m'avoir envoyé à mon papa. Les femmes énumèrent les tâches à accomplir pour célébrer l'événement. Mon père reste muet de joie et n'arrête pas de me toucher le visage, de palper mes cheveux, de reculer pour me voir en entier.

La femme se présente en me serrant dans ses bras ; elle sent la sueur, mais ce n'est pas désagréable. Je m'appelle Marion, je suis la femme du pasteur. Ce soir, on va faire une grande fête pour te souhaiter la bienvenue, jeune homme. Tu es rentré chez toi, mon fils. Le fils de Jess est rentré à la maison.

Je gravis les marches qui mènent à la maison de mon père. Il se lance dans des excuses. Je suppose que c'est à cause de l'endroit où il vit et de sa manière de vivre, dans un logement sombre, pratiquement sans fenêtres, aussi rudimentaire que celui de Merita mais sans l'odeur de soufre. Ce qui me rappelle que j'ai oublié de dire au revoir à Merita. Mes yeux s'adaptent au manque de lumière naturelle. Et s'il n'y avait pas de salle de bains pour ma première douche depuis l'hôtel d'Atlanta ? Il doit bien y avoir de l'électricité pour un fer, que je puisse repasser des vêtements et avoir l'air chic.

Une lampe s'allume au-dessus de ma tête. La main de mon père se pose sur mon épaule. Où as-tu dormi hier soir ? Comment as-tu fait pour arriver ici d'aussi bonne heure ? Pourquoi tu ne m'as pas dit que tu venais ? Mais bon, je suis au paradis quand je te vois, ajoute-t-il. C'est comme si j'avais été heurté par un train.

Il me fait pivoter. Il a bien cinq centimètres de plus que moi et c'est vraiment un Noir que je regarde. J'ai vu des photos d'hommes qui ont le même air que lui, peut-être deux ou trois dans des films, pas du genre domestique noir de charbon qui roule des yeux de bille et ridiculise sa race. Non, celui-ci est fier et beau, et je suis la moitié de lui : je dois ma musique à ses gènes et à ces gens qui sont là, dehors. Une musique née des souffrances des Noirs américains. Moi, je n'ai pas souffert, j'ai juste dû supporter le silence d'Henry. Contrairement à eux, j'ai pris le train de la musique en marche et sans payer.

Ses dents ne cessent de se découvrir en une blancheur éclatante, son rire a du timbre, son corps musclé et souple ne tient pas en place : c'est un homme très différent de tous ceux que j'ai connus. Un homme noir.

Spontané, tel est le mot qui me vient à l'esprit. Mon père et tous ceux que j'entends parler, rire, crier et chanter dehors sont pareils : ils sont dans l'instant et appartiennent à cet instant.

Je lui parle de la confusion et des doutes toujours plus forts en moi à mesure que le voyage se déroulait, je lui parle de ma longue traversée en bateau, des ratés, des cars dans lesquels j'ai traversé le pays, de l'hôtel d'Atlanta et de la grande ville qui me désorientait et m'effrayait. De mon arrivée à minuit, la nuit précédente, par Greyhound.

Tu as dit deux Blancs ?

Avec des fusils. Ils m'ont dit qu'une femme du nom d'I-Spy m'avait repéré dans la rue et qu'elle leur avait téléphoné pour qu'ils viennent voir qui j'étais. Ils ne voulaient pas réveiller le shérif.

Ce serait comme réveiller le diable en personne. I-Spy se croit la maîtresse de la ville. Ils t'ont menacé ?

Une carabine par la vitre. L'autre avait un pistolet sur les genoux. Mais je me suis pas senti en danger.

Jess émet un petit rire. Désolé, mais quand je t'entends parler ça fait ressurgir des souvenirs. Cet accent. Tu leur as donné mon nom ?

Non. Ils l'ont pas demandé.

Ils ont dit qui ils étaient ?

Non.

Il a recommencé à sourire. Hé, voyez-moi ça. Toi, là, en chair et en os. Mon garçon. Mon fils. C'est un miracle. Mais tu dois être fatigué.

J'suis trop excité pour être fatigué.

Tu l'as dit. Moi aussi. Tu veux te laver ?

Je hoche la tête d'un air hésitant. Je pense à des cabinets extérieurs, comme chez Chud. Peut-être une douche alimentée par une cuve qui recueille l'eau de pluie.

Viens par ici. Je le suis et nous passons devant une petite table de salle à manger au plateau en bois épais et un curieux assortiment de chaises recouvertes de velours bleu – quatre. Un napperon blanc en dentelle est posé en plein milieu de la table sous un vase décoratif. Et puis des étagères à livres qui vont du sol au plafond. Ce n'est pas le genre de meuble avec lequel j'ai grandi : mes livres venaient de l'école ou de la bibliothèque, ou c'était Mme Mac qui me les prêtait. J'ai été dans des maisons pires que celle-ci.

Il me dit pourtant : Je suis désolé si je t'ai fait croire que j'étais riche et que je vivais dans une maison chic. Il s'arrête devant une porte fermée.

Je voulais que tu aies une bonne opinion de moi. Tu vois, j'avais un problème de boisson. L'alcool ne m'aimait pas. Et moi je ne m'aimais pas. Je suis allé dans des endroits où un homme qui se respecte ne doit pas aller. Je m'arrêtais, mais toujours la boisson me reprenait.

Puis il me regarde d'un air différent. T'aurais pas un problème de boisson, par hasard ?

En souriant, je lui dis que ma mère le croyait. Mais je me réveille pas avec une envie irrésistible de boire, si c'est ce que tu veux dire.

Bien. Et ta maman, comment va-t-elle ? A quoi est-ce qu'elle ressemble ?

Les gens disent qu'elle vieillit bien. Je pourrais pas le dire. C'est ma mère. En pensant : et ton amoureuse d'autrefois.

Et mon père. Il est incroyable. Il a toujours l'air aussi jeune et beau que sur la photo qu'il a envoyée. Oh, qu'on vienne pas me dire que je suis juste en train de rêver.

Nous nous regardons tous les deux fixement, secouons la tête, commençons à sourire et finissons dans un éclat de rire.

De l'autre côté de cette porte, mon fils, tu trouveras la salle de bains. Prends ton temps. Reposetoi sur ce lit, là-bas, pendant que je prends la voiture. Je vais aller raconter une histoire au patron pour ne pas travailler. Et n'aie pas peur d'aller dire bonjour aux voisins.

J'entre dans une salle de bains qui est aussi bien que celle de l'hôtel d'Atlanta. Je me dis que mon père est un homme qui réserve bien des surprises. Je suis médusé.

CHAPITRE QUARANTE-QUATRE

QUAND MON PÈRE EST RENTRÉ, il m'a demandé quelle était donc cette histoire que j'avais oublié de lui raconter sur mes raisons de venir à Piney Woods. Il se trouvait que les deux hommes venus vérifier qui j'étais, ceux qui m'avaient mis en joue quand je leur avais dit ma destination, étaient justement ses patrons. Jess m'a expliqué qu'il avait passé des années à *rôder* autour des Blancs, et que seul cet entraînement lui avait permis de capter la conversation de ces deux-là, de me reconnaître dans ce qu'ils racontaient et d'en conclure que j'étais le fils de son meilleur camarade de guerre. Il a ajouté que j'avais eu beaucoup de chance parce que c'étaient des membres du Ku Klux Klan.

Et tu travailles pour eux ?

Le Klan est fait d'individus plus bas que les gens ordinaires ; ils montrent les Noirs du doigt et les accusent d'être encore plus bas. Je me tiens à carreau, avec eux. Ils ont les cartes en mains – pour l'instant.

Mais aucune explication n'a suivi.

La communauté de Piney Woods a fait une grande fête. Un assortiment de bières et d'alcools forts a mis tout le monde bien en train. Les gens avaient pris place sur les vérandas, sur des bidons d'essence sciés et des rondins, s'étaient installés sur des tables de jardin et des bancs – un heureux chaos. Des gamins arrivaient en courant, me touchaient comme si j'étais venimeux et s'enfuyaient en poussant des cris aigus, se regroupaient pour me dévisager et me rendaient très nettement conscient de ne pas leur ressembler. La viande cuisait sur des grilles de barbecue, sur des brasiers de charbon, ou arrivait dans des marmites qu'on avait fait bouillir à l'intérieur. Les gosses couraient ici et là selon les ordres que leur criaient les femmes. Celles-ci, plus nombreuses que les hommes, chantaient et dansaient à la lumière de torches enflammées. On avait l'impression d'être en Afrique. Ou bien à une fête chez nous, chez les Maoris de Waiwera.

Des enfants dansaient avec les adultes, des gros faisaient la pirouette et semblaient flotter dans les airs, on voyait des musclés et des maigres, on avait la vision sublime de pieds rendus flous par la vitesse, de muscles qui tournoyaient, s'étiraient, claquaient. Les membres se détachaient et semblaient se multiplier, les pieds battaient le sol selon une rythmique complexe, des mouvements de torse et de bras se coordonnaient – c'était du grand art –, et les têtes ondoyaient selon leur propre tempo comme de petits tambours autonomes.

J'aurais pu être le fils prodigue rentré dans un foyer où il n'avait encore jamais été – nul besoin d'avoir accompli d'exploits, il me suffisait d'être leur fils. Les femmes m'embrassaient et me serraient dans leurs bras, me provoquaient sexuellement en dansant, bougeaient et se balançaient comme des mères qui voudraient m'apprendre quelque chose ou jouaient les folles jeunes filles à marier cherchant à me courtiser et à me conquérir, tandis que les grands-mères se servaient de moi pour retrouver leur jeunesse et leur vitalité. Des feux et des torches enflammées nous illuminaient à la manière des feux de camp d'autrefois. Des enfants tout jeunes s'endormaient dans les bras de leur mère. D'autres, plus âgés, réussissaient à imiter à la perfection toute gestuelle qu'ils trouvaient chic.

Bon Dieu, ils chantaient mieux que des anges, comme des choristes du plus haut niveau qui se seraient exercés toute leur vie. Des solistes donnaient un spectacle de stars, des musiciens frappaient et pinçaient leur instrument, le grattaient et le caressaient, produisant des sons qui s'envolaient comme un parfum entre les pins – je jure que j'entendais les aiguilles vibrer comme un milliard de diapasons.

Des voix formées par les champs de coton et les chaînes de forçats dans les fermes-prisons, par des cellules sans fenêtres, des chambres louées sans chauffage, des bars sinistres, des boîtes de nuit sordides et une existence inlassablement cruelle… toutes s'avançaient en souriant, prêtes pour le chant suivant.

Marion, la femme du pasteur, s'est levée et elle a chanté comme Mahalia Jackson. Dans le silence qui s'est alors imposé, les yeux se sont fermés, les oreilles se sont ouvertes, et tout le monde a écouté sa complainte jusqu'au bout. Puis, sous les acclamations, les applaudissements et les cris de joie, elle s'est avancée en balançant des hanches et s'est jetée vers moi de manière provocante comme si elle était devenue quelqu'un d'autre, une impie. Un groupe a si puissamment entonné les louanges du Seigneur que son chant, qui résonnait jusqu'à la cime des arbres, aurait semé le trouble dans le cœur de tout non-croyant.

Sur leur trente et un, les hommes descendaient les marches des cabanes en se pavanant comme s'ils sortaient d'un château ou d'un superbe manoir et, tels des paons noirs, pénétraient d'un pas dansant sur la piste éclairée par les torches, paradaient dans leur costume entièrement blanc, leurs chaussures blanches, leur costume noir, leur chemise blanche, leur nœud papillon noir – et bon Dieu, comme ils dansaient ! Mon père était l'un d'entre eux, tout en blanc.

Ils se laissaient complètement aller sur leur terre usée et dure, à peine amollie par la pluie. Tels des esprits libérés de leurs chaînes. C'est ce qu'ils appellent leurs racines.

Pendant tout ce temps, Jess et moi n'arrêtions pas de nous regarder, et plus j'étais enivré par les divers alcools et les gens, plus je me sentais ému. J'ai pleuré. Il a pleuré. Nous avons tous ri. Tous chanté. On a joué de la musique, des percussions avec des morceaux de bois, des manches à balai cassés, des queues de billard sciées, des bouts de métal et de cuir ou des rouleaux de tissu. On soufflait dans des trompettes en cuivre, on grattait des guitares, tapait sur des bongos, pinçait des cordes de banjo, faisait voler nos doigts sur le clavier d'un accordéon. On a continué la fête jusqu'à l'aube, jusqu'à un petit-déjeuner semblable à ceux d'Henry : des tripes de porc frites et ces viscères de mouton que les Maoris appellent *terotero*. Du pain de maïs servi avec des rires par de grosses femmes qui faisaient de la provocation sexuelle.

Jess m'introduit à son univers : nous empruntons les routes qui partent de tous côtés, loin du hameau. Dans sa vieille Chevrolet, nous prenons des chemins qui bordent d'immenses plantations cultivées par des travailleurs noirs. Nous suivons des routes de terre flanquées d'arbres ; la musique de la radio nous accompagne sans cesse, et parfois aussi la belle voix de Jess qui chante sur un morceau. Le passager n'arrête pas de regarder son père comme s'il n'en croyait pas ses yeux.

D'entendre et de voir cet homme, cet étranger à moitié noir qui est pourtant mon père. Mon *père* ? Sa voix mélodieuse, sa capacité de passer d'une langue ordinaire à un jargon noir pratiquement incompréhensible. Je découvre d'où me viennent mon rire rauque et mon oreille musicale.

Cernés par une infinité de champs de maïs, nous roulons pendant des heures tandis qu'à la radio les présentateurs vantent les mérites de leur station. Le fils né à l'étranger est au paradis de la musique.

Nous nous rendons dans des salles de billard américain, des cafés pleins de fumée et des bouis-bouis, juste pour y traîner, dit-il, mais aussi pour que ce père me présente fièrement comme son fils de Nouvelle-Zélande à ceux qui, croit-il, ne mettront pas notre parole en doute. Du poulet frit, des côtes de porc, du chou frisé, du gruau de maïs, des hamburgers, voilà notre nourriture de base, prise dans de petits restaurants et des fast-foods fréquentés par une race seulement. Les Noirs. Les gens de couleur, comme ils disent.

Sauf de loin, je ne vois pas de Blancs dans les endroits où nous allons. Je ne me suis pas encore fait au panneau “Réservé aux Blancs” et je grimace toujours quand je vois “Pour gens de couleur” peint au pochoir au-dessus de l'entrée d'un établissement commercial.

Pourtant l'humeur joyeuse de mon père ne connaît jamais de creux ; il claque des doigts au rythme de chaque chanson qu'il entend à la radio et de la musique qui lui passe par la tête. A peine un mot sur la ségrégation raciale. Il doit pourtant savoir que c'est quelque chose de nouveau pour moi, et de profondément troublant, de voir que des lois ont réellement été écrites dans le but de l'exclure, lui – et moi aussi – pour une question de race. C'est ça, l'Amérique ?

J'ai grandi en adorant une idole mensongère. Au pays des soi-disant hommes libres, je suis un négro depuis quatre semaines. Comment est-ce possible ?

Il refuse de me laisser payer quoi que ce soit. La nuit, nous allons dans des juke-joints – des boîtes où l'on s'amuse et où l'on trouve de tout, du bar dansant au bordel... où la musique jouée sur place est si bonne que je me mets à craindre pour mon médiocre talent : il ne soutient pas la comparaison. Mon père me dit que c'est une affaire de rythme : chaque Noir est né avec un métronome en lui ; la qualité tonale innée et la situation dans la vie sont les deux grands facteurs. Ça te viendra, assure-t-il, tu l'as dans le sang. Nous qui vivons ici avons déteint les uns sur les autres pendant des générations, et les influences qui nous touchent viennent de tous les coins, depuis les petits villages de campagne jusqu'aux grands ghettos des villes.

J'entends des chanteurs qui savent si bien mettre l'accent sur le temps faible que ça paraît impossible. Des voix qui fusionnent avec le battement de la grosse caisse comme si tous ces sons venaient d'une seule et même source. Je vois des danseurs obèses capables de virevolter sur une pièce de dix cents ; ils ont la grâce et la rapidité – ce que mon père appelle le panache et la cravache –, ils sont tout simplement hallucinants.

Une nuit, un rideau s'ouvre sur un vieux mec dans le cercle des projecteurs. Il est seul, muni d'une batterie qu'il actionne au pied, d'un harmonica accroché à son épaule, d'une guitare et d'un micro. Un public totalement silencieux l'attend avec impatience. Son nom d'artiste est Satan, et il joue du blues et de la soul de manière absolument virtuose. Pour moi, c'est du génie. Mon père dit que l'Amérique recèle des talents de ce niveau dans la moitié de ses bars et de ses boîtes.

Je me vautre dans la musique et me noie dans l'alcool. Je me pinte avec un tord-boyaux fait d'os de bœuf bouillis, de pamplemousse fermenté et de farine de maïs. Je fume de l'herbe avec mon père et, à grâce aux portes qu'elle m'ouvre, j'apprécie encore mieux la musique.

Jess m'apprend la dette que nous avons envers la musique country. Nous parlons de l'influence sur Elvis de la country et de la musique noire. Tous les deux, nous nous lançons dans un duo d'Elvis tandis que défile par la vitre de la voiture un Mississippi champêtre. Jess ne croit pas qu'Elvis soit raciste. Mais Elvis ne peut pas dire publiquement qu'il a des potes noirs, pas dans le Sud profond.

Nous rentrons chez nous au petit matin, peu après l'aube, et nous dormons jusqu'à midi pour nous réveiller devant une adorable Marion qui nous propose un petit-déjeuner tardif ou un déjeuner, tout en reprochant à Jess de me détourner du droit chemin. Le lien entre eux est fort. Mais Marion est d'abord attachée à un dieu, celui des baptistes du Sud. La plupart du temps, nous prenons notre petit-déjeuner en route, devant les paysages du Mississippi, en nous rendant dans des salles de billard ou vers une rivière où nous irons nager l'après-midi. Toute la nuit nous marchons à la musique, et moi à l'alcool et à l'herbe, tandis que mon père se contente de fumer.

La majorité des gens ne sont pas surpris de savoir que je suis le fils de Jess. Ça doit être parce que je me fonds de mieux en mieux dans le panorama humain. Chaque jour, je m'adapte un peu plus à l'idée d'être un des leurs, malgré mon accent et le fait d'avoir été élevé sur une autre planète. A l'idée d'être un Noir.

Un jour il m'emmène dans un cimetière. Sur la tombe de sa mère. Ta grand-mère était une enseignante. Elle se défonçait à la lecture.

Sur sa pierre tombale, on peut lire : A Mlle Anna T. Jeanes et sa fondation, pour m'avoir permis de m'élever et l'avoir permis à d'autres. Luana Hines 1899-1962. Enseignante auprès d'enfants de couleur, aimée de ses élèves.

C'est ma grand-mère. Ravi qu'elle ne soit pas un stéréotype, ouvrière des champs de coton ou bonne.

Une multitude de plantations de sorgho, de maïs, de soja, d'arachides. J'apprends que les métayers noirs ont été obligés de quitter leurs champs de coton parce que des machines accomplissent désormais le travail manuel qui était le leur. Des Noirs triment cependant toujours dans chaque plantation, et les Blancs sont aux commandes. Comparer la situation à celle qui existe chez moi n'aurait pas de sens. Nous sommes un peuple bien trop guerrier pour avoir connu – encore moins supporté – une souffrance aussi étendue.

Nous nous rendons à une soirée Orteils où les hommes font des enchères sur les orteils de femmes cachées par un rideau. Le truc, c'est de juger la beauté et la silhouette, et même un peu la personnalité, à partir de deux pieds simplement. L'acheteur doit offrir à boire toute la nuit à la femme qu'il a choisie. Ou filer dare-dare s'il a acheté un laideron.

Parfois, un panneau affichant "Réservé aux gens de couleur" fait resurgir en moi le fier Maori. Je voudrais faire quelque chose pour montrer à quel point c'est choquant. Mais chaque jour, et parfois même d'heure en heure, ce qui l'emporte en moi, c'est d'être un nègre. J'apprends qu'il y a ici des règles très différentes.

Un soir où nous sommes dans une boîte, nous entendons dire qu'il va y avoir de la casse. Mon père me guide vers un coin sombre et, peu après, entrent trois gigantesques Noirs qui se dirigent vers un groupe d'hommes plus jeunes.

Une énorme bagarre éclate : des corps volent, des couteaux scintillent, et je me recroqueville en entendant des coups de feu. Le trio repart. Deux cadavres restent à terre.

Mon père me fait sortir par-derrière et me dit que c'est là l'autre côté de la vie des nègres. Nous nous retournons contre nous-mêmes, nous nous défoulons de notre haine et de notre frustration les uns contre les autres, noir contre noir, et cela depuis que nos ancêtres sont arrivés enchaînés et ont été achetés et revendus comme du bétail.

J'assimile un peu de son jargon, mais je ne compte pas l'utiliser : *in power, jenk, bookooing, woofing, pickin' de box.* Je découvre la discrimination selon la couleur de peau plus ou moins foncée : une blonde poêlon est très noire et donc moins désirable. Je suis un quarteron parce que j'ai un quart de nègre en moi. Les huitièmes de sang, étant les plus pâles, ont le statut le plus envié. Apparemment, nous avons tous nos préjugés.

Jess fournit de l'herbe aux camps de bûcherons ; il avoue avoir gagné ainsi l'argent qu'il m'envoyait. Je réponds que sans cela nous n'aurions jamais été ensemble et qu'en plus je suis devenu amateur de bons joints. On aurait pu aussi parler de la malédiction de la boisson, parce que je bois tous les soirs jusqu'au petit matin.

Nous nous rendons dans d'autres hameaux de Noirs, dans des boîtes, des bars de toutes sortes, même chez son coiffeur – un lieu d'échanges plein d'humour où les coupes de cheveux ressemblent à des numéros de danse et où les coiffeurs et les clients n'arrêtent pas de se taquiner, ce qui finit en explosions de rire et gesticulations. Mon père essaie de me faire découvrir tout ce qu'il peut.

Dans les bois, il me montre des piverts, des écureuils, un tatou qui se traîne, des animaux que j'ai vus dans mes livres de classe et dans des films américains. Nous ne sommes jamais à court de sujets de discussion, et en général c'est Jess qui parle, qui m'explique cet endroit, ce qu'est la vie pour une personne de couleur – et elle n'est pas triste à raconter, pas si on la décrit comme lui.

A Whitecave, nous ne nous arrêtons que rarement et rapidement pour des courses au magasin pour gens de couleur. Et aussi pour que Jess puisse effectuer ses opérations bancaires. Les banques ne sont pas interdites aux Noirs parce qu'une banque qui leur serait réservée devrait appartenir à un Noir, et, autant que Jess le sache, il n'existe pas de Noir propriétaire de banque. Il l'explique avec ce grand sourire qu'on n'aurait pas idée de contester, le sourire d'un homme qui ne doute pas qu'un jour ses souhaits et ses rêves se réaliseront.

Et puis on voit la réalité : la file d'attente de chaque magasin donne la priorité aux Blancs. Comme on a rendu les Noirs respectueux et même serviles ! Je vois à quel point ils diffèrent des Maoris : aucun Maori ne supporterait une seconde d'être traité avec un tel mépris. Dans notre pays, il y a des Blancs qui craignent les Maoris. Nous sommes la classe des guerriers et que personne ne l'oublie – peu importe que nous ayons moins d'argent. Nous avons la loi de notre côté et des droits, nous, les Maoris. Mais, bon, ce pays-ci n'est pas le mien. Il ne faut pas que je compare ; l'histoire, la taille et la complexité des choses sont trop différentes.

On voit partout des flèches d'église, dans ce village. Les gens sont croyants, et pourtant il faut que je reste sur mes gardes, sinon ils me feront du mal. Etre un citoyen noir, dans ce pays, signifie que je dois connaître mes limites et subir des restrictions sévères, mais aussi que je m'expose toujours à un risque, même en vaquant à mes occupations quotidiennes. Je n'arrive pourtant pas tout à fait à m'en convaincre.

Jess a peur d'être repéré en tant que militant des droits civiques par la police et ceux qui se sont proclamés gardiens de la morale. Il a en effet participé, en 1963, à la marche sur Washington qui a regroupé deux cent cinquante mille Noirs et des dizaines de milliers de sympathisants blancs du Nord. Ce jour-là, sur les marches du Lincoln Memorial, Martin Luther King a prononcé un discours célèbre, me dit mon père.

Je rêve que, un jour, même l'Etat du Mississippi, un Etat qui étouffe dans la fournaise de l'injustice, qui étouffe dans la fournaise de l'oppression, sera transformé en une oasis de liberté et de justice.

Il a cité ce passage alors que, après avoir marché au bord d'une rivière pendant plusieurs kilomètres par une après-midi relativement fraîche, nous arrivions à un pont menant au village sur l'autre rive. Un pont où, me dit mon père d'une voix blanche, son frère et lui avaient assisté au lynchage d'une Noire.

J'avais quinze ans. Mon frère dix-huit. C'est à cause de ça que j'ai commencé à boire – le soir même, se souvient-il.

Où étais-je au même âge ? Tranquillement dans la maison d'Henry où, chaque jour, ma mère me répétait à quel point j'étais spécial et où je recevais – de cet homme-ci, justement – de l'argent qui a bien accéléré ma carrière musicale. Autant que je sache, mon pays n'a jamais connu un seul lynchage.

Maintenant, je ne veux être d'aucune autre race que celle des Noirs. Je veux appartenir à la race de mon père pour pouvoir redresser quelques torts. Je ne veux pas rentrer chez moi. Je suis devenu le fils de mon père.

CHAPITRE QUARANTE-CINQ

TOUTE LA JOURNÉE, elle a eu l'estomac barbouillé. C'étaient les nerfs, à la fois à cause de ce qu'elle faisait – une nouvelle liaison – et de la soirée-dîner.

Une soirée-dîner ? Elle n'avait jamais entendu parler de ça. Dans le monde de Lena, on disait dîner pour le déjeuner et thé pour le repas du soir. On ne combinait jamais le repas du soir avec une fête, sinon avec cette grande marmite qu'on préparait pour les soûlots tard dans la nuit et dans laquelle on faisait bouillir des os de porc avec des légumes.

Toute la semaine, elle s'était angoissée pour savoir quoi acheter : une robe, une jupe avec un chemisier, ou alors une veste – comment savoir ce qui convenait ? Elle n'allait quand même pas demander à la vendeuse et avoir l'air d'une Maorie inculte. Il lui avait fallu déambuler dans les rues pendant des heures avant de trouver une boutique qui lui avait paru appropriée.

Et si elle portait quelque chose qui n'allait pas ? Quel genre de bijou devait-elle acheter, elle qui n'en possédait aucun à part l'alliance qu'Henry lui avait offerte il y avait plus de mille ans ? D'ailleurs, que font les gens à une soirée-dîner ? Il y a des règles que connaissent ceux qui en ont l'expérience et qui révèlent aux yeux de tous l'ignorance des autres. Elle avait l'impression d'être face à un échec annoncé, dans cette affaire. Mais pas question d'inventer une excuse pour ne pas venir. Et si les autres invités de la *soirée-dîner* devaient la regarder de haut, eh bien qu'ils aillent se faire voir. Elle pourrait bien en regarder certains de haut, elle aussi.

Elle demanda au taxi de s'arrêter deux maisons avant celle de Ralph. Elle y était, maintenant. Dans l'allée bien éclairée où de petites pierres dessinaient des motifs, elle allait vers cette vaste maison sur deux niveaux. Une maison dont elle avait un peu l'habitude pour s'y être rendue plusieurs fois, mais elle recommençait à la voir comme un château auquel n'ont pas accès des gens ordinaires comme elle. Oui, Dieu savait qu'elle y était déjà venue, et pas précisément pour en admirer l'architecture.

Ils s'étaient bien entendus sexuellement, comme avec Jess ; sauf que c'était mieux cette fois-ci, parce que les gens – elle s'en rendait compte à présent – préfèrent ceux qui leur ressemblent. Ralph était un Néo-Zélandais, peu importait qu'il soit blanc. On se sent davantage chez soi quand on entend son propre accent et qu'on a les mêmes références. Et Ralph était quelqu'un qui avait les pieds sur terre, ce qui plaisait à Lena. Quant à sa bibliothèque, elle en était tombée amoureuse sans avoir soupçonné qu'elle en avait un tel besoin, un besoin inné.

Elle s'était habillée pour la soirée chez l'amie où le taxi était venu la chercher. Bev, séparée de son mari depuis peu, n'avait pas non plus la moindre idée de ce qu'était une soirée-dîner. Mais te laisse pas avoir, Lena. Et sois fière de ce que tu es.

Facile à dire. Comment allait-elle parler de sa situation maritale aux autres convives ? Déjà en enlevant son alliance. Que dire ? De quoi allait-elle parler alors qu'elle se sentait étrangère, d'une autre race et d'une autre culture ? Mais, en réalité, jusqu'à quel point se sentait-elle différente des Blancs ou de toute autre personne ayant une autre couleur de peau ou une autre croyance ?

Ralph l'accueillit à la porte d'entrée. Il portait une veste et une cravate, un pantalon habillé. Elle avait choisi une belle robe, conseillée par la propriétaire d'une boutique qui s'était montrée très compréhensive et connaissait l'étiquette des soirées-dîners. Mais Lena n'avait pas osé lui demander comment il lui fallait se tenir. Et pour acheter la robe, elle avait dépensé une bonne partie de ce qu'elle avait soigneusement mis de côté pendant des années.

Elle embrassa Ralph sur la joue au cas où des yeux les auraient observés, et elle fut prise de panique en entendant le bourdonnement de la conversation à l'intérieur. Tu es absolument ravissante, lui dit-il. Mais elle était morte de peur.

Une confusion de noms et de visages. Des femmes dans des vêtements qui avaient dû coûter une fortune, couvertes d'or et de diamants ; des femmes très sûres d'elles qui paraissaient guindées malgré leurs sourires. Faire de l'esprit semblait être le jeu de société qui occupait les hommes : ils buvaient divers alcools et vins, apparemment tout à fait à l'aise. Et Ralph qui avait bêtement supposé que Lena n'avait pas besoin qu'on s'occupe d'elle ! Il y avait un chirurgien, un avocat et plusieurs personnes exerçant des activités dont Lena n'avait jamais entendu parler.

Les femmes gloussaient et faisaient comme si les hommes n'étaient que de vilains potaches qu'il valait mieux laisser entre eux. Elles se comportaient selon un rituel que Lena ne comprenait pas. Elle sentait chaque centimètre carré de sa peau devenir moite à mesure que les minutes s'étiraient, devenant pour elle comme des heures remplies de conversations qu'elle n'arrivait pas à saisir et auxquelles elle ne pouvait pas répondre par quelque mot d'esprit ni même par des paroles ordinaires. L'écart social était tout simplement trop grand.

Ralph la taquina en lui disant que toute sa peur était dans sa tête, qu'elle avait énormément plu à tout le monde, même à ceux qu'il appelait les cracheurs de venin, réputés pour écraser ceux qui sont socialement désavantagés.

Et pourquoi ?

Parce que tu as été toi-même. Comme tu n'avais pas de recette mondaine à suivre, tu as concocté la tienne – et quel plat tu leur as servi ! Il riait, attirant Lena contre lui, clignant des yeux vers l'étage.

J'ai vraiment pas fait de gaffes ? Lena était soulagée, mais elle n'était encore pas sûre d'avoir fait bonne impression. Pas à cette soirée-dîner avec des Blancs, surtout de la haute société.

Tu étais excitée comme une puce.

Toi aussi, les premières fois que tu es venu à Waiwera, quand tu étais ado. Tu me l'as dit : tu avais peur des jeunes Maoris, ces gros durs qui se sont révélés être des grands gentils.

Tout à fait. Une question de perception, ni plus ni moins. La façon dont tu racontes ton travail de guide avec un tas de Yankees au cuir épais est un classique du genre.

J'en ai été étonnée moi-même, dit Lena avec un large sourire. Inspirée par notre célèbre guide, Maggie, qui se sentait l'égale de tous, des rois et des reines comme des pauvres et des mendiants.

Je sais qui c'est. Les parents de Tip avaient une photo d'elle chez eux. Une belle femme. Elle me fait penser à –

On me l'a déjà dit. Lena coupa court au compliment. Je ne veux pas attraper la grosse tête. Je me disais : aucune de vous, dames qui brillez tant sous vos bijoux, n'a jamais conduit de groupe de touristes dans des merveilles thermales situées juste derrière chez vous. J'ajoutais quelques petits mots drôles pour me calmer les nerfs. Ça ne s'est pas passé aussi mal que je l'aurais cru. Pourtant, Janet m'a demandé à qui j'écrivais pendant le repas.

Elle a du culot.

Elle m'a dit que tenir le couteau comme si c'était un stylo ne se faisait pas en société. Elle espérait que ce conseil amical ne me vexerait pas.

Ralph la regarda avec acuité. As-tu été offensée ?

Au départ, oui.

Et qu'est-ce qui t'a fait changer d'avis ?

Elle m'a regardée en face et elle avait des yeux gentils. Elle a aussi posé sa main sur mon poignet.

C'est une fille sympa, Janet. Son père est plombier.

Plombier ? Ils débouchent les W.-C.

Entre autres. C'est un plombier qui a bien réussi, qui a des contrats commerciaux dans tout le pays. Mais Janet a grandi dans une maison de travailleur néo-zélandais moyen. Elle a pris des airs, mais elle est inoffensive.

Lena était interloquée.

Et maintenant, belle femme exotique qui depuis tant d'années vis sous mon nez qui n'en savait rien, lis dans mes yeux.

Elle sourit. Je vois un homme.

Oui, en effet. Un homme qui tombe amoureux de toi…

Je vois ça aussi.

Et toi ?

Ralph, parfois je pense que cette idée d'amour m'embrouille l'esprit.

C'est pas obligé… si tu te laisses aller.

Elle se laissa donc aller, et la façon dont ils firent l'amour fut mieux que bien. Mais pour ce qui était de l'amour même, elle ne savait toujours pas.

CHAPITRE QUARANTE-SIX

LE CHANTEUR en élégant costume de lin blanc termine impeccablement sa ballade et reçoit un tonnerre d'applaudissements. Les verres levés scintillent et les sourires brillent dans la semi-obscurité remplie de fumée, au milieu de ces cris en cascade et de ces battements de mains dont Yank a maintenant bien pris l'habitude.

Merci, merci à tous. Maintenant, j'aimerais vous présenter un jeune homme venu de loin, d'un endroit qui s'appelle… la Nouvelle-Zélande ! Applaudissez Mark Hines, et sachez que c'est l'un des nôtres, mes frères et mes sœurs. Il est assis juste là avec son père. Un de ces bébés de la guerre rentrés à la maison comme il se doit.

Partout de petits gloussements. Je regarde mon père, il sourit et dit : Va leur montrer, mon fils. Et j'y vais.

Je demande à l'orchestre s'il connaît un morceau de Mel Carter que j'ai appris grâce à un disque envoyé par mon père. Plus tendu que je ne l'ai jamais été, je me dis que je joue mon billet d'entrée ou de retour à la maison. Chanter pour un public noir sur son territoire ? Il faut que je me mette dans la tête que je suis de la même souche que ceux qui sont assis là et me sourient.

Le piano remplace les cordes pour l'ouverture, une basse de grande taille donne le rythme, le batteur tape doucement sur du métal, calmement, sans forcer. A mon tour, maintenant, et je suis content d'avoir pris quelques bourbons. Plus rien ne compte, désormais. A part la chanson. Je fais mon boulot. Je vis dans l'instant. C'est le moment d'y aller, Mark Hines. De se laisser aller.

J'ai réussi. Mes ancêtres africains sont à mes côtés et là devant moi, tandis que derrière me poussent des siècles d'histoire, et tous me disent en souriant : Tu vas y arriver, frère africain. Vas-y.

Je chante que rien ne peut satisfaire ce désir qui est en moi. Le public se laisse aller à sourire et lance des exclamations. L'orchestre reste discret, je suppose qu'il me sent plutôt tendu. Je me concentre sur la musique. Quand vient le moment de lâcher le plongeoir, j'y vais. C'est comme plonger du pont de Waiwera. J'ai une dette envers tout le monde et en particulier envers celui qui a lancé cette façon de chanter, le grand Mel Carter.

Je ne vois que mon père quand je descends et me dirige vers sa table. Mais c'est l'explosion dans la salle, et Jess, debout, me fait tourner les talons et remonter sur scène. Il demande au chef d'orchestre de nous laisser jouer un duo de Little Joe Hinton.

Mon père commence. Je suivrai. On a déjà répété ce morceau plusieurs fois chez lui avec son tourne-disque. Il prend les deux premiers vers. Je prends les deux suivants. Deux fruits de la même graine – pourquoi pas ? C'est bien ce que nous sommes. Poussé par Jess, le public se lance avec nous, reprend les refrains et chaque parole poignante.

Ensuite, ce sont les verres, les compliments, les "bienvenue à la maison", et ça me donne le vertige. C'est Jess qui a tout organisé ; nous allons d'une boîte à l'autre, et chaque fois on me présente et on m'invite à chanter. Jess se joint parfois à moi. Je voudrais que cette nuit ne finisse jamais. Elle me transforme. A moins que ce ne soient les gènes de mon père qui soient en train de s'imposer.

Sur le chemin du retour, juste avant le lever du soleil. Dans l'ivresse de la nuit autant que dans celle de l'alcool. Mon père rejoue, tout excité, le moment où Cassius Clay a dégommé ce gros ours de Sonny Liston pour devenir champion du monde de boxe poids lourds. Jess parle d'un mélange de gêne et de joie quand le champion a changé son nom en Muhammad Ali, quand il a affirmé sa croyance religieuse en l'islam, disant à l'Amérique blanche qu'elle n'avait rien à lui offrir, à lui comme à tous les autres Noirs vivant dans ce pays d'oppression. Il avait contrarié les Noirs les plus conservateurs, de vieux chrétiens qui ne pouvaient pas comprendre qu'un Noir se convertisse à l'islam, mais il avait aussi encouragé la plupart des Noirs américains à relever la tête comme lui, à être noirs et fiers –

Il s'interrompt puis déclare : On a de la compagnie. Sur une route de campagne, à cette heure ? Qui fonce sur nous ? La police.

Il se tourne vers moi. C'est de ça que je t'avais averti. Mais, putain, j'espérais que ça se produirait jamais.

Faut croire que la gnôle m'a un peu engourdi, a diminué ma capacité d'avoir peur. Parce que je lui demande : On peut pas juste continuer à rouler à la vitesse légale ?

On mettrait nos vies en danger. Tu m'entends ?

Je l'entends, c'est sûr. Mais on fait rien de mal.

Il me tombe dessus. Je te le dis depuis que t'es arrivé, ce qui t'attend ! C'est pas une question de bien ou de mal – c'est une question de *survie.*

Je n'ai plus en face de moi l'homme que je connais depuis presque deux semaines. Pas le même homme, il s'en faut de beaucoup. Je lui dis que je m'excuse. Bon sang, je m'excuse.

Ne dis rien, sauf si on te pose une question.

C'est des flics, ou –

Des flics. Deux connards qui se sont mis côte à côte pour bloquer la route. L'un doit être le shérif Gilbert qu'on aime tant. Il doit savoir que tu es ici. Il me connaît. Laisse-moi parler.

Une des deux grosses brutes en uniforme se tient devant ma vitre ouverte. L'autre, avec son gros ventre, est devant celle de mon père. Qui le salue : Bonjour, shérif.

Où est-ce que vous allez, *boy* ?

A Piney. C'est moi, Jess Hines.

C'est là que vous habitez, Hines ?

Oui, m'sieu.

Et votre passager ? Il scrute l'intérieur comme s'il allait passer la tête dedans pour me mater de plus près.

Un visiteur, shérif.

De quel coin ?

Près de l'Australie, shérif.

Près ? Où ça, au nord ? Ça voudrait dire quelque part en Asie, d'accord ? Autant que je me souvienne, y a rien à l'ouest sauf de l'océan, et au sud les océans sont terribles. A l'est aussi, y a que des océans, si je me rappelle bien ma géographie.

A l'est, il y a un petit pays qu'on appelle la Nouvelle-Zélande. Presque deux mille kilomètres entre les deux. J'y suis allé en bateau.

Ah bon ? Alors c'est le gus dont on m'a parlé, qu'ils ont vu, là… Très bien. Il paraît que votre père est en train de mourir et qu'il vous a envoyé dire adieu à – à vous, *boy* ?

Il dit *boy* à mon père. Le grand singe en uniforme de mon côté me lance un regard haineux.

Sortez du véhicule, tous les deux. Gentiment et lentement.

Gentiment et lentement, deux négros sans armes qui n'ont pas enfreint la loi descendent de voiture et voient le premier sourire du matin s'étaler au bas de l'horizon devant eux.

Qu'est-ce qu'on a fait, m'sieu ?

J'aime pas ce ton qu'adopte mon père ; c'est pas viril, c'est un ton de lèche-bottes. Il suffit de voir son visage : ses muscles se sont relâchés, il est parti en mode esclave, putain.

Mettez vos mains sur le toit – tous les deux, fils de pute.

Le grand singe près de moi m'y aide de force tandis que l'autre gros gorille, les poings serrés sur ses hanches, fait un sourire narquois en voyant mon père faire ce qu'on lui dit comme tout négro qui a un peu de jugeote.

Si mon père levait la tête, il verrait que son fils essaie de recevoir de lui des instructions muettes, mais il a le visage posé de côté sur le toit de la voiture pendant que des mains grossières me fouillent comme elles fouillent mon père. Je reste passif, mais je n'aime pas ça.

OK. Debout. Emmène-le de ce côté, Wes.

A présent, l'aube dissipe rapidement l'ombre de la route qu'elle teinte d'or. On me fait faire avec rudesse le tour de la voiture par l'avant pour me présenter comme un captif à un certain shérif Gilbert. Reste humble, Yank. Tu es en Amérique. Dans le Sud.

Mes amis m'ont dit qu'ils vous ont trouvé en train d'errer après minuit.

Je fais oui d'un hochement de tête.

C'est en soi un délit de vagabondage, sur mon territoire. Et délit d'intention.

Je n'avais aucune intention, m'sieu.

Ses yeux s'agrandissent. Il pousse sa casquette en arrière. Vous avez eu une invitation ?

Je lui réponds par l'expression de mon visage : Une invitation ?

A parler.

Je prends un air stupéfait. Il m'envoie un revers de la main comme un coup de patte d'ours. Je vacille et je perds presque l'équilibre. Au moment où je lève les yeux vers mon agresseur, je vois le visage de mon père figé dans une expression sombre. Il a les yeux voilés dans une sorte de résignation sublime.

Jess déclare : Il est pas au fait de nos coutumes, shérif.

Si j'allais en Inde, vous croyez pas que je ferais bien de me renseigner sur les hindous et les cheiks, avant de partir ?

C'est juste un jeune homme d'un autre pays.

Sûr. En compagnie d'un nègre. En plus, d'un nègre qui est peut-être *actif*, d'après ce qu'on nous dit – pas vrai, Hines ? Qui aime pas son propre Etat et la façon légale dont on fait les choses, par ici. Non, m'sieu. Il se pourrait qu'on ait là affaire à un nègre qui veut se *révolter* contre un droit et un ordre anciens et vénérables, un droit que pratiquent et appliquent les Blancs respectueux des lois. Dis-le-lui, Wesley.

Enculé de militant des droits civiques, t'as intérêt à pas marcher sur nos droits civiques à nous. On t'a à l'œil, Jess Hines.

Mes oreilles entendent le flic dire "doigts chiviques". Mes yeux voient en eux deux voyous payés par l'Etat. Et quand le shérif sort son flingue pour menacer mon père, ils deviennent, dans mon esprit, des gangsters dans des postes officiels.

Quant à mon père, j'entends ses chaînes cliqueter. Sa tête servile, courbée, est mise à prix pour pas cher.

Risquant une nouvelle gifle, je demande : M'sieu ? Mes respects. Mais qu'est-ce qu'on a fait ? Pourquoi m'avez-vous frappé ?

Le pistolet se pointe sur moi. T'as envie de comparer avec une balle dans le buffet ?

Je dis : Pourquoi ? En me disant qu'il ne peut pas faire ça, qu'il n'a même pas le droit de me menacer. Dans mon pays, il aurait de sacrés ennuis.

Connard de lécheur de nègres, t'as une grande gueule. Il s'avance. De l'acier contre mon front. Si tu redis ça, on va enterrer ton insolence dans un putain de cimetière pour gens de couleur.

Il braque de nouveau le pistolet sur mon père. En compagnie de ce négro que ton père, là-bas en Zélande, aime tant.

Je n'ai jamais vu quelqu'un comme ça.

Et donc moi, l'esclave nègre, je déclare : Je suis désolé si je vous ai offensé, m'sieu. Vraiment, je suis désolé. Je ne peux pas et je ne veux pas regarder cet esclave qu'est mon père.

Un sourire commence à s'étaler sur sa tronche, un sourire semblable à cette aube qui a déversé son or sur nous, sur tous les quatre, et il dit : Maintenant tu commences à parler comme i' faut, avec respect. Il le dit en traînant le *a* de "parler", en laissant tomber le *l* de "il". Mais le sarcasme de son sourire, ça, il ne le laisse pas tomber.

Le pistolet retrouve sa place dans son étui. Le shérif regarde son adjoint comme s'il avait besoin qu'on lui confirme qu'il est sur le point de faire ce qu'il faut. Il se tourne vers mon père qui le regarde très humblement avec des yeux vitreux.

Et il dit : Jeff Hines, à ta place, je laisserais tomber ces conneries de droits civiques. Tu devrais juste t'occuper de ton visiteur étranger et te contenter d'être un nègre obéissant qui sait rester à sa place. C'est la volonté de Dieu, au cas où tu l'aurais oublié.

Genèse, 9 : Maudit soit Canaan, le fils de Cham, qu'il soit le dernier des serviteurs de ses frères.

Et quand nous nous sommes retrouvés debout sur la route baignée par la splendeur du matin, j'ai demandé à mon père qui était Cham.

Un Noir de la Bible, du moins le prétendent-ils, qui a surpris son père Noé ivre et nu. Noé a donc maudit Cham jusqu'à la fin des temps. Ses descendants devraient être les serviteurs des descendants de ses deux frères, Sem et Japhet. On t'a pas appris la religion ?

Pas chez nous.

T'as pas raté grand-chose. Ma mère non plus n'était pas croyante. En lisant, elle s'est libérée, disait-elle. Mais la religion était tout autour de nous, et elle l'est encore comme tu le vois. Ça va, toi ?

Je crois. Et toi ?

Je sais ce que tu pensais. Je l'ai lu dans tes yeux. Mais c'est comme ça, c'est comme ça qu'on a survécu. C'est ça, ou bien prendre une attitude guerrière et mourir fièrement.

Il avait deviné mes pensées qui s'emplissaient de l'orgueil des guerriers maoris. J'ai haussé les épaules et j'ai dit : Bon.

Ses lèvres se sont tordues pour prendre une forme que je ne leur avais jamais vue.

Il a dit : C'est pas avec l'ignorance ou l'arrogance d'un blanc-bec qui joue les hommes que tu résoudras un problème qui dure depuis trois siècles. Pas possible, mon fils. Et si tu essaies, je te colle une telle trempe, ici même sur la route, qu'on te renverra sur une civière. Je te le jure, je le ferai.

Il s'avança sur moi, il mesurait cinq centimètres de plus et avait vécu une tout autre vie.

Connard de Néo-Zélandais qui connais rien à rien et pourrais aussi bien être blanc comme eux, je te dis que si je dois sucer des bites pour vivre jusqu'au jour où nous pourrons vraiment crier victoire, eh bien je sucerai des bites. Mais je suis pas obligé de supporter que mon propre fils juge ma façon de survivre alors qu'il a passé toute sa vie bien douillettement dans du coton. Tu comprends ? Parce que j'y ai été, dans ton pays, et il est pas du tout comme celui-ci.

…

Je t'ai demandé si t'avais compris.

J'ai en effet alors compris. Il tremblait de colère. C'est pourquoi j'ai dit que je m'excusais, et c'était sincère. Vraiment.

Et pourquoi je l'ai pris dans mes bras – et j'ai senti un homme adulte sangloter contre moi tandis que, dans le beau ciel du Mississippi, le soleil brillait sur nous.

CHAPITRE QUARANTE-SEPT

SOUS UNE LOURDE PLUIE, Henry et Manu marchaient, protégés par un parapluie géant, tout souriants de rester au sec. Elle ruisselait à leurs pieds le long de la route asphaltée pourvue de caniveaux et d'évacuations d'eaux pluviales. Henry expliquait comment il avait harcelé le conseil municipal jusqu'à ce qu'il finisse par céder.

On pourrait encore patauger dans la boue et tomber sur des nids-de-poule où on se casserait une cheville, pas vrai, fiston ?

C'est quoi, des nids-de-poule, papa ?

Question qui fit rire son père. Un trou dans une route de terre. Quand on était gosses, on faisait naviguer des petits bateaux dedans. Sortir sous la pluie ne nous embêtait pas. Bon, heureusement, y en a plus, maintenant. Je suppose qu'on aura les bains pour nous tout seuls, ce matin.

Ce fut le cas : ils eurent le choix entre cinq bassins, les canaux ayant été bouchés par les chiffons qu'avait mis Barney. Ce brave Barney, on pouvait compter sur lui, et maintenant il était capable de tenir une conversation, même si par moments il retombait dans le silence traumatique provoqué par un incident dont Henry n'avait jamais rien oublié et dont il pressentait que Barney avait retrouvé le souvenir. Mais quelle importance, à présent ? Tout ça, c'était du passé – ça ne reviendrait jamais.

La pluie fouetta leurs corps nus alors qu'ils sortaient rapidement de l'abri où l'on se changeait, et elle fit disparaître toutes les lumières que l'on aurait pu apercevoir dans les maisons à sept heures du matin en ce dimanche d'hiver. Le soleil n'était pas encore levé et, de toute façon, ne diffuserait guère plus qu'une faible lumière grise pendant la première demi-heure.

Doux choc du contraste. Et moment encore plus doux où le père et le fils sont unis par le même matériau liquide.

Papa, je te lave le dos ?

Henry se tourna et souleva son corps pesant pour permettre à son fils de le savonner en douceur. La pluie tombait à grand bruit. Les cœurs de l'homme et du garçon tambourinaient d'amour. La rivière en contrebas était en crue, boueuse, filant à toute vitesse.

Aucun autre baigneur ne vint. Ils chantèrent. Le père, comme toujours, dit à son fils qu'il avait une belle voix en train de se développer mais que, s'il voulait chanter en harmonie, il devait réduire son volume sonore pour permettre à la voix principale de dominer. Echangeons nos rôles. Et Henry chanta tout en lavant le dos de son fils, ce qui faisait partie du rituel.

Ils repartirent vers la maison. Henry était d'avis que le gigot de mouton serait rôti, juste à point. Manu se demandait s'il devait déclarer ce qu'il avait sur le cœur. Il se décida.

Papa ? Quand j'ai dit aux autres, dans ma classe, qu'on mangeait du rôti au petit-déj', ils ont tous ri et m'ont dit que personne n'en prend au petit-déj'. On est les seuls à le faire ?

Une question à laquelle Henry avait déjà dû répondre au pied levé quand elle lui avait été posée par Mata et puis par Wiki. Yank aurait certainement voulu la poser aussi, mais étant donné les circonstances…

Henry répondit : Les peuples ont des coutumes différentes. Les Maoris viennent d'une culture qui oscille entre les festins et les famines. Du coup, comme certains chiens, par exemple les labradors, on mange plus que nécessaire quand il y a de la nourriture. Dans le schéma de la nature, il n'était pas prévu que la nourriture reste disponible en abondance. C'est pour ça que je suis gras. Mais d'un gras heureux. Comme tu le sais, les gens d'ici peuvent s'asseoir devant une assiette d'os de porc, de patates et de cresson à cinq heures du matin. On est comme ça.

Toi, t'es comme ça, papa…

Il regarda son fils qui était presque de sa taille et grandissait encore. Je vais manger ta part, alors ?

Pas ce matin. Manu fit un grand sourire et donna un petit coup de hanche à son père. Henry répondit par un autre coup de hanche. Manu poussa une exclamation parce qu'il venait d'être touché par la pluie. Son père le ramena à lui de son bras puissant.

Sans savoir pourquoi, Henry s'entendit dire : Je me demande comment ton frère se débrouille en Amérique. Il vit la surprise sur le visage de Manu, et Manu la cacher.

Il a de la chance.

Oh, ça va pas être tout le temps une partie de plaisir. Pas au Mississippi.

Silence. Côte à côte, ils passèrent devant des trous boueux qui grondaient. On t'a rien appris sur la manière dont on traite les Noirs en Amérique, fiston ?

Juste un peu. L'histoire des Etats-Unis. Surtout la guerre de Sécession, leur constitution et des trucs comme ça. En jetant un coup d'œil méfiant à son père.

Je me demande ce qu'ils penseraient de notre pays, papa.

Henry s'éclaircit la voix et dit : Eh bien, il y en a quelques-uns qui sont venus ici, pendant la guerre… comme on sait. Il se racla de nouveau la gorge. On a de la chance de pouvoir habiter ici.

Manu lança vers son père un autre genre de regard.

Papa ? Est-ce que tu penses beaucoup à Yank ?

De temps à autre. C'est pour ça que j'ai posé la question, sans doute.

Non, je parlais d'une autre façon de penser.

Encore le passé, fiston. Il te roule dessus avant que tu puisses dire ouf, et puis il disparaît comme un bus que t'as raté. Je peux pas changer la manière dont j'ai réagi, si c'est de ça que tu veux parler. Tu penses à ces choses-là ?

Bien obligé. Il s'agit de mon frère. Et pourtant t'es pas –

Son père. Comme s'il y avait un seul jour où je n'y pensais pas.

Mais, papa, ça doit être fini. C'est ce que je me dis.

Sans doute que c'est fini. On se réveille un jour, et on se rend compte que le sujet n'est plus tellement important, peut-être même plus du tout. La maturité, on grandit. Ça et d'autres choses encore.

Pour moi, t'as été un bon père.

Pour Wiki aussi. J'ai essayé avec Mata, mais j'ai raté ses premières années. A ton avis, qu'est-ce que ton grand frère est en train de faire en ce moment ? Je crois qu'il y a dix-huit heures de décalage horaire – là-bas, il est donc une heure de l'après-midi, hier.

Tu le sais ?

Eh bien, si mon fils a un frère dans ce coin-là, oui. Le Mississippi, d'après ce qu'on m'a dit, est en retard dans sa manière de traiter les Noirs. Ici, au moins, les Blancs ont fini par nous respecter et on a les mêmes droits. Je démolirais n'importe quel mec de n'importe quelle race qui me manquerait de respect. J'espère que tu ferais pareil.

Manu, qui ressemblait à son père à bien des égards, répondit oui de la tête, il le ferait. Il lança un sourire entendu à son père et se blottit sous son bras, plus près de lui. Je suppose qu'il se fait une place dans la musique, là-bas, dit-il, peu sûr de lui.

La musique nègre, dit Henry. Aujourd'hui, on dit musique noire. C'est qu'il l'adore, sa musique noire. Déjà quand il était petit garçon, il la cherchait tout le temps à la radio. Je crois qu'en secret il aimait ma façon de chanter et je sais qu'il adorait écouter les anciens combattants. S'il devient célèbre, il se peut qu'il se souvienne de moi, tu crois pas ?

Il s'en souviendra, c'est sûr. Manu souriait, mais cela pouvait signifier bien des choses.

CHAPITRE QUARANTE-HUIT

LA FOULE, il se souvenait de la foule, du bruit, du poids de l'exigence collective et de ces gens qui criaient contre tel ou tel joueur ou traitaient l'équipe tout entière de nulle. Les spectateurs et les joueurs étaient des créatures différentes. Oui, il s'en souvenait.

Et de l'opposition de leurs supporteurs à tout ce que l'équipe adverse pouvait faire, même si c'était spectaculaire ; plus de deux mille d'entre eux à conspuer les autres, à ricaner de la moindre faute, à hurler de joie si l'un de leurs gars plaquait durement un adversaire. Hommes contre hommes, comme à la guerre. Des gens qui hurlaient comme des singes – même si ce pays n'avait pas d'autres singes que ceux qui portaient le nom d'homme – dès qu'une bagarre éclatait. Parfois le goût du sang se répandait, et des échauffourées, voire une rixe massive, démarraient dans les tribunes ou sur les touches. Des femmes se battaient, elles aussi.

Des femmes aussi : comment pourrait-il un jour oublier que sa mère, en ce jour qui devait être celui où il connaîtrait ses quatre-vingts plus belles minutes, avait décidé de livrer une baston sans merci à une autre pute éhontée devant la grande tribune bourrée de monde ? Non. Il lui fallait enfouir ce souvenir.

Il se rappelait le pouvoir du groupe rassemblé, de la communauté de Waiwera : si elle n'avait pas encore donné son aval à un joueur, si elle considérait qu'il n'avait pas encore fait ses preuves au combat, il avait beau se démener, elle ne réagissait qu'avec réserve, sans fougue, sans revendiquer un fils chéri, un guerrier. Elle ne précipitait pas sa décision, bien au contraire, et, en plus, on ne pouvait pas la duper ; soit on jouait bien, soit on jouait mal. Comme la finale avait lieu aujourd'hui et qu'il n'avait recommencé à jouer que quatre matchs auparavant, le public restait méfiant. Et Chud savait pourquoi : c'était un *ex-taulard*, lui qui avait été un centre spectaculaire avant d'être jeté en prison pour coups et blessures ; après quoi on l'avait considéré comme un taré, une racaille semblable à ses parents. Le jeune homme prometteur aurait dû poursuivre le rugby, s'imprégner de son esprit, de la maîtrise de soi qu'on y exerce dans l'intérêt de l'équipe, et persévérer jusqu'à ce qu'il dépasse ses problèmes. C'était une méthode qui avait marché pour d'autres jeunes en difficulté. La beauté de l'équipe, de la vie dans une communauté resserrée où ce qui vous accable peut être partagé et dissipé par le bruit et les acclamations. Plusieurs années auparavant, s'il avait lancé un coup de poing à un adversaire, le groupe l'aurait encouragé en criant *achève-le !* Mais c'était autrefois. Avant qu'il ne se transforme en délinquant qui agresse les gens.

A cause de son gabarit actuel, bien trop grand pour qu'il reste à l'arrière, Chud était passé troisième ligne aile gauche. Son boulot était de faire le ménage, d'alimenter le jeu plutôt que de courir, de plaquer sans être un destructeur comme le troisième ligne aile droite dont on attend tout. Rien de bien exceptionnel, mais chaque match pouvait avoir ses moments de grand jeu. Il fallait juste être là, récupérer le ballon, courir derrière la ligne arrière, foncer dans le tas pour soutenir un coéquipier plaqué, aller chercher le ballon, imposer sa dimension physique, reculer si la défense poussait trop et semblait devoir prendre le ballon, être au bon endroit pour recueillir un ballon joué au pied ou juste à côté de l'arrière pour lui servir de recours, devenir l'ultime défenseur si les adversaires débordaient.

Dans les touches, c'était lui qui pouvait à l'occasion être le sauteur inattendu auquel on lançait le ballon. Il aurait bien voulu qu'on lui en envoie davantage, puisqu'il était athlétique, qu'il avait des talons élastiques, de grandes mains, du muscle et de la rage quand l'équipe adverse se permettait des coups fourrés. Sauf que les spectateurs ne voulaient plus des vieilles réactions de Chud, plus maintenant. Ils voulaient un nouveau Chud.

Et quand un poing lui laboura les côtes, Chud dut l'encaisser même s'il avait envie de démolir le mec. Les spectateurs, juges et jurés du village, restèrent silencieux, attendant sa réaction. L'arbitre fit de même, ce qui était encore plus important – car si Chud était exclu temporairement, le couperet de ses supporteurs tomberait. De plus, il sortait avec la fille de cet Henry Takahe qu'ils aimaient tant, et la plupart d'entre eux étaient sceptiques sur la durée d'une telle liaison. Qu'il était jeune, pour avoir un passé aussi moche !

Le coup de poing avait été si violent que Chud eut l'impression qu'une de ses côtes était fêlée. Il perdit le ballon et tomba par terre en s'efforçant de ne pas se tordre de douleur. On ne fait pas ça quand on est un homme. De nouveau sur ses pieds, il se précipita dans l'action – le camp adverse était en possession du ballon – et aperçut son homme. Aussitôt il s'imagina gratifier ce salopard d'un grand coup de bras dans la gorge. D'autant plus que l'autre le regardait avec un sourire ironique. Oui, il souriait le connard.

Au dernier moment, Chud se détourna de sa cible et fila tout droit sur le porteur du ballon pour le plaquer dans les règles. Il se jeta sur les genoux du joueur, l'immobilisa, inversa son élan et le rejeta en arrière.

En le plaquant, il lui arracha le ballon et, en bon numéro 6, chercha quelqu'un à qui le passer. Là : au troisième ligne aile droite – celui qui portait le maillot numéro 7 tant convoité, qui occupait le poste du joueur infatigable, intelligent, rapide, capable de plaquer de manière dévastatrice. En regardant le numéro 7 foncer vers l'essai, Chud espéra qu'on le saluerait comme celui qui lui avait donné le ballon.

Ce fut un rugissement. Il entendit crier son nom. Pas autant que celui d'Archie Tua, qui montait jusqu'au ciel, mais on avait repéré sa contribution, on savait quelle autodiscipline il lui avait fallu pour ne pas se venger de manière idiote. A présent, il pouvait tendre l'oreille pour n'entendre qu'une seule voix : elle lui criait qu'elle l'aimait. Pas parce que c'était un guerrier mais parce que c'était un homme.

Elle l'y incitait : Va rejoindre tes coéquipiers, prends plaisir à la fête qu'on te fait, tu la mérites. Il réfléchit, mais il répondit : Je préfère être avec toi.

Leur appartement était plutôt nu ; ils n'y avaient emménagé que depuis peu. Ils avaient juste eu assez d'argent pour quelques meubles de base, et tous les deux faisaient de grands efforts pour mettre des sous de côté. Le vide de leur logement ne leur importait pourtant pas beaucoup, du moment qu'ils étaient jeunes et amoureux.

Je me demande comment mon frère se débrouille. Vous deux, vous avez intérêt à vous rabibocher, quand il rentrera.

On le fera, dit Chud. Il me manque.

Bon, dit-elle en lui lançant un regard.

C'est ce que tu disais ce soir-là au bain. Bon.

Elle se mit à rire. Parce que tu ne prenais pas la perche que je te tendais. Comme je te l'ai dit, j'ai toujours eu plus qu'un faible pour toi.

Je croyais que tu m'aimais comme une sœur.

Exact. Jusqu'à ce que celle qui est comme une sœur devienne une femme.

T'as seulement dix-sept ans.

C'est assez âgé.

Bon.

Ils se sourirent. C'était la première femme qu'il ne craignait ni ne détestait. La première femme qu'il avait touchée. La première avec laquelle il avait fait l'amour.

CHAPITRE QUARANTE-NEUF

NOUS VOICI DANS LE COMTÉ VOISIN, mon garçon et moi, dans une grande boîte à la périphérie d'une ville du nom d'Irene, et mon fils ouvre des yeux comme des soucoupes à la vue de cette foule hallucinante. Maquereaux et voyous, tout un éventail de personnages douteux et de femmes qui sont autant d'œuvres d'art criardes. J'ai grandi au milieu de tout ça, mais le jeune Mark n'a jamais rien vu de tel. Tout le monde se la joue, je lui dis. Les gens n'ont rien d'autre que des fringues et des attitudes pour s'exprimer, c'est le langage que nous avons développé avec son rythme particulier et ses nuances. Les nègres du Sud sont de tels bonimenteurs qu'ils sont capables de persuader un ours de leur filer sa fourrure.

Des mecs impossibles en manteau de zibeline, portant des lunettes de soleil à l'intérieur et des costumes qui scintillent, des fringues tellement amidonnées qu'on les entend crépiter. De grandes coiffures afro à la mode, toute une gamme de chapeaux, depuis de petites calottes jusqu'à des créations de soixante centimètres de haut. Notre race amasse les bijoux comme si c'étaient des obligations bancaires contre la vie que nous menons, et nous paradons, tels des coqs exhibant leur plumage. Chaque maquereau est accompagné de sa pute préférée, voire de deux. Chaque homme tente de repérer de la chair de femme. Chaque sale gueule est à la solde d'une autre qui veut qu'on surveille ses arrières. C'est pourquoi il faut laisser les flingues à l'entrée sous la surveillance de deux géants. Il y a des joueurs itinérants, il y a les hommes qui prennent les paris sur les chiffres de la Bourse, et il y a des gars qui sortent juste de taule. J'ai l'œil sur les revendeurs de dope : un mec rendu fou par sa came risquerait de s'en prendre à mon fils en croyant qu'il est blanc. Bizarrement, pour moi il n'a pas l'air blanc. J'y vois juste mon fils.

Ça commence par une femme qui vient à notre table pour demander à mon fils s'il veut danser. Je lui dis : Plus tard, la belle. Moi et mon gars on a des choses à se dire. Ce refus ne lui plaît pas. Elle retourne dans un groupe dont j'apprécie pas le look. Mais bon, la musique m'appelle, nous appelle tous les deux. Moi et mon garçon.

T'es c'que t'es. Rien peut changer ça. Le chanteur, là-haut, fait son numéro les yeux fermés. J'entends mon fils dire : Ce pays déborde de talent musical. Je me sens ordinaire, en comparaison.

Faut pas, mon fils. T'es c'que t'es. Je cite la chanson. Je t'ai entendu chanter et t'as du talent. Et c'est pas parce que t'es mon fils. J'ai une oreille de Noir pour repérer la qualité.

Au moins, la femme et son cercle attendent la fin de la chanson avant d'envoyer leur porte-parole : un vrai félin. Grand, en plus, avec des mèches qui pendent partout comme de l'écorce. Il pose une patte ornée de bagues substantielles sur la table devant moi.

C'est ton p'tit gars préféré du Klan ?

Doucement, mon frère. C'est mon fils, la chair de ma chair.

On dirait que tu l'as adopté. Il s'adresse à Mark qui, naturellement, est tout surpris. J'aurais dû l'avertir.

On est cool, mon frère. On est juste là pour entendre Big Boy en personne.

T'es là pour ça, sûr, comme n'importe quel négro. Mais lui – il montre Mark du doigt. Lui, il est d'une autre planète. La planète blanche. T'es pas un nèg', pas même un métis, dit-il à Mark. Qu'est-ce tu fous ici ?

Sur le même bateau que toi, mon frère. Je réponds pour mon fils, et ça commence à me gonfler. Sur la mer de tempête où on est tous. J'espère que tu vois la situation, *man*. J'ai mis un peu de menace dans ma voix.

Sur scène, le saxophoniste joue un riff en solo et il est bon – si j'étais pas distrait par ce truc. Je veux pas te manquer de respect, je dis, mais ce jeune homme, là, c'est mon fils. Vrai, je le jure.

J'ai vu des albinos plus noirs que lui, dit le mec. Il retourne auprès de ses potes.

Tu vois ce qu'on a fait de cette vie, mon fils ? Des trucs sans importance prennent des proportions et finissent par avoir de méchantes conséquences. Par exemple, le fait que toi et moi on soit des étrangers sur leur territoire, alors qu'on est noirs comme eux et qu'on nous barre l'entrée des mêmes établissements, qu'on se fait cogner par les mêmes flics blancs, qu'on est jugés coupables par les mêmes jurys blancs racistes, qu'on est envoyés en taule par le même juge blanc – et qu'est-ce qu'ils font, ces nègres ? Putain, ils nous cherchent comme la police de la route du Sud quand elle veut nous coffrer ou même nous descendre. Pourquoi ? Parce qu'on est exactement de la même couleur qu'eux et exactement dans la même situation ?

Arrive un autre mec, énorme. Salut, je dis.

Salut, répond le gros mec. Ton gars, c'est le putain de nègre le plus pâle que j'aie jamais vu. Puis il se tourne vers Mark – il pivote, en fait.

Dis quelque chose, p'tit con.

Avant que je puisse intervenir, Mark lance : J'espère que mon père et moi on va pas morfler juste parce qu'on a pas la même couleur de peau et qu'on a été élevés dans des pays différents. On est quand même père et fils. Ça me paraît pas juste que ça vous pose un problème.

L'homme le fixe. Il jette ensuite un coup d'œil à ses potes. Se tournant de nouveau vers Mark : Dis-moi un peu d'où tu viens, p'tit con de Blanc.

Nous voilà presque au point de non-retour. J'ai mon flingue dans ma voiture.

Il dit à mon fils : Si tu fais un seul truc de travers, toi et ton pédé de vieux vous allez souffrir.

Mark dit : Ma mère est métisse maorie – c'est une race à la *peau marron*, les *indigènes* d'un pays qui s'appelle la Nouvelle-Zélande. Ma mère est tombée amoureuse de cet homme pendant la Seconde Guerre mondiale. Je suis le produit de cet amour. Entre une femme de couleur marron et un homme noir.

Mon fils montre qu'il a du cran. Il dit : Les Maoris sont une classe de féroces guerriers. Autrefois, ils faisaient cuire et mangeaient leurs ennemis. Ils avaient des esclaves. Comme les Noirs étaient des esclaves. Mais les ancêtres de ma mère mangeaient leurs esclaves.

Le mec en reste ébahi.

Si tu veux, je vais faire une danse maorie là, sur la piste. On appelle ça un haka. Tu veux voir ?

Si tu me manques de respect, connard, je te dégomme.

Je me rends compte que l'orchestre a réduit son volume pour ne plus jouer qu'une musique de fond instrumentale. On peut alors entendre mon p'tit gars répondre à ce gros con qui veut le brutaliser : J'essaie juste de répondre à ta question.

L'énorme retourne auprès de ses potes.

Tu les as embrouillés, je dis.

Ils vont nous tirer dessus ?

Pas à l'intérieur. Et puis, qu'est-ce qu'on leur a fait ? C'est un crime, d'exister ? D'avoir la peau plus pâle que la leur ? Faut croire qu'à leurs yeux tu brilles comme un sapin de Noël au mauvais moment de l'année.

C'est alors qu'on annonce : Big Boy sera là d'un instant à l'autre. Comme le Sauveur. Je souris à mon fils, mais l'adversaire revient.

T'es rien qu'un mec du Klan qui prend un accent anglais, dit-il à Mark.

Si je suis du Klan, eh bien je vais appeler les flics. Je te ferai inculper pour menaces.

C'est mon fils qui vient de dire ça, le petit naïf qui vient d'une nation de naïfs.

T'as dit quoi ?

Tu m'as entendu. Si je suis blanc, je vais appeler les flics pour qu'ils soutiennent un des leurs.

Je me lève, conscient du fait que tout pourrait exploser à l'instant même. Mon fils fait comme moi.

Et je dis : On s'en va, maintenant. La tête haute.

Nous reprenons la route en direction du comté de mon père, et il est en colère.

Quand les Blancs nous oppriment, dit-il, tous les nègres se courbent comme si c'était Dieu qui l'avait décrété. Et puis s'ils voient un des leurs qui n'est pas assez foncé, ils veulent lui taper dessus. Dans chaque village, dans chaque ville, c'est Noir contre Noir et pourtant on ne saisit toujours pas qu'on s'est retournés contre nous-mêmes. Personne ne parle de se venger de ceux qui nous font du mal depuis des siècles.

L'acte ultime, pour nous détruire en tant que peuple, c'est de nous dresser les uns contre les autres. Tu veux toujours habiter ici, mon fils ?

Je réponds que j'ai eu mes moments de doute. Je lui dis qu'en voyant un tel talent musical j'ai été sur le point de laisser tomber mon rêve de devenir musicien professionnel.

Ecoute, t'en fais pas, dit-il. Il va te falloir du temps avant d'atteindre le niveau des musiciens qui nous ont influencés dans notre jeunesse.

Il me fait une démonstration dans le style de Big Boy Shand tandis que la nuit du Sud jette des insectes volants contre notre pare-brise et que la menace nègre hante mon esprit.

CHAPITRE CINQUANTE

LE DIPLÔME ENCADRÉ AU MUR – une licence en droit de l'université de Canterbury décernée en 1953 – proclamait en quelque sorte le statut supérieur de cet homme par rapport à Henry Takahe. Il y avait des livres de droit rangés du sol au plafond sur deux des murs, plusieurs tableaux, une sculpture en pierre et métal, et puis un large bureau qui instaurait une séparation définitive entre l'avocat et son client. Le porte-stylo en céramique, le sous-main aux coins en cuir, un presse-papiers en forme de taureau de bronze et un autre en verre taillé qui maintenait ouvert un épais dossier juridique. Des photos encadrées de ses deux filles assez jolies et de ses deux charmants fils qui, d'une certaine façon, semblaient plus abordables que cet homme. Fier géniteur d'une couvée de quatre enfants qui tous – il le confiait à chaque client comme s'il partageait son intimité – avaient des diplômes de l'enseignement supérieur : deux en droit, un autre dans le commerce et la quatrième en comptabilité. James, Sarah, Jonathan, Annabel.

Et là sa femme, en couleurs, comme si une brise soulevait ses boucles coupées et entretenues avec soin : une brune aux dents droites et blanches mariée à cet homme qui avait sa vie, son destin et le sort de chacun de ses clients bien en main. Et qui avait aujourd'hui de mauvaises nouvelles pour

Henry Takahe au sujet de la pétition que sa tribu avait adressée au gouvernement – une pétition qui demandait la restitution d'hectares saisis.

La requête n'était pas légalement recevable, et il espérait qu'Henry le comprendrait.

Mais Henry ne comprenait pas. Pas après avoir payé tous ces honoraires, alors que Richard Upton, tout en demandant quelle était la situation financière de la tribu, essayait encore de glisser qu'on lui devait le dernier acompte. De toute façon, les pensées d'Henry erraient entre Lena qui le quittait et Upton qui était assis devant lui.

Henry se leva.

Richard, dit-il, une tribu de guerriers a besoin d'une représentation légale autrement plus solide que celle que vous nous offrez. Désormais, nous nous passerons de vos services. Au revoir.

Dans sa voiture, en rentrant chez lui, ses pensées revinrent à Lena. Il eut un sourire contrit en pensant à ce qu'il aurait fait, autrefois, à une femme infidèle et à son amant. Il était content d'avoir dépassé ce stade. Qu'accomplissait-on par la violence, en dehors des cas de légitime défense ou bien d'ivrognes à maîtriser, comme son travail l'y obligeait parfois ? Il s'était battu à la guerre, et c'était justifié. Mais pas cogner sur sa femme ; peu à peu, il en était venu à prendre conscience que ce n'était pas bien. Bizarrement, c'était au contact des clients américains de son hôtel qu'il avait commencé à changer : leurs valeurs avaient déteint sur lui, leur aversion pour l'homme qui commet des actes de violence contre une femme.

Justement les Américains : les infos venaient de parler d'émeutes raciales dans plusieurs villes des Etats-Unis, de Noirs en armes contre un nouvel acte de brutalité policière. Il se demanda comment Yank se débrouillait. Il ne se sentait pas particulièrement coupable, mais il aurait sans aucun doute pu agir beaucoup mieux que de faire comme si le gamin n'existait pas. Encore cette fierté imbécile. Peut-être arriverait-il à le connaître quand il serait adulte. Henry l'espérait. Il ne s'attendait pourtant pas à pouvoir compenser toutes ces années.

Quant à la mère, le nom de putain semblait avoir été prophétique, si on voulait y voir de la prophétie. Elle couchait avec Barney – il fallait le faire ! Une putain confirmée. Et puis il s'était calmé. Il avait compris que sa manière à lui de faire l'amour était égoïste, centrée sur lui, et que s'il n'avait pas été un mari très diligent par ailleurs, il l'avait bien été pour se satisfaire. Il se rendait compte que la guerre lui avait enlevé sa capacité d'aimer convenablement une femme, n'importe quelle femme. Elle lui avait aussi enlevé pas mal d'autres choses.

Mais il était toujours là, pas vrai ? Toujours debout, toujours à œuvrer pour le bien de sa communauté comme les anciens l'y avaient préparé. Peut-être la guerre avait-elle aussi ôté à Lena la capacité d'aimer comme il faut. Peut-être continuait-elle à chercher une chose introuvable.

Malgré tout, on ne pouvait pas s'appesantir sur des trucs comme ça. Il passa donc à autre chose et espéra que le jeune Yank se débrouillait bien. C'était un pays rude, et le Mississippi, comme le monde entier le savait, était l'un des Etats les pires à cause de son racisme.

Le gamin n'avait jamais été un bagarreur, mais il avait un certain courage. On ne pouvait pas lui enlever ça. Il faut des tripes pour monter sur scène et chanter. La plus grande peur des gens, c'est de paraître en public. Il lui a fallu des tripes aussi pour supporter mon attitude pendant toutes ces années. Bravo. Et bonne chance dans sa rencontre avec son vrai père.

CHAPITRE CINQUANTE ET UN

DÉFILER LE LONG de cette foule hostile est devenu une épreuve. Des visages blancs grimacent affreusement, des citoyens de la ville nous hurlent de rentrer chez nous et de nous occuper de nos oignons – ils lancent des jurons, des insultes, des crachats, et leurs yeux injectés de haine semblent avoir été vitrifiés par le feu de leur bigoterie. Depuis les enfants qu'on a formés au racisme jusqu'aux vieillards ignorants qui, tout au long de leur existence confinée, ne se sont jamais posés de question sur eux-mêmes, ils sont tous à hurler qu'ils auront notre peau.

Devant la foule, des flics postés à intervalles réguliers nous lancent eux aussi des regards de haine et des quolibets. *Merdes de nègres*, on a droit à tous les qualificatifs méprisants pour les nègres dans le vocabulaire limité de cette espèce animale qui, des millions de fois, a tabassé, enfermé et fait passer pour coupables ceux qui avaient la peau sombre et des traits de Noirs.

Les forces de l'ordre. De grands et solides individus ventrus, gonflés de muscles, hérissés d'armes, de bois dur et de menottes d'acier, dont les plaques attestent l'appartenance à un gang doté de pouvoirs spéciaux et exempté de poursuites pour les crimes qu'il commet. Regardez-les : ils débordent de frustration parce qu'ils n'ont pas encore de prétexte pour faire usage de leur force contre ceux qui transgressent leurs croyances immuables.

Nous poursuivons notre marche.

Mon père se comporte dignement, la tête haute et le pas réglé, ne disant pratiquement pas un mot tandis que nous avançons depuis la périphérie de la ville en brandissant des pancartes qui exigent la fin des pratiques discriminatoires et de l'injustice. Nous chantons *We Shall Overcome* et d'autres chants de protestation symboliques qui me sont inconnus, à moi qui suis probablement le seul étranger ici.

Il faut un courage fou à cette minorité haïe pour protester en public dans une ville tristement connue pour être la capitale occidentale des attentats à la bombe et l'un des derniers bastions de ce Ku Klux Klan qui a fait sauter des églises noires et la maison de plusieurs militants pour les droits civiques comme nous, qui a assassiné des Noirs à sa guise avec le soutien tacite de la mairie et de la police.

Comme à Whitecave, je vois des flèches d'église, des croix, des édifices où les gens se rassemblent et vénèrent Dieu. Je vois Ses fidèles croyants aux yeux exorbités qui veulent infliger une mort horrible à tous ceux d'entre nous qui ne sont pas des leurs.

Nous passons tout près – à portée de main ou de crachat – de membres du Klan que mon père reconnaît et me désigne. Ils ont un air bien à eux, me dit-il, forcé de me parler à l'oreille à cause du vacarme. Ce sont les miroirs de cette communauté, des individus qui grondent et suintent la haine. Les femmes crachent du venin et nous lancent leurs projectiles verbaux. Telles ces fées malfaisantes qui annonçaient la mort, telles des sorcières échappées des ténèbres médiévales, elles nous crient : *Crevez, sales négros – crevez !*

Crevez, allez pourrir en enfer, noyez-vous dans vos égouts, brûlez dans le feu éternel de Satan, soyez maudits, vous êtes des singes, pas des humains. Sans discontinuer, les insultes et les malédictions pleuvent sur nous comme un exorcisme de leur fabrication censé chasser le mal, sauf que ces gens ont l'impression de faire le bien en exprimant leur profond désir de pureté raciale.

Je n'ai pas besoin de demander ce que je fais ici. C'est simple : je suis un des manifestants. Et ceux qui hurlent contre nous sont dans l'autre camp.

Comme de la mélasse coulant vers un centre tout blanc, crémeux et mousseux, nous nous déversons dans le square principal. Notre colonne, toujours en rang, a reçu l'ordre de ne pas réagir bien qu'elle soit entourée par un maelstrom de Blancs qui beuglent, vocifèrent, crachent en se refermant sur nous comme s'ils voulaient nous écraser par la supériorité de leur masse et l'immensité de leur rage. Tels les anges exterminateurs de Dieu qui vont bientôt nous rayer de la surface de Sa bonne Terre.

La foule retient son souffle au moment où nous arrivons. Puis c'est un grand hurlement, un rire qui éclate comme un gloussement collectif – on dirait des patients qu'on vient de lâcher d'un asile de fous.

Et nous qui sommes dans la colonne en comprenons bientôt la raison : la statue du soldat sudiste sur son socle de marbre est gardée par des hommes en uniforme rayé. Qui brandissent des matraques. Et qui sont noirs comme la quasi-totalité d'entre nous, à part moi et une poignée de Blancs du Nord venus s'associer à ce juste combat.

Allez-y, maintenant, les négros, battez-vous entre vous comme toujours ! Egorgez-vous les uns les autres ! Ça nous facilitera la tâche. Et si vous êtes pas déjà dans vos tombes, vous irez les rejoindre dans pas longtemps !

La rumeur nous parvient en un clin d'œil : on a amené des prisonniers, des détenus noirs du sinistre pénitencier Parchman Farm pour garder le symbole de la suprématie blanche, celle de ce fier soldat sudiste qui s'est battu contre la libération des Noirs et qui, à l'époque où le pays se déchirait en deux à ce sujet, était prêt à mourir pour ne pas voir l'esclavage aboli. On sait que les manifestants ne se dresseront pas contre d'autres Noirs, encore moins si ce sont des détenus, mais on espère pourtant nous voir rompre les rangs et nous lancer dans une guerre civile.

Un fourgon de police arrive et des flics débarquent de l'arrière avec de gros chiens tenus en laisse, ce qui transforme les vociférations de la foule en cris de joie gutturaux. Les clebs aboient et tirent sur les laisses tandis que des êtres humains à la peau pâle leur beuglent de nous dépecer, de nous arracher la gorge, d'avaler nos couilles noires, de se repaître de bidoche nègre. Comme s'ils étaient spécialement entraînés pour n'attaquer que de la peau foncée, les chiens écument et le manque rend leurs yeux fous.

Quand mon père m'a demandé si je souhaitais me joindre à une marche de protestation, j'ai eu peur, oui, bien sûr. Et pas seulement peur ; j'étais aussi gêné de soutenir une cause sans avoir gagné mes galons – de ceux qu'on obtient sous les lanières du fouet.

Marion Williams, la femme du pasteur de Piney Woods, a entonné un chant au pied de la statue. Un negro-spiritual, un chant chrétien qui louait Dieu et qu'on pouvait faiblement entendre bien qu'il soit presque noyé dans le tumulte. Il me suffisait de garder les yeux fixés sur la silhouette de la grande femme dressée sur les marches de pierre et de bouger mes lèvres en même temps que les siennes quasiment réduites au silence, pour savoir que nos voix résonnaient comme si elles venaient du haut des montagnes. Voilà comment je sentais les choses.

Voilà comment je me sentais, moi, un Maori qui passait ici pour blanc aux yeux de la plupart des gens. Mais qui était aussi le fils de cet homme près de moi dont le bras entourait mes épaules. Sa voix était également assourdie, mais je pouvais sentir les vibrations de ses cordes vocales entrer dans mon corps et me rendre plus fort. Me soulever.

Elles me disaient aussi : Il se peut que ce soit l'une des dernières fois, mon fils. Alors fais-en un moment de vrai courage. De véritable amour entre nous et pour l'humanité qui souffre.

Tous mes instincts sentaient cela, même si mon esprit refusait de le mettre en mots.

Nous n'avions pourtant pas l'impression que la populace allait nous attaquer. A cause de la présence de la presse nationale et du grand nombre de militaires de la National Guard lourdement armés. A cause aussi du soutien de camarades blancs venus du Nord et qui, poussés par leur culpabilité et leur sens du devoir à l'égard de concitoyens américains, avaient enfin décidé d'agir. J'avais néanmoins l'impression qu'un processus final s'était déclenché et que, comme tout événement inévitable, il s'accomplirait.

C'était peut-être pour ça que je n'arrêtais pas de m'essuyer les yeux alors que je n'avais pas de raison réelle de pleurer, tandis que les autres continuaient à chanter, à sourire et à chalouper joyeusement.

J'ai regardé mon père et j'ai eu le sentiment qu'il s'était un peu éloigné, alors qu'en fait il s'était tellement rapproché de moi que mon bras lui encerclait presque la taille.

Alors qu'il s'était mis à me sourire du haut de l'imposante stature que lui avaient donnée non seulement son expérience du Sud, mais aussi la guerre qu'il avait livrée pour cette nation et sa relation amoureuse avec ma mère. Et, aussi – tout cela débordait de sa personne –, j'ai eu la certitude qu'il était en train de me dire au revoir. Il n'allait pas partir à l'instant même, ni dans la minute ni ce jour-là. Mais dans quelque temps, bientôt.

CHAPITRE CINQUANTE-DEUX

MERDE ! Voilà ce que dit jess en scrutant le rétroviseur où il n'a cessé de garder un œil depuis le premier jour, depuis que nous montons tous les deux dans cette voiture. Il se met à secouer la tête.

Fais pas demi-tour, me dit-il. Quelques instants plus tard, il ajoute : Les enculés. Ils essaient de se mettre à côté de nous.

Il fait pivoter le rétroviseur, le remet dans la bonne position pour moi, puisque je conduis – étonnamment, il a insisté pour que je prenne le volant. Ici, on roule à droite, pas à gauche comme j'y suis habitué.

Sans qu'il me le demande, j'accélère. Les phares reculent, mais pas beaucoup, et reviennent ensuite sur nous. Je me demande encore pourquoi mon père m'a passé le volant.

Il dit : Mon fils, jamais j'ai autant souhaité ne pas être un nègre du Sud. Ne pas être là avec mon unique fils, lui qui n'est pas né et n'a pas grandi dans ce misérable Etat du Mississippi, dans ce drôle de pays où les gens se disent les plus libres sur Terre alors que pas un seul Noir n'est proche de la liberté.

Je lui demande : C'est si dur que ça ?

Encore pire, dit Jess. Ils ne nous suivent pas, ils sont en mission.

Juste de l'autre côté de ma portière, les faisceaux des phares se transforment en un véhicule qui commence à longer le nôtre. Je vois une silhouette qui devient le visage d'un homme éclairé par un plafonnier – je suppose que c'est voulu. Des traits de Blanc. Avec une expression qu'on ne trouve que dans le Sud. Je la reconnais déjà. Il aurait pu se trouver aujourd'hui dans cette foule haineuse qui bouffait du nègre.

Mon père fait des gestes précipités, j'entends un froissement de tissu, un clic-clac de métal contre métal. Je sens l'énergie qui émane de lui comme des rayons de chaleur.

A ma gauche, l'homme se redresse et pointe un doigt vers moi. Il a les yeux exorbités. Comme ceux que nous avons vus aujourd'hui à la lumière du jour, sauf qu'ils sont encore enlaidis par la faible et sinistre lueur à l'intérieur de leur voiture. Pas de fusil en vue – pas encore.

Tout en mettant un peu de distance entre eux et nous – mais il ne leur faut pas longtemps pour nous rattraper –, une pensée me vient : Je suis aussi du sang de ma mère. Maori. Je suis *maori.* Je suis également *écossais* et un peu *irlandais.* C'étaient des guerriers, eux aussi. Ils ont connu l'oppression. Depuis quand ont-ils cessé d'être des guerriers ?

Tu conduis.

Bien sûr.

Tu conduis.

C'est ce que je fais.

Franchis la ligne médiane.

Quoi ?

Mets-toi sur l'autre voie.

Tu vas… ?

Il n'y a qu'eux et nous sur la route.

Et tu vas faire… quoi ?

Tu te répètes. S'il te plaît, passe sur l'autre voie.

Tu plaisantes ?

S'il te plaît, Mark. Je vais pas laisser ces enculés de bouseux tirer sur mon fils. Il faut qu'on te renvoie entier, comme quand tu es arrivé ici. Ta maman, mon fils. Je lui dois au moins de lui renvoyer son fils vivant. Mon fils, aussi.

Je dois passer sur la voie qui roule dans l'autre sens ?

Ouais.

Et si quelqu'un arrive vers nous ?

On a un kilomètre et demi de ligne droite devant nous. On aura fini avant.

Fini quoi ?

Il me regarde et répète : Toi, tu conduis.

J'accélère et je tourne fortement le volant pour aller sur l'autre voie. J'ai une tout autre sensation en roulant du mauvais côté.

Bien. Maintenant, laisse-les revenir.

Tu déconnes ?

Mark, si on n'arrête pas de parler, c'est ma peur qui va prendre le dessus. Laisse-les revenir !

Je relâche un peu l'accélérateur. Jess me tourne le dos, mais je sais qu'il a un flingue. Avant de venir ici, je n'avais jamais vu de pistolet, pas dans les mains d'un homme en colère, juste des fusils de chasseurs. Je n'avais même jamais tiré sur quelqu'un en rêve. J'avais fait tout le reste : volé, parlé et respiré sous l'eau, escaladé de grands bâtiments à mains nues, tout un tas de choses héroïques et impossibles. Mais les flingues n'avaient jamais été dans le tableau.

Brusquement mon père disparaît en plongeant sur la banquette arrière. La manivelle qui baisse la vitre arrière tourne à toute vitesse, et c'est le rugissement du moteur qui entre, accompagné du bruit de nos pneus, de la nuit et de cette vie que certains n'ont pas d'autre choix que de mener.

Mon père dit *bande de salauds* ! Maintenant, vous allez avoir affaire à *l'homme*. Il mange la moitié du mot “affaire”. Il ajoute : à l'homme et à son *fils*. Il fait rayonner le mot “fils”, comme si c'était la lumière la plus brillante, celle qui éclaire notre chemin dans cette sombre nuit.

Il profère d'autres choses, un chapelet de mots dans une langue d'ici – la sienne, pas la mienne. Je suis le produit de mon éducation. Je ne suis pas obligé de comprendre ses paroles. Je ne suis ni nègre, ni de couleur, ni noir. On m'a élevé en Maori.

Si je ne suis pas d'abord moi-même, je ne pourrai jamais être là pour mon père ni être de lui.

Dans le rétro, je vois mon père se soulever comme un tireur embusqué. Comme un esclave fugitif qui retourne la situation aux dépens de ses maîtres blancs qui le pourchassent. Ton tour est venu ! Ce moment, on l'attend depuis trois siècles.

Le guerrier maori en moi pousse un hurlement vieux d'un millier d'années. Je crie : *Enculés de salopards du Klan !* Comme le ferait tout Noir en colère. Tout homme doué d'amour-propre.

Pris dans les puissants faisceaux de leurs phares, nous nous dégageons. De grandes bouffées d'air entrent en vibrant par l'ouverture de la glace que mon père a baissée. Il est accroupi dessous et regarde juste par-dessus le rebord.

Freine fort !

Ce que je fais : si fort que je ralentis brutalement et que nos poursuivants se trouvent dans la ligne de mire de l'arme que mon père tient prête.

Et je hurle : Descends-les ! Coupe-leur la tête ! On les fera cuire et on les bouffera, ces ordures ! Le guerrier maori sort du placard.

Tout devient clair comme de l'eau de roche. Comme si je regardais dans la plus profonde de nos mares bouillantes, à Waiwera, la moindre excroissance en silice et y voyais une éponge qui pousse dans un liquide bouillant censé rendre toute vie impossible.

Comme si les algues qui poussent au bord des eaux bouillantes et qui, pour ma mère, sont des miracles de la vie, avaient trouvé le moyen de survivre à l'intérieur du monstre.

C'est là que nous sommes, dans un trou d'enfer où tout bout. Mais encore vivants, nous avons toujours notre détermination et notre ruse, et notre virilité reste intacte.

Coups de feu : un, deux, trois.

Dans le rétroviseur, les phares vacillent, tournent violemment. D'autres coups partent de l'arme de mon père. La silhouette du véhicule fait une embardée, puis disparaît avec ses phares : on dirait un animal sauvage qui se cabre et tangue avant de tomber.

Fonce !

Nous fonçons sur la route, la lumière de nos phares se déploie dans la nuit, et des insectes, tels de minuscules vengeurs envoyés pour nous ralentir, giclent contre le pare-brise pour former une boue organique. Le silence s'est abattu sur nous. Mes oreilles gardent l'écho des coups de feu.

Puis je me mets à trembler. Ça commence aux genoux et ça s'étend jusqu'aux mains.

Je pense : Mon papa vient de tuer deux hommes.

Je dis d'une voix qui me serre la gorge : Mon Vieux, on fait quoi, maintenant ?

Je sais pas pourquoi je l'ai appelé comme ça, juste que je pouvais pas dire papa.

Il me lance l'esquisse d'un sourire satisfait – non, d'un sourire sûr de son bon droit. Il pousse un soupir mêlé d'un sanglot. Ma vie – nos vies viennent de changer. Bientôt je serai – nous serons recherchés par la police.

Un nègre recherché avec son complice, son nègre de père.

Je me dis que l'enfer existe peut-être : en version actuelle, vivante. Et pourtant je me sens au ciel, oui, absolument.

CHAPITRE CINQUANTE-TROIS

NOUS NE NOUS SOMMES PAS vraiment quittés en amis. Il m'a menacé de devenir violent quand je lui ai annoncé que je ne voulais pas retourner chez moi parce que ce serait m'enfuir comme un poltron. Il m'a répondu que je n'avais pas le choix.

Grâce à des connaissances, il avait posé d'autres plaques d'immatriculation sur sa Chevrolet et il m'a conduit à Atlanta où nous avons passé la nuit dans un hôtel modeste. Nous sommes aussi allés dans une boîte ; je me suis soûlé, il s'est défoncé.

Nous avons échangé des adieux tendus le lendemain matin ; rien de plus à dire, toute la place avait été prise par l'action et Jess voulait que je sois hors de danger. J'ai pris un taxi jusqu'à la gare routière, craignant tout le temps de me faire arrêter. J'aurais pourtant été prêt à me battre jusqu'au bout aux côtés de mon père. La prison aurait été un enfer.

DOUBLE MEURTRE ! claironne la manchette du journal tandis que j'attends le car. Deux hommes, membres connus du tristement célèbre Ku Klux Klan, abattus par des agresseurs inconnus. Les suspects rouleraient à bord d'une Chevrolet de 1961. Les deux corps retrouvés dans l'épave en accordéon au bord de la route 54 en direction de Whitecave présentent des blessures par balle à la tête et à la poitrine. La police pense que les suspects pourraient être impliqués dans les manifestations pour les droits civiques. Elle n'a cependant encore donné aucun nom.

J'ai attendu que mon car me sorte de là, que je puisse entreprendre le long voyage qui me rendrait à la sécurité de ma patrie, de mon tout petit pays dont les problèmes étaient si insignifiants, si secondaires, par rapport à ceux d'ici, qu'ils en paraissaient risibles. Et quand j'y suis parvenu, jamais je n'ai été aussi content d'être chez moi.

J'ai trouvé le moyen de suivre les événements qui se déroulaient dans le pays où avait grandi mon père. Jour après jour, pendant deux mois, j'ai épluché tous les journaux et, de temps à autre, il arrivait que le crime soit mentionné. J'ai su qu'ils tenaient un nom : Jess Tobias Hines.

Mme Mac a eu un contact téléphonique avec une bibliothèque de Jackson, Mississippi. Je ne lui avais pas dit que je conduisais la voiture, la nuit du double meurtre, mais il se peut qu'elle l'ait deviné. La bibliothèque de Jackson lui a appris que le fugitif était toujours en fuite. On ne mentionnait pas de Néo-Zélandais.

Chez moi, les choses avaient changé, et même beaucoup en ce qui concernait ma mère : elle avait quitté Henry pour aller vivre avec un riche homme d'affaires blanc. Elle m'a dit qu'elle n'avait pas su ce que vivre signifiait avant qu'il ne lui ouvre les yeux, et que la meilleure qualité de vie apportée par l'argent comptait moins que les connaissances qu'elle pouvait acquérir. Grâce à sa bibliothèque, par exemple, qu'elle appréciait de plus en plus.

Je lui ai raconté ce que j'avais vécu au Mississippi. Le lendemain, elle m'a appelé pour que je vienne voir quelques poèmes extraordinaires écrits par des Noirs plusieurs années auparavant. Il y en avait un, notamment, composé par un certain Richard Wright, où un homme tombe sur les restes d'un Noir qui a été lynché et brûlé. Assise dans la bibliothèque de son nouveau compagnon, elle m'a lu l'histoire d'un Noir qu'on avait enduit de goudron et de plumes puis *rafraîchi miséricordieusement... par un baptême à l'essence.* Jusqu'à ce qu'on y ait mis le feu.

J'ai ensuite reçu une lettre de Marion Williams m'annonçant la mauvaise nouvelle : mon père avait été capturé. Elle joignait quelques pages d'un hebdomadaire américain, un compte rendu saisissant écrit par un Blanc qui avait été témoin des événements – un article de couleur locale, comme disent les journalistes là-bas.

Meurtre dans le Mississippi
par Bradley J. Heath

La rumeur a dû bourdonner le long des fils téléphoniques et siffler dans les deux sens au-dessus de sa tête. Les indications du lieu exact et du quartier, comme le récit de tous les détails sanglants de l'affaire, ont dû faire chanter les fils. L'excitation et la joie transmises à une vitesse proche de celle de la lumière –

Aussi vite que s'envole l'âme d'un homme assassiné ? Plus rapidement que, par la violence, disparaît la vie d'une créature innocente ?

Pendu à la traverse de ce poteau téléphonique, le corps du mort n'évoquait pas un Jésus noir, ne suggérait pas non plus qu'une injustice eût été commise ni qu'un génie, ou simplement un brave homme, eût été tué à tort. Ceux qui se pressaient là n'y voyaient qu'un cadavre d'aspect humain : un homme tué à bon droit, estimaient-ils, parce qu'il avait ôté la vie à deux bons citoyens, deux hommes de bien connus pour se soucier de leur communauté, veiller sur sa moralité et ses vertueuses coutumes blanches. N'ayez jamais l'audace, dans le Sud, de mentionner le rituel pour lequel on s'habille de robes blanches avec des capuches pourvues de fentes pour les yeux, au cours duquel on psalmodie des litanies haineuses où l'on mêle le nom de Dieu de la même façon qu'on saupoudre des aromates sur des côtes de porc.

Il pendait donc là avec ses vêtements en lambeaux. Le sang avait coulé le long de ses jambes et avait séché en plaques sous l'effet du vent – une brise venant surtout du sud, chargée de feuilles mortes, d'insectes qui s'accrochaient au cadavre et d'autres petites choses incapables de lui résister, une brise qui charriait aussi de bonnes et mauvaises odeurs.

Ce vent tourbillonnait autour du sang du cadavre, le sang qui autrefois affluait dans son membre quand il était excité sexuellement. La meute avait tranché au couteau sa choquante virilité, détachant complètement le pénis et les testicules. Elle lui avait coupé les oreilles pour le rendre sourd – peut-être aux hurlements qu'il poussait ou au bruit du forfait qu'elle commettait.

On aimerait croire qu'en 1965 on est plus civilisé qu'en 1905. A cette époque-là, après le lynchage d'un Noir, le pasteur d'une église de cette même ville avait déclaré : *C'est l'échec des autorités, incapables de faire respecter la loi et l'ordre, qui a rendu ce lynchage nécessaire pour que justice soit rendue.*

Mais une corde est une corde. Celle-ci, d'un diamètre de presque un centimètre, était de chanvre, et des mains habiles l'ont nouée pour la transformer en nœud coulant.

Ils sont entrés de force dans la prison et ils en ont extrait le prisonnier malgré les faibles protestations du shérif qu'ils connaissent tous : ils sont allés à l'école avec lui, et leurs enfants jouent ensemble. Nul doute que dès le lendemain il s'est assis à l'église à côté de certains de ceux qui ont ôté la vie au nègre. Aucun d'entre eux n'estimerait qu'il s'agit d'un meurtre.

Sont-ils très différents de leurs ancêtres un demi-siècle plus tôt ? Voici quelques paroles d'un autre sermon du Sud prononcé au début de ce siècle. *La nuit dernière, un groupe d'hommes triés sur le volet, sobres, intelligents, au caractère et à la réputation bien établis – de bons citoyens américains –, ont rendu un fier service à notre hameau. Par lynchage, ce procédé ordonné par Dieu, ils ont ôté la vie à un membre inférieur de la race noire.*

La victime du jour se balançait au gré d'un vent qui ne voulait pas se calmer. Et les gens de la ville, comme ceux qui s'étaient précipités depuis les hameaux et villages voisins – tous reliés autant par le téléphone que par une culture et une conception du monde communes –, étaient là à observer le moindre de ses balancements. Des citoyens américains ordinaires.

Du poteau téléphonique où pendait le corps, des fils partaient en courbe jusqu'à d'autres poteaux, et ainsi de suite à perte de vue le long des routes, pour desservir des logements proches ou lointains et propager la nouvelle : il s'est produit hier soir quelque chose de *bien*. Des yeux perçants pouvaient déceler les traces poussiéreuses de véhicules qui se hâtaient de venir en ville ainsi que les bouffées de poussière soulevées ici et là par les montures de cavaliers à l'esprit figé et aux mœurs cruelles.

Un corbeau s'est posé, puis il a contemplé quelque temps la forme au-dessous de lui – à moins que ce ne soit la masse de silhouettes humaines dont le nombre augmentait comme une tache en train de se répandre sur le sol bien goudronné du Sud. Il s'est perché sur l'épaule du cadavre et s'est mis à picorer un œil. Les exclamations de la foule, ses cris de joie, l'ont fait partir, effrayé, comme une âme qui s'enfuit un peu trop tard. Les gens se demandaient si l'oiseau avait arraché un œil, et ils se tordaient le cou pour voir si une orbite vide confirmait le vol commis.

Mais l'entaille sombre à mi-hauteur du corps attirait encore plus. On lui avait arraché sa virilité comme on fait jaillir l'intérieur d'une huître.

Quelqu'un lança une plaisanterie selon laquelle un nègre privé de sexe devient une bête un peu plus apprivoisée. Le rire qui s'ensuivit faisait penser à un grand tonneau percé qui perd jusqu'à la dernière goutte de la bonne volonté qu'il contenait pour toute l'humanité.

C'est ce qu'ils ont fait –

écrivait ensuite Bradley Heath comme s'il s'adressait personnellement à moi, Yank,

– à un père, à un fils. A un autre Américain.

Et il poursuivait :

Ce jour-là, lors de la foire du village, une Noire a osé trébucher sur les rails du chemin de fer, et, en hurlant, a fait rouler des graviers avec elle au moment où ses genoux fléchissaient, soit de chagrin, soit parce qu'elle avait simplement perdu l'équilibre. Elle portait une robe en toile de jean et ce foulard pied-de-poule que les nègres appellent chiffon. Ils parlent d'"afficher leur chiffon", mais c'est dans d'autres circonstances, pas quand ils arrivent sur les lieux d'un meurtre.

Par courtoisie naturelle, avant de pouvoir considérer cette femme comme *rien qu'une négresse*, la foule a dégagé un passage et l'a refermé derrière elle comme si elle changeait d'avis. Un garçon, l'air malicieux et le pied levé, a demandé s'il devait lui faire un croche-pied. Non, lui ont répondu ses aînés. *Non, il vaut mieux pas, gamin.* Mais ils auraient pu dire oui tout aussi facilement. D'ailleurs, elle n'avait pas encore entrepris de braver la foule hostile.

Peut-être cette femme troublée, au milieu d'une multitude de gens qui n'étaient ni de sa couleur ni de son espèce, était-elle veuve depuis peu : depuis qu'elle voyait son mari pendu là-haut – un spectacle auquel même les gens les plus bas n'arrivent pas à s'habituer. Mais elle paraissait trop âgée pour être sa femme ou sa maîtresse. Elle donnait plutôt l'impression d'une mère. Sauf que, dans ce cas, elle aurait sans doute crié : *Mon fils, mon fils !*

Puis elle a vu l'inconcevable absence de parties génitales. Oh, Seigneur, comme elle l'a vue, cette horrible blessure. Et elle a hurlé, elle a poussé un cri venu d'un endroit si profond qu'aucun de ceux qui étaient présents n'avait jamais entendu pareil son.

Jess m'avait écrit.

Mon cher fils... quelle joie de t'avoir eu ici... un moment très bref et pourtant tellement capital que seul un Noir pourrait le comprendre – car nous sommes très nombreux à connaître cette vie chaque jour. Epique, même quand nous sommes très ordinaires ; dramatique, même quand notre existence est tout à fait banale. Tragique plus souvent que joyeuse. Je n'ai jamais succombé à la tentation après avoir vaincu le démon de la boisson. Et pourtant, il semble bien que maintenant la tragédie me gagne. J'ai cependant un autre nom pour elle : la décision de garder la tête haute.

Je suis devenu tristement célèbre, et pourtant on ne te mentionne pas, sinon pour dire qu'un visiteur étranger a résidé chez moi. Personne ne parle, à Piney Woods, en tout cas pas à la police qui cherche encore à abattre un des nôtres. La bonne vieille Marion, femme du pasteur, leur a tous fait jurer de garder le silence sur Jess et son garçon. Et les deux bouseux morts ne risquent pas de parler.

Je ne regrette rien, sauf que tu aies été mêlé à ça. Mais, à présent, tu es en sécurité dans un pays béni. Je sais bien que les Maoris ont des problèmes, mais ils sont mineurs quand on les compare aux nôtres.

Il a fallu que je te menace pour te faire monter dans ce car, et j'en suis désolé. Sinon tu serais en fuite avec moi. On a un drôle de sentiment d'étrangeté quand on est recherché pour meurtre alors qu'on a servi son pays en tuant des ennemis.

Qui sont mes ennemis ? C'est la question que je me suis posée et à laquelle j'ai trouvé une réponse.

L'ennemi, c'est celui qui me prive de ma dignité et de mes droits fondamentaux. Et je mériterais d'être désigné comme tel si j'agissais injustement contre d'autres. Comme l'a dit Martin Luther King, celui qui me juge sur la couleur de ma peau et pas sur mon caractère, celui-là est mon ennemi.

Les hommes qui sont morts cette nuit-là ne font qu'un avec la bête qui aurait pu nous tuer dans la boîte de nuit où ces voyous de nègres en voulaient à ta peau pâle. Les membres du Klan et les Noirs détraqués ne font qu'un. Il nous faudrait viser des choses plus hautes, toujours.

Mais ce n'est pas le combat pour lequel tu es né. Tu connaîtras tes propres batailles, plus modérées, mais qui seront pareillement des luttes pour le bien.

Qui sait combien de temps il leur faudra pour me rattraper ? Je bouge tout le temps, je me suis laissé pousser la barbe et j'ai l'air aussi débraillé que quand j'étais un ivrogne. Tu ne me reconnaîtrais pas. Non, tu me reconnaîtrais peut-être. J'ai envie de croire que tu le pourrais.

Je n'ai pas d'argent pour toi, rien que mon amour le plus profond. Je te remercie d'être entré dans ma vie avant que les circonstances y mettent fin, peut-être dans un avenir proche. Je suppose qu'ils me pendront pour faire un exemple : un autre fruit étrange pendu à un arbre.

Je t'écrirai encore. Mais si tu n'as pas de mes nouvelles, sache que mon amour pour toi est fort de trois siècles. Prête l'oreille et tu entendras ma chanson pour toi, la douce berceuse noire que je chante à mon bébé avant qu'il s'endorme.

Ton père qui t'aime,
Ton Vieux.

Marion écrivait :

Puis les quolibets ont commencé ; d'abord assez bas, ils sont montés comme une respiration accompagnée d'une sorte de fou rire dans laquelle seuls ces gens-là pouvaient se reconnaître.

J'ai hurlé : Qu'est-ce que vous lui avez fait ! Comment avez-vous pu FAIRE ÇA ?

Je parlais de ton papa qui pendait là-haut – que Dieu ait son âme, qu'il lui donne la paix et lui épargne la souffrance. Je joins des photos de journal avec toutes mes excuses, Mark, mais il m'a semblé que tu devais les voir. Oblige-toi à bien les regarder pour être sûr que tu ne seras jamais capable de faire ce genre de chose à un autre être humain, quelle que soit sa race ou sa religion.

Puis j'ai entendu – et vu tout de suite après – un homme d'environ soixante ans, qui aurait dû avoir un peu plus de bon sens et de bonté, lancer d'une voix traînante mais assez forte pour attirer une centaine d'autres et même plus dans son filet grossier : Il violera plus d'autre femme blanche.

Plus d'autre ? Pas ton père, mon fils. Il n'aurait jamais fait ça à une femme. Il respectait *les femmes.*

Une centaine et même plus ont repris en chœur : Ça c'est sûr, il le fera plus. *Un assassin, aussi. Il a tué deux Blancs, c'est vrai. Sache que j'ai connu plus d'un homme bien, parmi les Blancs du Sud. Mais ceux-là sont d'un autre genre hélas bien trop répandu dans nos régions.*

Ils ont donc été plus d'une centaine à reprendre bruyamment ces paroles en écho. Quelqu'un, une femme cette fois, en est devenue tout excitée. Je l'ai repérée parce qu'elle était grande, et on voyait bien que le bon Dieu ne l'avait pas exactement favorisée pour ce qui était de la beauté, il s'en fallait de beaucoup. Elle avait été enlaidie, me semble-t-il, par ses pensées, son état moral.

Elle a dit : Je crois bien… ! *Puis elle a beuglé :* JE CROIS BIEN, *mes amis, que cette négresse-là aurait envie de le rejoindre.*

C'était de moi qu'elle parlait. De rejoindre ton pauvre papa pendu là-haut comme de la viande en train de sécher.

Là-haut, au barradis !

En prononçant comme à la génération de mes parents : Là-haut, au barradis.

Oh Mark, c'était comme si j'étais dans une caverne qui résonnait des hurlements et des grognements des assassins de ton papa.

Dans cette meute, maniant un pistolet comme une petite pique, un homme a commencé à se frayer un chemin pour arriver jusqu'à moi, la négresse qui avait eu la bêtise de venir. Maintenant, les gens s'écartaient sur son passage, leur flot se divisait devant lui pour qu'il puisse avancer librement.

L'homme au pistolet est ainsi parvenu jusqu'à moi, banale Marion Williams toute bouleversée parce qu'on avait tué un Noir et qu'on l'avait arrangé comme ça, et il a braqué son engin sur ma tête.

Tu veux y aller, le r'trouver là-haut au barradis, salope de négresse ?

Il rugissait, tellement ça l'amusait de répéter ces paroles méprisantes, et il essayait de provoquer un autre grand éclat de rire qui lui apporterait une sorte d'approbation. Mais la meute s'était déjà lassée de ce bon mot et se contentait de regarder. Elle s'est tue dès lors que le canon froid du pistolet a pressé la chair de ma tempe.

T'es sa mamma ? a demandé l'homme.

J'ai répondu : Non. Je suis la femme du pasteur de sa communauté, Piney Woods. Je vous supplie de ne pas enlever à cet homme la dernière parcelle de sa dignité. Je vous en supplie. Il s'est battu pour son pays, il a été blessé, il a enduré des années de souffrances à la guerre, il a subi des années de haine raciale comme celle-ci rien que dans l'espoir qu'un jour les Noirs seraient libérés – et vous lui avez fait ça ?

Je l'accusais, je le savais, d'un acte qu'il avait déjà revendiqué. Pendant quelques secondes, la foule a été saisie ; les gens se sont agités ici et là comme si un vent fort avait soufflé et les avait légèrement secoués, avait fait un tout petit peu bouger leur corps mais pas du tout leurs pensées figées.

L'homme au pistolet a pressé son arme un peu plus contre ma tempe. Il avait les lèvres retroussées en une sorte de rictus.

Je lui ai dit : Eh bien, allez-y. Tirez cette balle dans ma tête.

Il a dit : Je le ferai si tu pars pas d'ici.

Je ne partirai pas tant qu'on n'aura pas rendu sa dignité à cet homme, ai-je répondu, tout à fait déterminée à rejoindre ton père au paradis.

Mais maintenant le jour était levé, et ces lâches n'opèrent pas à la lumière du jour. Ils se sont vite dispersés. L'homme au pistolet m'a craché son départ en pleine figure. Je n'ai pas tressailli. J'ai laissé son liquide me couler sur le visage.

Très vite d'autres Noirs ont émergé de l'ombre, comme toujours, et ils ont coupé la corde et fait descendre le corps de Jess pour lui donner une fin digne. Seigneur, j'avais le cœur brisé en deux, car j'aimais ce garçon, ton père.

CHAPITRE CINQUANTE-QUATRE

JE SUPPOSE QUE LE FAIT d'avoir connu Jess a changé ma perception d'Henry. J'ai mesuré à quel point notre lieu de naissance et notre culture nous façonnent.

Henry a changé, lui aussi : il vit désormais selon un code de conduite plus élevé. Nous nous sommes parlé, depuis que ma mère l'a quitté, mais nous ne serons jamais proches ; comment serait-ce possible après toutes ces années où il a gardé le silence ?

Il ne mentionne jamais ma mère. J'apprends pourtant par la bande qu'il s'est rendu à l'idée qu'elle était très différente des villageoises ordinaires de Waiwera et qu'ils n'avaient jamais été faits l'un pour l'autre. Il n'est pas du genre jaloux, en tout cas pas de l'argent de Ralph. Et comme il ne peut pas voir comment ma mère a changé, il ne saura pas à quel point elle est plus heureuse. A mes yeux, elle a toujours été belle, mais je jure que vivre avec Ralph l'a rendue encore plus belle.

Ma sœur Wiki projette d'épouser Chud un de ces jours. Chud est différent – il ressemble davantage au garçon que j'ai bien connu petit, mais c'est désormais un homme. Je ne suis pourtant pas sûr qu'il réussira à vaincre l'influence de ses parents qui, tous deux, restent des ivrognes et sont depuis peu en mauvaise santé. Il me semble que c'est comme être noir aux Etats-Unis : on a tout contre soi. Mais qui sait ? S'il fait assez d'efforts, il pourrait s'en sortir.

Isobel et son mari se sont séparés. Elle est venue me dire au revoir et nous avons fait l'amour une dernière fois. Mais ce n'était plus pareil. Elle est partie s'installer à Auckland. Son fils a quitté notre groupe, et il est allé lui aussi à Auckland où il a créé sa propre formation. Nous évoluons dans des directions différentes et, en tout cas, de nous deux c'est lui le meilleur musicien.

Chaque fois que je suis avec Giselle, je remercie un peu Isobel pour ce qu'elle m'a appris sur la manière de vraiment aimer une femme. J'ai souvent emmené Giselle visiter nos terres couvertes de fumerolles, et j'y découvre toujours quelque chose de nouveau. Une fissure qui s'est élargie, le vieux bassin circulaire où nous nous baignions qui a fini par succomber à un effondrement de terrain pour se transformer en cuvette desséchée. Nous nous arrêtons toujours chez Merita qui a encore assez d'esprit pour assaillir Giselle de questions sur son pays et pour la complimenter sur sa beauté. Elle la compare à ma mère et les met toutes deux à égalité. Elle est ravie, dit-elle, que ma mère soit allée vivre avec Ralph – regarde comme elle a changé. Je suis d'accord avec elle. Ma mère est devenue une autre personne. Ma mère spéciale.

Merita, qui, à plus de quatre-vingts ans, est en grande forme, estime que Lena a enfin réalisé son potentiel. Elle avoue qu'elle avait un peu adouci l'amère potion que nous sert la vie en me faisant croire que mes ancêtres maoris étaient de haute lignée. Maintenant, tu es assez fort pour accepter d'être ordinaire – ce qui n'est pas si mal, pas vrai, Yank ? Merita souligne ce que j'avais déjà remarqué : que Barney, maintenant qu'il a récupéré sa voix, ne veut plus se taire et qu'il est bien trop avide de public. Mais il faut de tout pour faire un village.

Quand je croise Henry à Waiwera, nous bavardons et parfois nous prenons une bière à son hôtel.

J'entends encore Marion chanter *Take my Hand, Precious Lord*. Dans sa lettre, elle me disait qu'elle l'a chanté quand on a fait descendre le corps de mon père du poteau téléphonique qui avait été sa croix. Comment pourrais-je affirmer que son Dieu n'a pas exaucé sa prière ? Et même si Dieu ne l'a pas écoutée, les gens qui se sont occupés du dernier voyage de mon père se souviendront du courage de cette femme et de son chant d'hommage.

Peut-être, un jour, je poursuivrai mon rêve et j'irai à New York. Et de là à Whitecave où je trouverai l'endroit où mon père est enterré. Je rendrai visite aux braves gens de Piney Woods, en particulier à Marion.

Mon père continue à vivre en moi. Quand j'aurai des enfants, je donnerai au premier le prénom de son grand-père. Si c'est une fille, je l'appellerai Jessie.

De temps à autre, je prêterai l'oreille pour entendre ta berceuse, mon Vieux. Trois cents ans à éclore. Et je suis, moi aussi, très heureux que tu sois entré dans ma vie.

Ton fils, Mark.

ENTRE LE MONDE ET MOI

Et dans les bois, un matin, j'ai trébuché dessus,
Trébuché dans une clairière herbeuse gardée par des chênes et des ormes à l'écorce qui pèle.
Et les noirs détails de la scène se sont élevés entre le monde et moi...

Le dessin des os blancs sommeillant dans l'oubli d'un oreiller de cendres.
Le chicot carbonisé d'un jeune arbre dressant un doigt émoussé qui accusait le ciel
Des branches arrachées, des veinules de feuilles brûlées,
Un rouleau roussi de chanvre graisseux.
Une chaussure inhabitée, une cravate vide, une chemise déchirée, un chapeau solitaire, un pantalon raide de sang noir.
Et sur l'herbe foulée, des boutons, des allumettes mortes, des mégots de cigares et de cigarettes, des coquilles de cacahuètes, une flasque de gin épuisée et le rouge à lèvres d'une pute ;
Des traces éparses de goudron, des bouquets de plumes qui s'agitent et l'odeur persistante de l'essence.
A travers l'air matinal, le soleil versait un étonnement doré dans les orbites d'un crâne pierreux...
Tandis que j'étais là, debout, mon esprit se figea de froide pitié pour la vie qui s'en était allée.
Le sol agrippa mes pieds et mon cœur fut encerclé par les murs glacés de la peur –
Le soleil mourut dans le ciel ; un vent nocturne murmura dans l'herbe, bouscula les feuilles dans les

arbres ; les bois déversèrent les gémissements affamés de chiens ; l'obscurité hurlait de voix assoiffées ; et les témoins se levèrent, vivants :
Les os desséchés remuèrent en cliquetant et se fondirent dans mes os.
Les cendres grises devinrent une chair ferme et noire qui pénétra dans ma chair.
La flasque de gin passa de bouche en bouche ; les cigares et les cigarettes se mirent à luire, la pute étala le rouge sur ses lèvres,
Et mille visages tourbillonnèrent autour de moi en hurlant que ma vie devait brûler…

Maintenant ils me tenaient, ils me mirent nu, ils m'enfoncèrent les dents au fond de la gorge jusqu'à ce que j'avale mon propre sang.
Ma voix se noya dans le rugissement de leurs voix et mon corps noir, mouillé, glissait et roulait entre leurs mains tandis qu'ils m'attachaient au jeune arbre.
Ma peau, collée aux bulles de goudron brûlant, me tombait du corps en lambeaux mous.
Le duvet et les pennes des plumes blanches s'enfonçaient dans ma chair à vif, et, agonisant, je gémissais.
Puis on me rafraîchit miséricordieusement le sang par un baptême à l'essence.
Et dans un embrasement rouge je bondis jusqu'au ciel, la douleur montait comme de l'eau et me bouillait les membres.
Haletant, implorant, je m'agrippais tel un enfant, je m'agrippais aux parois brûlantes de la mort.
Maintenant je ne suis qu'os desséchés, et mon visage, crâne pierreux, fixe le soleil dans un étonnement doré…

RICHARD WRIGHT

BABEL

Extrait du catalogue

1238. CLAUDIA PIÑEIRO
Les Veuves du jeudi

1239. MIEKO KAWAKAMI
Seins et Œufs

1240. HENRY BAUCHAU
L'Enfant rieur

1241. CLAUDE PUJADE-RENAUD
Dans l'ombre de la lumière

1242. LYNDA RUTLEDGE
Le Dernier Vide-Grenier de Faith Bass Darling

1243. FABIENNE JUHEL
La Verticale de la lune

1244. W. G. SEBALD
De la destruction

1245. HENRI, JEAN-LOUIS
ET PASCAL PUJOL
Question(s) cancer

1246. JOËL POMMERAT
Le Petit Chaperon rouge

1247. JÉRÔME FERRARI
Où j'ai laissé mon âme

1248. LOLA LAFON
Nous sommes les oiseaux de la tempête qui s'annonce

1249. JEANNE BENAMEUR
Profanes

1250. PATRICK DEWITT
Les Frères Sisters

OUVRAGE RÉALISÉ
PAR L'ATELIER GRAPHIQUE ACTES SUD
REPRODUIT ET ACHEVÉ D'IMPRIMER
EN AVRIL 2014
PAR NORMANDIE ROTO IMPRESSION S.A.S.
À LONRAI
POUR LE COMPTE DES ÉDITIONS
ACTES SUD
LE MÉJAN
PLACE NINA-BERBEROVA
13200 ARLES

DÉPÔT LÉGAL
1re ÉDITION : MAI 2014
N° impr. : 1401318
(Imprimé en France)